정문상 역사소설

진주목사 김시민

도서
출판 계간문예

정문상 역사소설

진주목사 김시민

차례

정문상 역사소설 — 진주목사 김시민

1. 니탕개의 난을 평정하다

"종성에서 군관 권덕례와 수많은 병사들이 전사했다는 보고뿐만 아니라 다른 다섯 성도 불안하다는 보고가 잇따르고 있소. 그 막강하다던 육진(六鎭)이 왜 이렇게 허술하게 되었는지 병조판서가 알지 못하고 있단 말이오?"

"망극하옵니다, 전하. 그 동안 니탕개가 귀화한 사람답게 겸손하고 충성이 간절한지라 속고 있었사옵니다."

"아무리 귀화해 왔다지만 어차피 여진족이 아니오? 그런 자의 충성을 아무런 여과도 없이 그대로 받아들이다니 사람 보는 안목이 그래서야……."

“전하, 너무 심려치 마시옵소서. 이미 병부에다 진압군을 결성하라고 명을 내렸사옵니다.”

“심려치 말라? 지금 과인의 마음은 걱정으로 가득 차 있는데 그런 말로 안심시키려 하오?”

“전하, 그 자가 병력은 많이 끌어 모았으나 이번 역시 오합지졸일 것이옵니다. 지난 정월에도 물리친 적이 있어 그리 힘든 상대가 아니옵니다.”

“오합지졸이라니요, 그 동안 절치부심하며 전력이 쌓였을 터!”

“물론이옵니다. 그래서 이번 토벌전에서는 잔당까지도 쓸어버릴 것이오니 믿어 주시옵소서.”

“좋소. 병판이 그처럼 다짐하니 믿어 보겠소. 다만 시일을 너무 오래 끌지 않도록 하시오. 변방의 민심이 사나워지면 큰일이오.”

“예, 전하.”

니탕개가 이끄는 2만여 명의 무리들이 육진(六鎭)을 침입했다는 보고가 들어오자 조정은 벌집 쑤셔놓은 듯 발칵 뒤집혔다. 침입한 이유는 경원부를 관리하던 전만호 최몽린이 여진족의 한 부락을 약탈한 것에서 발단이 되었다고 했다. 그러나 숨은 이유는 니탕개의 개인적인 야심에 있었다.

니탕개는 여진족으로 조선에 귀화한 인물이다. 그는 조정으로부터 후한 대접을 받은 것은 물론 관가에서 주는 녹봉과 변방 육진까지 자유롭게 출입할 수 있는 특혜가 주어졌다.

하지만 니탕개가 육진에 드나든 것은 조선 국내 사정을 염탐하려는 것이었다. 조선에 위장 귀화해 내정을 면밀히 살피다가 때가 되면 침입하려는 원모를 품었다.

1583년 1월이 되자 니탕개는 을기내(乙其乃)와 율보리(栗甫里) 등과 함께 1만여 병사를 이끌고 1차로 경원부를 침입해 왔다. 마땅한 구실이 없으니까 최몽린을 내세워 원수를 갚는다는 것이었다. 니탕개는 침략하는데 마땅한 구실이 없으니까 계속 최몽린를 내세웠다. 그러나 결과는 회령부사 신 립(申砬)과 첨사 신상절(申尙節) 등의 용전으로 단숨에 평정시켜 버렸다.

난이 큰 혼란을 일으키지 않고 종결되자 조정과 백성들 사이에는 신 립 장군에 대한 신뢰도가 절대적이었다. 신 립이 살아있는 동안은 여진족이란 감히 조선국을 침입하지 못할 것이라고 안심을 했다. 절치부심하고 있던 니탕개가 2만여 여진군을 이끌고 5월에 재침하기까지는 그러했다.

경원, 경흥, 부령, 온성, 종성, 회령 등은 함경도 북변에 위치하며 예로부터 여진족의 침탈이 잦던 곳이었다. 세종이 이를 방어하기 위해 김종서(金宗瑞)에게 명을 내려 이 지역을 개척하게 했다. 그런 다음 육진이라고 이름 붙여 북변 방위의 주요한 요새로 삼았다.

그래서 선조(宣祖)는 새로 교지를 내린 병조판서 율곡(栗谷) 이 이(李珥)를 불러 난의 평정을 명한 것이다. 중종(中宗)의 7남이었던 덕흥대원군, 그 덕흥대원군 세 번째 아들로 명종(明宗)이 후사를 잇지 못하자 왕도의 전수도 이어받지 못한 채 즉위하게 된 선조였다. 그래서인지 한 나라의 군주다운 덕목을 갖추지 못하였고, 제 주장과 남 탓만 하는 용렬한 데가 많았다.

한바탕 어전에서 곤욕을 치르고 물러나온 이 이는 북병사 김우서가 보낸 전령을 불렀다.

"전황을 상세히 보고하게."

"포위는 돼 있지만 신 립 장군이 온성부사로 재직 중이라 니탕개가 강하게 날뛰지는 못하고 있습니다. 그렇지만 언제 어떻게 전세를 몰아갈지 알 수 없다고 합니다.”

“쉽게 물러갈 놈들이 아닌 모양이군?”

“예, 2만여 명이라면 병력으로 대군입니다. 구원병이 파견되지 않으면 육진은 모두 항복하든지 자폭하든지 둘 중 하나가 될 것입니다. 여진족들의 근성은 말고기처럼 질기니까요.”

이 이는 전령의 말을 듣고 충격을 받은 듯 다시 물었다.

“그래? 여진군의 동정은 어떠한가?”

“예, 주로 보졸들로 특별난 전략도 없이 무리를 지어 몰려다니는 정도였습니다. 또한 직위가 높은 놈만 말을 타고 다니기 때문에 병력 이동이 아주 느린 것도 약점입니다. 그래도 그놈들이 경원부만 들락거리고 있습니다만 만약 그 병력으로 남진한다면 방어하기가 쉽지 않을 것입니다.”

“음, 그래? 수고했네. 바로 본진으로 돌아가 서찰을 전하게. 진압군이 곧 갈 터이니 방어에 최선을 다하라고 말일세. 절대로 종성을 뺏겨서는 안 되네.”

“예, 명대로 보고하겠습니다.”

이 이는 선조를 안심시키기 위해 니탕개 난의 심각성을 밝히지 않았다. 그러나 니탕개가 벌인 두 번째 침입은 강한 보복성을 띠고 있어 방어하기가 간단치 않으리란 생각이 들었다. 다행이라면 보졸이 대부분이라니 기동력과 승자총통(勝字銃筒)을 갖추면 어렵지 않게 난을 평정할 수도 있으리라 기대했다.

승자총통은 조선에서 처음 사용한 개인용 총으로 1578년에 경상도 병마절도사로 재직 중이던 김 지(金 여)가 제작한 것이었다.

이 이는 먼저 승자총통과 활을 쏠 사수 1만여 명을 급히 차출했

다. 특히 승자총통은 발사할 때 소리가 요란하기 때문에 담력이 큰
사수를 뽑았다. 여진족의 보졸들에게 결정적인 타격을 줄 수 있는
새로운 무기를 다루려면 그런 성격의 소유자가 필요했다.

군마도 턱없이 부족해 백성들에게서 보충하려 했으나 난리가 났
다 하니까 모두 도망갈 궁리만 하는지 선뜻 말을 내놓으려 하지 않
았다. 일이 이렇게 꼬이자 이 이는 묘안을 짜내었다. 차출된 사수
중에 사격술이 낮은 자를 상대로 말을 바치면 병역을 면해준다고
한 것이었다.

그 결과가 기막히게도 단 하루 만에 부족한 말이 채워졌다. 말 한
마리 내놓고 자신의 안전만 바라는 지극히 비애국적인 민심에 이
이는 슬며시 부아가 났다. 하지만 어중간한 사수들보다 말이 더 필
요한 때였기에 그 정도로 위안을 삼았다.

군량도 비축된 재고량이 얼마 되지 않아 관리의 녹봉을 1석씩 깎
아서 충당하는 임기응변을 취했다. 이것도 이 이의 기민한 기획으
로 국방을 굳건히 하겠다는 의지가 돋보이는 일이었다.

한편 조정에서는 정2품 벼슬인 우참찬 겸 황해도 도순찰사였던
정언신(鄭彦信)에게 난을 진압하는 책임을 맡기면서 대책 회의를 열
었다. 도순찰사는 왕명을 받고 외방(外方)으로 나가는 사신을 말하
며 종1품이나 정2품의 재상이 겸임했다.

"휘하 장수는 누구를 선임했소?"

"예, 전하. 병조판서와 숙의한 결과 이순신(李舜臣)과 김시민, 이
억기(李億祺) 등을 선임했사옵니다."

"헌데 이순신은 조부 문제가 있었지만 지금은 조용해졌소. 그렇
지만 김시민은 연금을 당해 현재까지 죄가 풀리지 않아 연금 중인

데 출전할 수 있단 말이오?"

선조가 이 이와 정언신을 부른 이유는 선임한 무관을 확인하려는 것뿐만 아니었다. 동인 계열의 정언신과 서인 계열의 이 이가 서로 숙의해서 인솔할 무관을 뽑는다면 동·서인의 당쟁을 완화시킬수 있다는 기대 때문이었다. 그런데 이순신과 김시민이 모두 동인계열의 무관임이 확인되자 선조가 까탈을 부린 것이다.

당연히 왕이면서도 당쟁을 무마시킬 생각은 하지 않고 왕위를 지키기 위해 몸만 사리는 태도를 보이자 정언신은 기분이 몹시 상했다. 이순신과 김시민을 선임한 것은 난의 평정을 위한 것이지 당파싸움하고는 아무런 연관이 없었다. 이런 선택은 서인계열인 이이를 보고 시켜도 그랬을 것이었다. 그래서 이 이는 선조가 알아들을 수 있게 선임과정을 설명했다.

"전하, 두 사람은 모두 무관이옵니다. 무관은 국토방위에만 전념할 뿐 조정의 일에는 관여치 않은 줄 아옵니다. 따라서 두 무관의조부들로부터 있었던 일을 새삼스럽게 들먹일 필요가 없다고 사료되옵니다. 그리고 연금당하고 있는 김시민에게 기회를 주는 것도인재를 얻는 올바른 방법인 줄 아옵니다."

"병판의 이런 인재 등용술도 병법에 나오는 것이오?"

"전하. 병법에 그런 것이 있는지 없는지는 소신이 무인이 아니라서 잘 모르옵니다. 다만 지금은 변란이 일어난 시기임을 헤아려 주시옵소서."

"알겠소, 어떤 무관을 선임했든지 두 대감의 선택이니 책임지고난을 수습하시오."

"예, 전하."

어전회의에서 선발된 막하 장수는 회령에 있는 신 립을 포함해 이순신과 이억기, 그리고 김시민이 선임되었다.

이순신은 1576년 식년무과에 병과로 급제했으며 종8품 훈련원 봉사로 재직하고 있었다. 이억기는 1582년 식년무과에 급제한 왕가의 일족으로서 무과를 선택할 정도로 무인 기질이 강한 자였다.

이 무렵 시민이 집 안에 연금당해 있는 중이라서 바깥세상의 일은 아우 김시약으로부터 듣는 것이 전부였다. 김시약은 이제 열아홉 살의 젊은이로 재치가 있고 붙임성도 있어 누구와도 잘 어울렸다. 사람들은 김시약 더러 형 시민을 빼박듯이 닮았다고 하지만 대인관계는 시민이 따라갈 수 없었다.

이날도 뒤채의 마루에서 따뜻한 봄볕을 쪼이며 병서 읽기에 몰두하고 있는데 김시약이 부리나케 쫓아 들어왔다.

"형님, 경원부에 난이 일어났답니다."

"뭣이? 육진의 경원부 말인가?"

시민이 읽고 있던 책을 떨어뜨리며 소스라치게 놀랐다.

"예, 지난 정월에 침범해왔던 니탕개가 또 주동이 되어 난을 일으켰답니다."

"침략군은 얼마나 된다던가?"

"2만은 능히 된다고 하니 큰일입니다. 이럴 때 형님이 참전하셔야 하는데……."

김시약이 안타까운 듯 말하자 시민이 놀란 듯이 말했다.

"시끄럽다! 내가 무슨 전투 경험이 있다고 그러느냐? 더구나 나는 지금 죄인이다. 쓸데없는 말을 함부로 하지 마라."

김시약은 형이 이처럼 화내는 것을 본 적이 없었다.

사실이 그랬다. 죄인으로서 나라 일을 함부로 논하는 것이 금기

시 되어 있었다. 그렇긴 하지만 시민의 속마음은 아우의 생각대로 니탕개가 일으킨 난을 통해 참전할 수 있기를 간절히 기대했다.

그런데 무인의 길을 걷고 싶다는 이 일념이 공교롭게도 이 이에 의해 이루어져 가고 있다는 것을 시민은 알 리가 없었다.

신임 병조판서 이 이는 시민이 전 판서에게 건의한 요청이 채택되지 않자 낙향했다는 사실을 두고 많은 생각을 했다. 항명이긴 하나 목숨을 내놓고 병판에게 도전한 예사롭지 않은 인물, 이 이는 그 미완의 대기(大器)를 자신이 꼭 채워 주고 싶었다.

말발굽 소리가 소란스럽더니 시민의 집 앞에서 우뚝 멈췄다. 그런 다음 열려 있는 대문 안으로 관원들이 들어서는 소리가 들렸다.

"어명을 받으시오!"

'엇! 어명'

읽고 있던 병서를 덮고 시민은 뒤채에서 급히 앞마당으로 나왔다. 성급하게도 괴산현감이 벌써 마당에 들어와 있었다. 마침 외출했던 부인이 대문 안으로 들어서다가 현감과 관리들을 보고 깜짝 놀라 갈피를 못 찾고 있었다.

"조정에서 급히 내린 명입니다. 육진의 난 토벌에 김 판관이 임무를 맡게 되었답니다. 지체할 시간이 없으니 급히 현청으로 들어오십시오. 필요한 것을 모두 준비해 두겠습니다."

그 순간 시민은 온몸의 피돌기가 얼굴에 모인 듯 벌겋게 달아올랐다. 현감의 목소리가 멀리서 들려오는 메아리 같았다. 해금되기를 기대는 했지만 죄인의 몸으로 감히 생각하지도 못할 일이 현실로 다가온 것이었다.

정신을 차린 시민은 단정히 앉아 어명을 받았다.

"고맙소이다. 곧 현청으로 가겠소. 변방이 위급한데 꾸물거릴 여가가 어디 있겠소?"

"옳은 말씀입니다. 우리 현에 공 같은 인물이 계셔서 조정의 명을 전달하게 되었으니 현감인 저에게도 영광입니다."

시민의 단호한 말에 현감은 만족한 표정을 하고 돌아갔다.

각고의 가택연금에서 이제 풀려났다. 시민은 두 날개를 달고 어디든 훨훨 날아가고 싶었다. 그를 부르는 곳이 저 험한 북방이라 해도 날아갈 수 있는 날개가 있어서 기뻤다. 그런데 서씨 부인은 서운한 표정을 숨기지 못하고 있었다.

"여보, 해금되신 것은 다행이에요. 하지만 경원부까지 난을 막기 위해 가신다니 어머님께서 또 얼마나 걱정하실까요?"

"그동안 부인도 죄인 곁에서 같이 근신해주어 해금이 빨리 되었소. 그러니 죄 값으로라도 나라에 공을 세우고 오겠소. 그 대신 부인은 집으로 가서 어머니를 정성껏 모셔 주시오."

"예, 염려마시고 몸성히 다녀오세요."

난이 일어났다면 대책보다 근심부터 하는 병부의 분위기는 여전했다. 시민이 병부에 들자 판서 이 이와 정언신, 그리고 이순신과 이억기들이 긴장된 모습을 하고 맞았다. 그리고 북방으로 갈 장수들이 다 모이자 간단한 목례만 나눈 뒤 곧바로 회의에 들어갔다.

"비록 변방의 잡군이라 하지만 2만의 병력을 얕잡아 보아서는 아니 될 것이다. 더구나 지난 정월의 패배에 대한 보복성이 짙은데다가 우리 병사가 적에 비하여 수 적으로 부족하다는 것이 걱정이오. 그래서 무예나 병법에 출중한 네 장수를 선임했으니 충성을 다해주기 바라오."

이 이가 병조판서로서 첫 발언을 하자 곧이어 정언신이 그간의 사정을 설명했다.

"네 장수란 여기 세 사람과 회령부사로 재직 중인 신 립 장군이다. 대감께서 말씀하셨듯이 2만이라면 대단한 병력이다. 하지만 적병의 대장격인 니탕개 말고는 옳은 장수가 없어 한번 무너지면 지리멸렬될 수밖에 없을 것이다. 그러니 네 장수들은 일당백의 기상들을 가지고 있으니 니탕개부터 사로잡도록 하라. 그러면 그를 믿고 있는 오랑캐를 물리치기가 그리 어렵지 않을 것이다. 이 점 네 장수들이 유념해 주기 바란다."

정언신의 전의를 다지는 말에 시민 외에 이순신, 이억기 등은 손을 불끈 쥐고 결의를 다지며 날이 새기 전에 출동한다는 결의를 끝으로 회의를 마쳤다.

이튿날 병영에는 기병 5백여 기와 사수 1천여 명이 승자총통과 활을 메고 출정군으로 도열했다. 그런 다음 백성들의 환송을 받으며 종성으로 향했다. 그곳에는 온성부사 신립이 평소에 양성한 병사 5백여 명과 종성의 관군 50여 명이 합류해 이미 니탕개에게 상당한 피해를 주고 있었다. 그러나 중과부적으로 고전의 연속이었다.

한편 북진하던 정언신이 이끈 군은 6진 가까이 접근하면서 곳곳에 약탈당한 집과 남녀노소 가릴 것 없이 살해당한 백성들을 보고 분개하기에 앞서 위기감을 느꼈다. 니탕개는 조선 백성이나 군사들에게 공포감을 주기 위해 사람이나 짐승을 참혹하게 죽인 것이었다. 그런데 그런 현장이 오히려 조선 백성들에게 복수심을 더 키워 준다고는 판단하지 못했던 것 같았다.

정언신이 종성에 도착하던 날이었다, 니탕개는 약탈을 일삼다 두만강변에 진지를 구축해 웅거하고 있었다. 그래서 진압군을 극비리에 행군시켜 니탕개가 방심하고 있는 사이에 종성으로 무사히 입성했다. 그런 다음 이 기회를 최대한 활용해 승자총통을 발사할 진영을 신속히 배치했다. 또한 성 주위에 호를 깊게 파서 적의 접근을 막도록 했다. 승자총통을 장전하기 위한 시간을 벌기 위함이었다.

이렇게 방어망을 구축하고 적을 기다리는데도 니탕개의 침략군이 나타나지 않았다. 정언신은 경계를 소홀하지 말라는 엄명을 내린 다음 신 립을 비롯한 세 장수들을 불러 작전회의를 열었다. 신 립으로부터 여진족이 준동하는 상황을 더 자세히 듣기 위함이었다.

"그동안 니탕개가 아군에게 상당한 피해를 보인 것으로 보고되었는데 어느 정도인가?"

"지난 1월에 침입할 때보다 병력이 두 배나 불어서 방어하기가 만만치 않습니다."

"두만강 이북에 여진족이 그렇게 많이 사는가?"

"예, 종성 부근만 해도 여진족 부락이 여섯 곳이 있어 그 수가 상당합니다."

"전투 능력은?"

"기병은 얼마 안 되고 거의가 보졸들입니다. 우리는 병력이 모자라 고전을 하고 있습니다만 호적들이 강병이 아니라서 그나마 버티고 있는 중입니다."

신립이 전황을 설명하자 정언신은 여러 장수들에게 물었다. 각자의 의견을 모아 마땅한 작전을 도모하자는 것이었다. 먼저 장수 중에서 가장 젊은 이억기를 보고 물었다.

"이 장수는 어떤 작전으로 대응하고 싶은가?"

"예, 니탕개를 혼란시키려면 우리도 여진족이 모여 사는 부락으로 침공해야 할 줄로 생각합니다. 그래야 함부로 우리 땅을 넘보지 않을 것입니다."

이때 시민이 나섰다.

"그렇게 되면 소규모 병력으로 기습을 해야 할 것입니다. 저들이 보복을 한답시고 성에 쳐들어오도록 유도해야 합니다. 우리에게는 성과 승자총통이 있으니 적을 물리치기에 용이할 것입니다."

이억기와 시민의 주장을 번갈아 듣고 있던 정언신이 이순신을 보고 물었다.

"신 부사 말로는 여진족에 뛰어난 장수가 별로 없다고 하니 기습을 하자. 기선을 잡은 다음 바로 철군하는 것도 잊지 말고."

"훌륭한 작전입니다. 이 난을 조속히 끝내려면 여진군을 유인하는 것이 급선무입니다. 이 장수 주장대로 기습을 하고 나면 니탕개가 반드시 보복을 핑계로 쳐들어 올 것입니다. 그때는 우리에게 신무기가 있지 않습니까?"

"김 판관의 주장대로 적이 보복하려고 나서면 오히려 역공을 한다는 뜻인가?"

정언신의 질문에 신 립이 변방의 장수답게 납득이 가는 작전을 내놓았다.

"모든 주장이 타당합니다. 다만 니탕개를 흥분시켜 이성을 잃게 해 생포하는 것입니다."

"어떤 방법인가?"

정언신이 의아스러운 듯한 표정을 하자 신 립이 조건을 달아 대답했다.

"두 장수와 두만강을 넘게 허락해 주십시오."

그러면서 시민과 이억기를 번갈아 보았다.

작전 회의를 끝내고 성 밖으로 나온 시민은 5월이라지만 북녘 두만강 기슭에서 부는 밤바람이 아직은 싸늘하다고 느꼈다.

승자총통을 장전하고 성을 지키고 있는 병사들의 얼굴은 모닥불 빛을 받아 붉었으나 눈빛은 날씨처럼 차가웠다. 시민은 그들의 표정을 하나하나 눈여겨보며 기습전에 나서는 내일의 전투를 상상해 보았다.

한번도 적과 전투를 해본 경험이 없었다. 아무리 무인으로 출발했으나 한갓 인간인 이상 두려움과 설렘으로 긴장되지 않을 수 없었다. 그러는 시민을 아까부터 유심히 바라보고 있던 군관 옆으로 갔다. 종성의 주둔군 중 새벽에 여진 땅으로 행군할 병사들은 일찍 잠이 들었으나 군관은 승자총통의 사수로 발탁되어 성을 지키는 역할을 맡고 있었다.

"변방을 지키느라 수고가 많네. 전투 경험은 많은가?"

"많다기보다 저놈들이 나타나면 죽기 살기로 싸우지요. 죽이지 않으면 제가 죽을 수밖에 없지 않습니까? 그러기를 여러 번 했으니 그게 경험이라면 경험입니다."

"그렇겠군."

시민은 군관의 말에 공감했다. 변방의 이름 없는 군관이지만 자신의 목숨을 부지하기 위해 싸우는 것이 크게 보면 나라에 충성하는 길이 된다는 아주 평범한 진리를 알고 있었다. 그때 군관이 시민의 표정을 헤아리고 한 술 더 떴다. 승자총통의 총열을 열심히 쓸고 있는 손놀림에 힘이 넘쳤다.

"내일은 신나는 전투를 하겠지요? 이런 총포가 있으니 얼마나 힘이 나는지 모릅니다."

군관은 총탄을 맞고 벌렁 넘어지는 여진족의 시늉을 하며 익살을 떨었다. 변방을 지키는 고적한 병사에게 조정의 관심이 너무도 큰 힘이 된다는 것을 말해주고 있었다.

이튿날 새벽, 성에는 정언신과 이순신이 수성을 하고 있었다. 복병이 기습해 올까 미리 대비하기 위함이었다. 그리고 육진의 지세에 밝은 신 립이 중군을, 김시민과 이억기가 좌, 우군을 맡아 쏜살같이 두만강을 건넜다.

한편 종성에서 가장 가까운 곳에 웅거하고 있던 여진족들은 지위고하를 막론하고 약탈해온 음식으로 밤새 흥청거리느라 기습해온 조선군에게 순식간에 전멸되다시피 했다. 그런데도 조선 장수 앞에 끌려온 부락의 추장은 정공을 하지 않고 기습했다고 툴툴거렸다.

"우리는 기습작전을 펴지 않았는데 이 무슨 짓이오? 억울하기 짝이 없으니 다시 한번 싸웁시다."

이를 듣고 있던 신 립이 추장을 보고 말했다.

"기습을 당해 패배했으니 억울하다고? 그럼 소원대로 살려 줄 테니 니탕개에게 돌아가라. 가서 니탕개와 작당하여 승부를 걸어오라. 그러면 정면에서 다시 싸워주지."

신 립은 조선에서 으뜸가는 용장이다. 지나치게 대범한가 하면 또 단순하여 그 속내를 알기 힘든 인물이었다. 지략보다는 용맹이 앞서는 신 립은 시민과 이억기가 추장을 죽이자고 해도 끝내 풀어주었다. 누구보다 여진족을 잘 알았고, 병부에서 토벌군까지 보내오자 자신감이 생겼다. 그리고 승자총통을 이용하여 여진족으로 하여금 움쩍달싹 못하게 하려는 마음이었다.

아무튼 여진족의 추장은 신 립이 내어준 말을 타고 가면서 호언장담을 했다.

"풀어 주어서 고맙소이다. 그러나 당신은 큰 실수를 했소. 우리 니탕개 장군과 함께 공격해 오면 후회할 것이오. 그러니 이틀만 기다리시오. 틀림없이 종성에서 만날 것이오.”

“마음대로 하라. 단, 우리 조선국에 들어왔다간 너희들의 씨를 말려 버릴 것이니 각오하고 가라.”

진압군으로 온 5백여 기병과 사수 1천여 명, 과거를 통해 병부에 들어온 3명의 무관, 게다가 총통이란 개인화기까지 휴대하게 되자 신 립은 의기양양하여 두만강을 건너왔다. 그렇지만 호적의 본성을 모르는 시민과 이억기는 신 립의 일방적인 호기가 불안하기도 했고 불만이기도 했다.

추장의 약속대로 이틀이 지났다. 니탕개를 대장으로 앞세우고 앞서 풀어준 추장과 2만에 가까운 여진군이 종성을 포위했다. 그들의 전열을 보아 이틀 전에 기습당했다는 보복심이 작동했는지 기세가 하늘을 찌를 듯 등등해 있었다.

조선군은 동서남북의 네 성문을 신 립과 이순신, 이억기와 김시민이 지키고 있는데 호적들이 괴상한 짐승소리와 몸짓을 하며 사방에서 공격해 왔다.

조선군은 여진군이 가까이 접근해 올 때까지 화살 하나도 쏘지 않고 있다가 정언신으로부터 발포 명령이 떨어지자마자 승자총통을 발사했다. 그 순간 굉음이 천지를 뒤흔들었고 여진족들이 나무토막처럼 땅에 픽픽 쓰러지기 시작했다.

이를 뒤에서 보고 있던 니탕개와 추장 등은 귀신에게 홀린 듯 멍하니 바라보고만 있다가 퇴각 명령도 내리지 않고 달아나기 시작했다. 숱한 침략을 일삼아 왔으나 생전 처음 보는 한 순간의 장면이 그들을 완전히 혼비백산 시켜 놓은 것이었다.

성 위에서 이를 지켜보고 있던 정언신은 먼지 속으로 달아나는 여진군을 향해 다시 명령을 내렸다.

"공격하라. 다시는 우리 조선의 영내에 발을 못 들이게 끝까지 추격하라."

이때 북문을 지키고 있던 시민은 부리나케 달아나는 니탕개를 발견하고는 힘차게 말을 몰았다. 무기를 내팽개치고 달아나기에 바쁜 보졸들은 상대할 필요도 없었고 오직 니탕개의 뒷모습만 보일 뿐이었다. 이를 눈치 챈 니탕개가 두만강이 앞을 가로막자 고리눈을 하고 돌아섰다. 겁에 질린 니탕개에게는 선택의 여지가 없었다. 시민은 니탕개와 맞서게 되자 크게 꾸짖었다.

"조선국이 후하게 대접한 것은 잊어버리고 오히려 칼을 겨눈 네 놈이 니탕개냐?"

"그렇다. 네가 조선의 장수라면 우리 부락을 약탈한 최몽린을 알 것이다. 내가 비록 조선국에 귀화한 사실이 있긴 하지만 여진의 피가 흐르는 몸으로 우리 땅을 넘나들며 괴롭히는 놈을 어떻게 잊을 수 있겠느냐? 게다가 이틀 전 또 우리 영토를 기습했으니 그 잘못이 크다 하겠다. 그러니 네 목을 내놓고 가거라."

"적반하장이군, 은혜도 모르는 네 놈의 목부터 잘라가서 배반자의 최후를 효수하리라."

"효수? 감히 이 놈이!"

니탕개가 허공에다 창을 휘두르며 시민에게 달려들려는 순간이었다. 동문 쪽에서 신 립이 쏜살같이 달려오면서 고함을 쳤다.

"잠깐만 기다려라, 김 판관! 그 놈은 내가 죽여 먼저 죽은 부하들의 원한을 갚아야 한다."

"그럼, 소관이 강을 못 건너가게 막겠소이다."

니탕개는 조선의 두 장수가 생포하려 들자 재빠르게 주위를 살폈다. 그러나 자신을 구출해 줄 여진군은 강을 건너가기에 바빠 니탕개 쯤은 안중에 없었다. 이런 광경을 주시하던 시민은 강가로 돌아가 니탕개를 막았다. 퇴로까지 차단당한 니탕개는 자신이 포위된 것을 알아차리자 단말마의 기합을 넣으며 신 립에게로 돌진했다. 그러나 그의 행동은 이미 이성을 잃어 허둥대는데 지나지 않았다.

순간적이었다. 니탕개의 긴 창이 하늘을 치솟다가 몸과 함께 땅에 떨어졌다. 신 립의 칼등이 니탕개의 창을 걷어내고 옆구리를 쳤기 때문이다. 이렇게 여진군은 대추장이 생포당하자 기어이 강을 건너려다 빠져 죽는 자, 그대로 주저앉아 항복하는 자로 강변이 아수라장이 되었다.

승전 보고를 받은 정언신이 강변에 나와 많은 포로들을 보자 신 립과 시민을 불러 의견을 물었다.

"포로들의 행색을 보니 농사꾼에 지나지 않네. 이들을 어떻게 처리하면 좋을까?"

"다시는 못 나타나게 모두 베어버려야 합니다. 그래야 우리를 겁낼 것 아닙니까?"

신 립이 칼자루를 불끈 쥐며 가차 없이 도륙 낼 것을 주장하자 정언신이 시민에게도 의견을 물었다. 시민은 신 립을 돌아다보고는 반대 의견을 내놓았다.

"이들을 다 죽이면 우리 두만강이 피로 물들 것입니다. 다시는 이 땅에 발을 들여놓지 말라고 단단히 타이르고 돌려보내면 이들도 양심이 있지 않겠습니까?"

"그럼, 어떻게 하자는 생각인가?"

신 립이 시민의 말이 못마땅한지 퉁명스럽게 묻자 그의 감정을 건드리지 않게 말했다.

"생포한 니탕개를 신 부사께서 참수해버리면 여진군은 겁에 질려 오금도 못 펼 것입니다."

정언신은 시민의 말을 듣고 신 립에게 물었다.

"김 판관의 말에 일리가 있네. 그동안 저 놈들을 막느라 무진 애를 먹었지만 일단 승자의 입장에 서면 관용이 필요하네. 신 부사, 어떻게 할 참인가?"

신 립은 자신의 주장을 받아들이지 않자 기분이 상했으나 더 우겼다간 비인간적이 될까봐 일단 수긍을 했다.

"전투에는 언제나 무고한 자의 희생이 따르기 마련, 포로들의 행색을 보아 그대로 강을 건너가게 합시다. 단, 니탕개는 목을 베고 경계로 삼았으면 합니다."

"허락하겠네, 그 일은 신 부사가 처리하게."

신 립의 단칼에 날아간 니탕개의 목은 거리에 효수되었다. 정언신은 그래도 마음 한 구석이 어두웠다.

"이번 전투에서 네 장군의 공이 컸네. 다만 여진족 몇 부락의 침입으로 북방이 흔들렸는데 더 넓은 지역의 부락이 연합하면 어떻게 될지 걱정이군."

"그래서 승자총통을 많이 사용했습니다. 그 위력에 여진족들이 혼났으니 감히 우리 국경으로 또 다시 건너오려 하겠습니까?"

신 립은 다른 무관들과는 달리 두 차례나 여진족과 싸워 승전하는 바람에 강한 자신감을 나타냈다. 그러나 정언신이 말했듯이 세 장수와 백성들의 마음은 불안한 기운을 지울 수 없었다. 여진은 침략에 관한 한 지칠 줄을 모르는 종족이었기 때문이다.

아무튼 함경도 북변에서 일어난 니탕개의 난은 정언신 이하 네 장수들에 의해 평정됨으로써 육진은 다시 안정을 찾게 되었다.

　한바탕 전란을 치른 병영의 밤은 깊어 가도 시민은 잠들지 못했다. 가택연금의 상태에서 국난이 일어나자 급히 차출된 것은 다행이었다. 그렇지만 조정은 어떤 방법으로 자신이 저지른 문제를 처리해 줄 것인지? 불명확한 현실의 벽 앞에서 고뇌하고 있었다. 오월이라지만 북방의 밤은 차가웠다.

　언뜻 무과에 급제하고 처음으로 군문에 나섰던 기억이 새삼 곡두처럼 떠올랐다.

2. 항명으로 연금을 당하다

병부의 병서 강습이나 무예의 연습 등을 맡아보던 훈련원의 주부로 첫 근무하는 날이었다. 무관으로서의 큰 뜻을 품고 출근했는데 병사들의 훈련하는 모양새가 실망스럽기 짝이 없었다. 중앙관서라서인지 외형적인 시설만 그럴듯했지 병사들의 행동거지가 마치 굼벵이 같았다. 그런 모습이 못마땅했지만 훈련원의 속성을 잘 몰라 지켜보기로 했다.

그때 훈련원의 참군이 와서 병조판서가 찾는다고 일렀다. 시민은 출근 첫날부터 판서를 만날 수 있다고 생각하니 사뭇 흥분이 되었다. 정2품 대감을 만난다는 것은 주부로서 영광이었다. 붉은색의

새 철릭으로 갈아입고 판서가 근무하는 관아로 갔다.

　문득 과거에 급제했을 때, 숙부 김제갑(金悌甲)의 충고가 기억났다. 현재 병조판서는 병부에 관한 일보다 정치에 신경을 더 많이 쓰니 경계하라는 것이었다. 그러나 그때는 정치보다는 맡은 군무에 충실하라는 것으로만 여겼다.

　"대감의 명을 받았네, 안에 계시는지?"

　판서의 집무실을 지키는 위병을 보고 묻자 그가 어눌하게 되물었다.

　대감께서 부르셨는지요?"

　"오늘 첫 출근한 주부 김시민이라고 하네."

　"아~ 예. 잠시만 기다리십시오."

　"……."

　그렇게 말하는 위병은 태도가 무뚝뚝해 기분이 상했으나 애써 접어두기로 했다. 그런데 집무실 안에서 들려오는 목소리는 더욱 가관이었다.

　"대감, 주부 김시민이 뵙기를 청하옵니다만……."

　"그래? 알았다. 들라고 하라."

　위병의 안내를 받고 들어가자 판서는 맞을 준비를 하고 있었다.

　"신임 훈련원 주부 김시민, 대감께 인사 올립니다. 앞으로 많은 지도 부탁드립니다."

　"그래 반갑네, 거기 좀 앉게."

　"……."

　시민은 판서가 권하는 의자에 말없이 앉았다. 그의 겉모습에서 국방을 책임진 자의 당당한 기백보다는 잇속 빠른 장사치 냄새가 물씬 풍겼기 때문이다. 그런데 판서가 하는 말에 어안이 벙벙했다.

"조정으로부터 명을 받고 훈련원 주부로 첫 발령을 내렸으니 무인답게 처신해 주게. 업무도 나와 긴밀한 협력이 필요하니 무슨 일이든 사전에 보고토록 하게."

"옛 대감."

"그리고 특히 신경 쓸 것은 지금 조정에서는 권력이 동서로 갈려 첨예하게 대립되어 있네. 행여 그 여파가 우리 병부에도 미칠 수 있다는 것을 미리 알려주네."

시민은 판서의 말뜻을 퍼뜩 이해하지 못해 혼란을 느꼈다. 무관은 군무만 책임지면 그뿐일 텐데 동서분당이 뭔가? 첫 대면하는 판서가 무슨 마음으로 그러는지 심중을 알 수 없어 부하로서 예를 지켰다.

"옛, 무관으로서 본분만 지키라는 뜻으로 알아듣겠습니다."

"기대하겠네, 다시 이르지만 매사에 신중을 기해 주게."

"잘 알겠습니다, 대감."

판서와의 만남 이후, 병서에 대한 이해가 빠르다고 인정받아 그 업무를 관장하게 되었다. 숙부가 보내준 병서를 탐독한 결과가 드디어 빛을 발하기 시작했다. 이러한 업무태도가 조정에까지 알려지자 한 해 만에 훈련원의 판관으로 승진되었다.

그 무렵 판서가 다시 불러 찾아가니 생색을 잔뜩 내며 승진을 축하했다.

"그동안 군무에서 타의 모범이 되었기로 내가 주상께 상주하여 판관으로 승진시켰네. 판관은 주부 때와 달리 훈련원의 모든 업무를 관장하게 되니 더 신중을 기해야 하네."

"옛! 대감."

"그리고 판관이라면 공무상으로 나와 의견이 대립될 수도 있는 요직이네. 제반 사항을 보고할 때 사전에 나와 상의해 불상사가 없기를 바라네."

판서가 불상사라는 말을 할 때 시민은 비로소 올 것이 오는가 하는 생각이 들었다. 그동안 근무하면서 판서는 외부에 잘 나타나 있지는 않지만 서인이라고 했다. 더구나 동인이라도 쓸모가 있는 무인이라면 회유시키려고 혈안이 된다고 했다.

숙부가 한 말이 현실로 드러난 것이다. 시민은 아무래도 상관없었다. 오직 무인으로서 살아갈 것을 다짐한지가 어제 오늘이 아니었기에 뚜렷이 대답했다.

"잘 알고 있습니다, 대감."

판관으로 배속되고 난 며칠 후, 훈련원의 여러 소속을 점검하기 위해 순회하던 중이었다. 예상보다 군의 기강이 너무 해이되어 있었다. 그래서 판서를 찾아갔다.

"대감, 각 부처의 군기(軍紀)가 한심스러울 정돕니다. 군사들이 군복만 입고 있을 뿐 시정잡배나 다름없습니다. 대감께서 영을 내려주십시오. 제대로 훈련시켜 옳은 병사로 만들겠습니다."

"지금은 평화로운 시대야. 군이 훈련시킨다고 요란 떨 필요가 없네. 우리 병부는 관심을 많이 받는 관아라서 갑자기 훈련한다고 날뛰면 조야가 소란해질 것이네. 그 책임을 지겠는가?"

판서의 한심한 대답에 가슴이 꽉 막혔다. 도대체 병조판서의 사고방식이 이 정도니 병사들의 군기도 엉망일 수밖에 없었다. 이런 현실을 그대로 지나치면 김시민 자신도 군율을 어기는 것이라고 생각했다.

"대감, 유비무환은 병부에서 지켜야 하는 최고의 덕목입니다. 전란으로 국가가 위기에 처했을 때 이를 구하는 자는 군입니다. 녹봉이나 군량만 축내는 오합지졸이 되어서는 안 됩니다."

"그 정도 상식을 누가 모른다던가. 그렇게 지금은 태평성대라고 누누이 말하지 않던가. 혼자서 나라를 다 지킨다는 투로 말하지 말게."

"……."

무사안일이 몸에 배인 판서 앞에서 시민의 건의가 이렇게 묵살되자 맥이 풀렸다.

며칠 후, 군기(軍器) 창고를 점검하러 갔던 시민은 어안이 벙벙했다. 시위가 잘려나간 활, 녹슨 창과 칼, 손잡이가 떨어져 나간 방패 등, 당장 전란이 일어난다면 들고나갈 성한 무기가 없을 정도였다.

판서에게 첫 의견을 제시했다가 면박을 당한 적이 있어 만나고 싶지 않았다. 그렇지만 비상시를 위해 병기만은 정비해 두고 싶어 다시 판서를 찾아갔다.

"또 무슨 고견을 들고 왔는가?"

판서는 얼굴을 찌푸리며 비아냥거리듯 말했다.

"대감, 병기를 재정비하려면 상당한 예산이 필요합니다. 대감께서 직접 확인하시고 대책을 세워 주십시오."

그러자 이번엔 노기를 띤 목소리에 손짓까지 하며 소리쳤다.

"내가 자네를 판관으로 지명한 것은 다 알아서 처리하라는 뜻이야. 병부를 총괄하는 대가 병기 창고나 감독하는 입장이 아니란 말이야. 게다가 예산이 부족해 어쩔 수가 없으니 보관 중인 무기나 수리해서 써."

그래도 시민은 물러서지 않았다.

"대감, 갑자기 전란이 생긴다면 병부가 책임을 다하지 못한 죄가 막중할 것입니다. 소관이 충정으로 드리는 말씀이니 귀 기울여 주십시오.”

순간, 판서는 허옇게 눈을 치켜뜨고 시민을 노려보았다.

“도대체 누가 판서야? 자네가 병부에 대해 무얼 안다고 병조판서인 내가 괜찮다는데 막무가내로 요구만 하는가. 계속 지껄이지 말고 내 앞에서 썩 꺼져!”

시민은 병부에 대해 대책도 없고 어투마저 너무 모욕적이라고 여기자 군모를 벗어 바닥에 내던지고 발로 밟아버렸다. 그러고는 언성을 높였다.

“대장부로 태어나 사직의 일이 아니었으면 어찌 소관이 대감께 이런 모욕을 당하고도 참겠소이까? 병부를 떠나겠습니다. 다만 소장의 말을 충고로 받아주십시오.”

“뭐야, 충고? 누가 네깐 놈에게 충고를 바라더냐? 당장 목을 치기 전에 물러가!”

핏발선 두 눈을 부릅뜨고 고함치는 판서와 시민은 그러는 그를 거들떠보지도 않고 병부를 나와 버렸다. 오로지 분노로 두 다리가 후들거렸다.

“여보, 언짢은 일이라도 있나보구려?”

서씨 부인은 집으로 일찍 퇴근한 남편의 굳은 얼굴에서 사태를 짐작하는 것 같았다.

“사직했다오.”

“그랬군요.”

부인은 크게 놀라지 않았다. 남편이 사직을 했다면 그럴만한 이유가 있었을 것이라 믿었다. 그때 시민이 말했다.

“당장 괴산으로 떠나려오. 어머니의 반대에도 불구하고 무관이
된지 얼마 되지도 않았는데 그나마도 사직해 버렸으니 뵈올 면목이
없구려.”

“당신 뜻대로 하세요. 저는 며칠 있다가 어머님께 말씀 잘 드리
고 뒤따라가겠어요.”

“미안하오, 여보. 내가 너무 기상을 부린 바람에 당신이 힘들게
되었구려.”

시민이 괴산으로 떠난 후였다. 조정에서는 일개 판관이 병조판
서에게 항명한 것도 문제가 크지만 군모를 짓밟아버린 다음 사직까
지 했다고 물의가 대단했다. 무관이 군모를 훼손하는 행위는 지나
친 일탈이었고 사직에 대한 모독이었다.

그런데 이 사건이 병조판서가 집권세력인 동인의 눈치를 보며
오히려 덮어두려고 안간힘을 썼다. 백성들에게까지 알려지게 된다
면 일파만파가 되어 조정과 병부가 난처한 입장에 빠지기 십상이었
기 때문이다. 사실 군사상 기강이 문란하다는 것은 삼척동자도 알
고 있다고 내심 인정하고 있었다. 역시 태평성대라고 주장하는 서
인의 당론을 따라갈 수밖에 없는 판서였다. 괴산으로 낙향한 시민
도 무인이면서 군모를 짓밟아버린 것이 절대로 용서 받지 못할 일
이라고 크게 후회했다.

며칠 동안 참회의 시간을 보내고 있을 때였다. 아니나 다를까 병부
에서 상관에게 항명한 죄로 가택연금을 명했다. 그런 죄로 가택연금
정도라면 파격적으로 가벼운 형벌이었다. 굳이 따져 죄를 묻는다면
감금이나 유배, 심할 경우에는 참수라도 받을 수 있는 죄질이었다.
그러나 이 역시 병조판서가 선처해 달라고 조정에 간청한 것이었다.

시민은 죄 값을 치르기 위해 한적한 뒤채를 스스로 선택했다. 그

기간이 얼마나 걸릴지 몰라도 근신해야 했다. 그런데 시민의 심경을 헤아리지 못한 서씨 부인은 남편의 선택이 딱해 보였던지 남의 말처럼 한마디 했다.

"우리 집 울타리 안에 연금된 것인데 굳이 뒤채에서 지내야 한데요?"

시민은 아직 자녀를 두지 못했다. 서씨 부인의 입장에서는 오랜만에 남편과 함께 보낼 시간이 많아 이것이 자녀를 두라는 하늘의 뜻이라고 생각했다. 시동생 김시약은 벌써 두 아들을 두고 있었기에 시어머니의 성화도 불같았다. 그러한 아내의 마음을 헤아린 시민이 어느 날 저녁 가만히 타일렀다.

"부인, 나는 죄인이오. 죄인답게 지내고 싶소. 그러니 해금될 때까지 부인이 도와주시오."

"무턱대고 기다려야만 하는 우리들인가요?"

"가택연금 정도로 내 불충을 다스렸으니 머지않아 해금될 것으로 믿소."

자녀를 두는 일, 정녕 하늘의 뜻이다. 그러나 죄 값을 치르겠다는 시민이 평생 자녀를 두지 못할 줄은 꿈에도 몰랐다. 밤이 깊어 가는데도 마당을 서성이는 아내의 발자국 소리를 들으며 시민은 긴 한숨을 내쉬었다.

3. 도요토미가 야심을 품다

정언신이 이끈 진압군은 백성들의 환호를 받으며 당당하게 개선했다. 여진족은 북방지리에 밝은 2만여의 병력이었지만 특히 승자총통의 위력으로 생각보다 수월한 상대였다. 그래선지 조선의 으뜸가는 장수들의 토벌작전으로 짧은 시일 안에 진압하고 돌아오자 조정에서는 승전에 대한 논공행상도 없이 해단시켰다.

이 이는 병조판서를 맡고 처음 승리한 전공이 크게 빛을 발하지는 못했다. 다만 관직도 없이 수훈을 세운 김시민을 복직시키기 위해 선조를 배알했다.

"전하, 이번 난에 모든 장수들이 큰 공을 세웠다고 하옵니다. 그

중에서도 김시민의 전투력과 여진의 많은 포로를 선무해서 돌려보
낸 역량이 컸다고 했사옵니다. 하오니 다시 훈련원에 복직하도록
윤허해 주시옵소서.”

“항명 잘하는 자 아니오?”

“그러하옵니다. 김 판관은 그 일로 해서 죄 값을 단단히 받았사
옵니다.”

“또 항명하면 감당할 자신 있소?”

선조는 종5품의 벼슬아치가 한 일이라 왕으로서 크게 개입은 안
했으나 그 일로 기분이 언짢았던지 이이를 보며 비웃듯이 물었다.
선조의 성정을 잘 아는 이이는 그런 식으로 물어올 것을 예상하고
미리 답을 마련해 두었다.

“염려하실 것 없사옵니다. 사실 김 판관의 항명은 그 자체가 반
역에 해당됩니다. 하오나 병부의 해이해진 기강을 바로 세우는데
일조를 하였사옵니다, 전하.”

“그렇다면 경이 알아서 처리하시오. 다만 직위는 그대로 두시오.
괜히 직위만 높이면 상관에 대한 목소리도 커질 것이오.?”

“명심하겠나이다, 전하.”

선조는 이 이가 시민을 추천해 오지 않았더라도 복직시킬 생각
이었다. 그런 마음이 든 이유는 이미 정언신에게 난의 진압 과정을
듣는 자리에서였다.

“전하, 김시민은 적을 공격하고 방어하는 능력이 인솔해간 장수
중에서도 으뜸이라 할 만했사옵니다.”

“그에 대한 신임이 두텁구려.”

“예, 그래서 다시 병부에 등용시킨다면 사직에 큰 보탬이 되리라
사료되옵니다.”

"알겠소. 병판과 숙의해 보겠소."

정언신이 김시민을 천거하고 나자 조 헌(趙憲)도 천거 문제로 선조를 찾았다.

선조는 두 사람의 만남을 자신에게 유리하도록 이용했다. 정언신은 동인이고 조 헌은 서인이었다. 앙숙인 양 당파에서 추천하는 김시민을 받아들이면 첨예한 대립을 완화시키는 일거양득이 될 수가 있었다. 게다가 정승 이헌국(李憲國)까지도 간절하게 아뢰었다.

"전하, 김시민을 외부에 보내지 말고 내직에 머물 수 있게 해 주옵소서."

"변방에 더 적임자가 아니겠소?"

"그렇지 않사옵니다. 시민이 병법에 능하다고 하니 내직에 두어 그의 재능을 두루 쓰이게 하고 싶사옵니다."

"사실 그 자는 다른 조신들의 천거도 있었다오. 게다가 상국의 천거도 알겠으니 기회를 주겠소."

이 이는 정언신, 조 헌은 물론 이헌국 등이 시민을 천거한 사실을 보고 받았다. 그래서 선조의 지시대로 군기사(軍器寺)의 종5품 판관으로 발령을 내렸다.

군기사는 병기를 제작하고 군에서 쓰는 각종 깃발이나 출진할 때의 복장 등을 맡아 관리하는 관아였다. 훈련원보다는 수월한 편이었으나 예산을 많이 요구하는 부서라서 정신적으로는 힘들었다.

시민은 이곳에서 동료들과 함께 이 이의 명에 따라 휴대용 화기인 승자총통을 간편하게 사용하는 방법을 연구했다. 승자총통은 처란을 장전하고 발사할 때까지의 속도가 활보다 느린 것이 흠이지만 사정거리가 길고 정확도가 높아 무기로써 활보다 유용했다. 또한 발사할 때 소리가 요란하기 때문에 적에게 위협적인 장점이 있는가

하면 발사하는 자의 위치가 노출되는 단점도 있었다.

군기사에서 병기 연구에 몰두하고 있을 때 이 이가 시민을 은밀히 불렀다. 이 이는 여유롭게 차를 마시고 있었다.

"김 판관을 불러놓고 달인 차라네. 맛이 어떨지 한 모금 해 보게."

"향이 그윽한 것이 마시기도 전에 머릿속이 맑아지는 걸 보니 좋은 차인가 봅니다."

"허허, 그런가?"

이 이는 시민의 차에 대한 찬사가 흡족했던지 찻잔을 들며 고개를 끄덕였다. 그러나 이 이가 부른 이유는 같이 차나 나누며 담소하기 위한 한가한 자리가 아님을 알고 물었다.

"대감, 소관에게 명하실 일이 있으십니까?"

"그래, 당분간 비밀을 요하는 문제이긴 하지만 사전에 먼저 김 판관의 뜻을 묻고 싶은 일이 있네."

"무슨 일이신지요? 대감."

"김 판관은 을과에 3등으로 급제하였다고 들었네."

"예, 운이 좋아 그랬습니다만 대감의 높은 업적에야 어디 비견이나 할 수 있겠습니까?"

이 이는 문과의 향시나 회시 등은 물론 대과까지 아홉 번이나 장원으로 급제해 구도장원공(九度壯元公)이라고 세상에 알려져 있다. 학문에 관해서는 누구와도 비교할 수 없을 정도로 높은 경지에 이른 이 이였다.

"뜻은 높지만 이를 따라 주는 사람이 없으면 학문이 무슨 소용이겠나? 실천이 없는 학문은 허망할 뿐이지. 그래서 김 판관을 부른 것일세."

"……."

이 이는 다음 말을 기다리는 시민의 사뭇 긴장된 모습을 보자 마음속에 품어오던 계획을 밝혔다.

"김 판관은 십만 양병(養兵)을 어떻게 생각하는가? 국토의 방어를 위해서는 10만 명의 병력이 필요한 작금일세. 아마 이것을 거론하면 전하께서나 조신들의 반대가 심할 것이라 생각되네. 반드시 이행되어야 할 일인데도 말일세."

"아아, 십만 양병! 대감께선 벌써 예견하셨군요. 우리 군기사에서도 병기는 물론 병사를 보충해야 한다는 여론이 벌써부터 돌고 있습니다. 그런데 국방을 책임지고 계시는 대감께서 주장하신다면 전하께서나 조신들 중에 누가 감히 반대하겠습니까? 소관들이 힘을 모을 것이니 반드시 실행에 옮겨 주십시오."

시민은 마치 이 일이 자신의 계획인 양 흥분되었다.

"그런데 김 판관도 경험이 있지 않은가? 가택연금의 세월을 보낸 쓰라린 경험 말일세."

이 이는 시민이 전 병조판서에게 항명했던 일을 잘 알았다. 그래서 이 날도 단독 면담을 원했던 것이다. 항명이긴 하나 목숨을 내놓고 병판에게 항거한 예사롭지 않은 인물, 이 이는 이 가늠할 수 없는 김시민의 그릇 속을 들여다보고 싶었던 것이다.

하지만 시민은 이 이가 주장하는 양병과 자신이 요구한 것과는 내용이 다르다고 생각했다.

"대감, 소장이 건의했다가 가택연금까지 당했던 일은 지금 대감께서 주장하시는 일과 전혀 차원이 다릅니다. 소장이 건의한 일은 병부의 부실한 점을 지적한 것에 지나지 않습니다. 그러나 대감의 양병 계획은 우리 군이 바라는 절대적인 일입니다. 당장의 안일보다 사직의 운명이 달린 문제이니 조속히 거론되어야 할 것입니다."

"양병을 거론하면 조정에서는 태평성대에 웬 소란이냐고 벌레 씹은 표정들을 지을 것이네. 한데 지금이 태평성대라고 할 수 있겠는가? 위로는 호적이 아래로는 왜적이 제집 드나들 듯 들락날락하는 판국인데."

"정말 그렇습니다, 대감."

이 이가 확고한 신념을 가진 말을 하자 시민은 크게 수긍했다. 문신이면서도 병조의 수장답게 양병을 논하는 것은 무관으로서 당연히 받아들여야 할 일이었다.

"내가 아무리 양병을 주장해도 병부에서 밀어주지 않으면 공염불이 될 공산이 크네. 대신에 김 판관은 사리분별이 명확한 무관이니 많은 동료들에게 나의 소신을 알려 여론을 모아 보게."

"모으다 뿐입니까? 적극 나서겠습니다."

"내 뜻을 알아주어 고맙네."

병조판서의 집무실을 나오자 양 어깨에 힘이 솟아났다. 국방을 하는데 10만 명의 병사를 모병하는 것은 당연한 일이다. 모병한 병사를 위해 식량과 제복, 병기 등 막대한 군비는 들겠지만 이 이가 니탕개의 난 때 보였던 군비 조달의 수단을 보면 불가능할 일이 아니었다. 더구나 이 이는 서인의 중추적 자리에 있었지만 동인의 주장이 옳으면 그대로 병부에 반영시켰다. 나라를 지키겠다는 신념을 위해서는 정치색을 철저히 배제시킨 이 이였다.

시민은 동료들을 통해 10만 양병론을 확대시켜 나갔다. 양병론이 병부 내에서 지지기반이 늘어나자 이 이는 국방에 대한 자신의 포부를 달성하기 위해 선조에게는 물론 특히 서인의 핵심 인사들을 설득시키기 시작했다. 그리고 동인도 친분이 깊은 자들에게 같은 방법으로 접근해 갔다.

이런 이 이의 계획은 선조는 물론 서인과 반대파 동인의 막역한 지인들로부터도 외면당한 채 유야무야되었다. 10만 양병을 위한 막대한 예산을 확보하기가 불가능하다는 것이었다.

이 일은 그뿐만이 아니었다. 이 이는 당쟁을 조장한다는 동인의 탄핵을 받자 그만 사직하고 말았다.

사직 후 건강이 여의치 못했던 이 이는 투병 중에 있다가 조정의 부름을 받자 이조판서로 나섰다. 비록 병조는 아니었으나 숙원의 양병론을 다시 주장하기 위해서였다. 그러나 한번 꺾인 양병의 의지는 부활되지 않았고 그 여한을 풀지 못한 채 1584년 1월, 49세를 일기로 생을 마감하고 말았다.

이 이가 죽자 병조의 분위기는 침울했다. 군에 활기를 불러일으키려던 양병이란 원대한 계획이 조정에 의해 무산되었다. 병부의 실망과 허탈감은 삭풍이 쓸고 간 자리처럼 냉기가 돌았다.

이 이의 10만 양병론이 태평성대를 구가하는 자들에 의해 무산되고 있을 때, 바다 건너 왜국에서는 도요토미 히데요시(豊臣秀吉)란 인물의 시대가 열리고 있었다.

도요토미는 1586년에 내란을 평정하고 일본의 간파쿠(關白)로 추대되었다는 소문이 병조에까지 들려 왔다. 간파쿠는 왜국의 천황을 보좌하여 천하를 다스리는 만인지상의 요직이었다.

원래 최하위급 무사의 아시가루(足輕)의 아들로 태어난 최하급 신분으로 글을 읽지 못했고 교양이 있을 리 없었다. 그러나 총명한 두뇌와 사교적이고 활달한 성격으로 인해 소망하던 사무라이가 되었다. 본명도 하시바(羽柴) 히데요시였으나 106대 천황 오기마찌(正親

町)로부터 태정대신(太政大臣)에 임명되면서 도요토미라는 성을 하사받은 후부터 도요토미 히데요시라는 새 이름을 쓰게 되었다.

조선국에서는 1555년에 일어난 을묘왜변(乙卯倭變) 이후 처음으로 비변사(備邊司)를 설치하고 왜국과의 관계를 단절하고 관심조차 갖지 않았다. 또한 서방세계의 문화가 동양으로 점차적으로 진출하고 있을 때 이 기관은 그것을 철저히 가로 막는 역할을 했다.

왜국 또한 100년 동안 내전을 치르느라 국외에 관심을 둘 틈이 없었다. 그 무렵 부산포의 동래에 왜인들이 묵으며 통상을 할 수 있는 왜관(倭館)이 설치되었다. 왜인들이 생활할 수 있는 관사로 조선의 지형과 언어, 풍속 등을 염탐해 본국에 제공하는 요처가 되었다. 이렇게 왜국은 조선이란 나라에 대해 상당한 지식을 쌓아가게 되었다.

이런 시점에 왜국을 완전히 평정한 도요토미는 인접국을 정복하려는 야심을 드러내기 시작했다. 조총이라는 서양식 무기와 전투하는 방법을 배워 전쟁에 대한 자신감에 충만되어 있었다.

도요토미는 먼저 문치(文治)의 나라 조선을 선택했다. 그 다음은 조선을 넘어 명나라 진출이라는 야망도 불태웠다. 그러기 위해 도요토미는 대마도의 도주(島主) 소오 요시시게(宗義智)를 불렀다.

"조선국을 치고 싶은데 도주가 조선국에 대한 많은 지식을 갖고 있다더군. 아는 대로 말해 보라."

"옛! 조선을 침략한단 말씀입니까?"

소오는 흠칫 놀라며 되물었다. 그도 그럴 것이 도요토미는 전투에 이골 난 많은 무사들을 부하로 두었다. 게다가 살상용 무기의 성능이 뛰어날 뿐만 아니라 전투 경험도 풍부했다. 그런데 조선은 태평성대라고 아직도 유유자적하고 있으니 현실적으로 도요토미가 침공한다면 승전할 가능성이 아주 높다고 소오는 판단했다.

또 하나 놀란 것은 자신과의 관계였다. 만약 도요토미가 전쟁을 일으킨다면 행여 대마도가 양국간 분규의 중심이 되지 않을까 염려한 때문이었다. 대마도는 양국의 중간 지점에서 교역의 가교 역할을 함으로써 반사적으로 큰 이익을 얻어오던 터라 그런 관계가 지속되기를 바랐다. 하지만 도요토미의 대답은 단호했다.

"그뿐만 아니다. 조선을 발판 삼아 명나라에도 진출할 계획이다. 우리의 군사력으로 충분한 일이다."

"하오나 전하. 공격하기에 앞서 먼저 조선국에 교린(交隣)을 맺자고 타진해 봐야 합니다. 지금 일본의 군사들이 너무 지쳐 있으니 얼마동안 휴식을 줄 필요가 있습니다."

"교린이라?"

"예, 그래서 우리가 먼저 사신을 보내면 좋겠습니다. 다음은 조선국에서 사신을 보내라고 요구하는데 만약 거절하면 그 이유를 들어 공격해도 늦지 않을 줄 믿습니다."

"명분을 세운다는 뜻인가?"

"그렇습니다."

"그럼, 사신으로 누굴 보내면 좋을까?"

"전하, 저의 가신 중에 조선국과 인연이 깊은 자가 있습니다. 유타니 야쓰히로(柚谷康廣)라는 자로 그의 친형 되는 사람도 조선국에서 직함까지 받은 것으로 알고 있습니다."

"그럼 그 자를 조선국왕에게 보내 내 서신을 전하게 하라. 다만 우리 일본이 상국의 입장이 되어야 하니 처신을 잘 하라고 단단히 일러라."

"명대로 전하겠습니다."

　왜국이 통일된 이듬해인 1587년 9월, 유타니가 왜국의 왕사라 칭하고 야나가와 시게노부(柳川調信)와 함께 사신으로 처음 한성에 도착했다. 조선에서는 예조판서를 내세워 연회를 성대히 베풀었다. 그 자리에서 유타니의 어투는 대단히 불손했다. 도요토미가 요구한 대로 상국의 사신으로서 거드름을 피우고 싶은 충동이 일어난 것이 었다. 술이 몇 순배 돌아 얼근히 취한 유타니가 일부러 후추를 연회 상에 쏟아 부었다.

　후추는 조선에서 아주 귀한 식품이었다. 그것을 줍느라 기생과 악공들이 머리를 부딪쳐 가면서 야단법석을 떠니 순간 연회석이 엉망이 되어 버렸다. 이런 광경을 예의주시하던 유타니는 숙소로 돌아와 통역관에게 비꼬아 말했다.

　"오늘 연회를 보고 당신네 나라가 망할 징조라는 것을 알았소. 이미 기강이 무너져 아래위가 없어졌으니 어찌 망하지 않기를 기대하겠소?"

　"후추란 워낙 귀한 물건이라 그랬을 것이오. 단순히 그것 하나만 보고 우리 조선이 망하느니 기강이 무너졌느니 하는 것은 지나친 망언이오."

　유타니의 말을 듣고 역관(譯官)이 반박하고 나서자 또 다른 비유를 들어 말했다.

　"내가 경상도 인동(仁同)을 지나올 때 군사들이 길 양쪽에 늘어서서 군의 위엄을 보이려 했으나 패기가 없어 보였소. 창의 자루도 너무 짧아 우리나라의 장검(長劍)에 지나지 않았소. 그 정도로 위엄이 되겠소?"

　"아, 그것은 사신이 온다고 의전용을 갖춘 것이지 전투용이 아니오. 전투용은 훨씬 길고 창날도 날카롭다오."

"그래요?"

역관이 기를 쓰고 대꾸를 하자 유타니는 괜한 트집으로 물의를 일으키고 싶지 않은지 반신반의 투로 말했다. 그러나 그의 속내는 조선의 기강이 바로 서기를 원했다. 조선국과 친분을 유지하는 것이 대마도의 안녕을 바랄 수 있었다.

며칠 후, 유타니가 선조를 배알하여 도요토미의 친서를 올렸다. 그것을 읽고 있던 선조의 표정이 점점 굳어졌다.

왜국 사신이 여러 차례 조선을 방문했는데, 조선에서는 사신은 고사하고 무관심으로 대하자 왜국을 멸시한다고 트집을 잡았다. 게다가 이제 천하는 짐의 손아귀에 들어왔다는 등 아주 위협적인 표현으로 조선을 압박해 왔다. 어쨌든 조선통신사를 왜국에 불러들여 교역의 물꼬를 틀 수 있도록 하려는 독촉장 같은 친서였다.

조정은 이런 친서를 아예 무시해 버리기로 했다. 그래서 본국으로 돌아가는 유타니에게 조선의 사정을 전했다. 뱃길이 서툰데다가 목적지를 찾아가는 것도 힘들어 사신을 보낼 수 없다는 것이 주된 내용이었다.

도요토미는 통신사를 파견했음에도 불구하고 아무런 답서도 받지 않고 빈손으로 돌아온 유타니를 불렀다.

"네 놈을 조선에 보냈더니 변명만 가지고 돌아왔구나. 그래 조선국에서는 교린에 대해 어떻게 생각하고 있던가?"

"예, 뱃길이 험하다고 난색을 표했습니다. 풍랑이 심하지 않는 지역에 사는 사람들이라 바다가 무서운 모양입니다. 전하."

그것이 도요토미 귀에 조선을 두둔하고 있는 소리로 들려 단박에 불쾌한 얼굴이 되었다.

"그게 보고라고 하는가? 그럼 우리는 몇 차례나 어떻게 조선국으로 갔더란 말인가?"

"죄송합니다, 다이코 전하."

유타니는 도요토미가 감정적으로 파고들자 변명할 말이 얼른 떠오르지 않았다. 그런 모습을 보자 도요토미의 입에서 야릇한 말이 튀어나왔다.

"네 형이란 놈도 조선의 직함을 받았다고 하는데 얼마나 은덕을 보았다고 하던가?"

"아닙니다, 저의 형은 교역을 하기 위해 드나든 적은 있습니다. 직함이란 것도 조선국의 단순한 배려일 뿐 충성에 대한 보답으로 받은 것은 아닙니다. 전하."

"저 놈이 끝내 조선을 변명하고 있질 아니한가? 여봐라 당장 저 놈을 끌어내 목을 쳐라."

도요토미는 유타니가 오히려 조선국만 두둔한다고 크게 노하여 거침없이 참형을 내렸다. 그리고 그의 구족(九族)을 몰살시켜 대를 끊어버렸다.

도요토미의 집요함은 유타니를 참형시키는데서 끝나지 않고 다음 조선국에 보낼 통신사로 소오 요시토시(宗義智)를 선택했다. 소오는 요시시게가 죽자 양자로 입적되었다. 원래 성은 소오가 아니고 타이라(平)로 도요토미의 심복 부하였으며 왜국의 군권을 잡고 있는 고니시 유키나가(小西行長)의 사위이기도 했다.

그런데 원래 대마도주는 소오 모리나가(宗盛長)로 대대로 대마도를 통치하면서 조선을 섬겨왔다. 이를 알게 된 도요토미는 소오 가문의 씨를 말려버리고 그 대신 타이라를 소오라고 속여 대마도를 통치케 했다. 즉 타이라 요시토시를 소오 요시토시라 속여 대마도주의 양자라고 위장한 것이었다.

이는 조선국에서 뱃길을 알 수 없다고 하며 통신사 파견을 거절하자 소오가 뱃길에 익숙하니 그와 함께 조선의 사신을 데려오게 하려는 수단이었다. 왜국은 그런 중에도 사신을 통해 조선의 허실을 면밀히 정탐하고 있었다.

유타니 참수 2년 후, 도요토미는 성복사(聖福寺) 주지 겐소(玄蘇)를 정사로 외교권을 일임시키고 소오를 부사로 삼아 조선국으로 가는 사신으로 파견했다.

선물로 조총(鳥銃) 다섯 자루와 공작새 한 쌍을 준비했다. 개인용 화기인 조총은 조선의 승자총통에 비해 발사하는 방법이 간단했고 정확도도 월등했다. 무게도 가벼워 휴대하기 편리한 장점까지 가지고 있었다.

조총을 두고 조정에서의 의견들이 또 분분했다. 이런 조총을 앞세워 침공해 오면 방어하기가 무척 어려울 것이므로 선전포고용으로 공개했다고 주장하는가 하면, 반전론자들은 왜국이 전쟁을 원치 않기 때문에 자기들의 무기를 공공연히 선물했다고 주장했다.

조총으로 인해 이렇게 의견이 팽팽해지니 통신사 파견의 가타부타는 좀체 결정을 내리지 못했다. 반면에 왜국 사신의 숙소인 동평관(東平館)에서는 어떻게 하든지 조선국의 통신사를 데리고 귀국하겠다고 무작정 버티고 있었다.

조정에서는 대립하고 있는 의견을 일치시키기 위해 다시 어전회의를 열었다. 이때 성균관의 전적으로 있던 허 성(許筬)이 주장했다.

"왜국 사신들은 그들의 요구를 거절하면 양국간에 전쟁이 일어날지 모른다고 윽박지르옵니다. 그러니 우리도 가만히 앉아서 당하지 말고 왜국의 사정을 정탐할 겸 제의를 받아들이는 것이 유리하리라 사료되옵니다.”

그러나 조신들 대부분은 통신사를 보내지 않기 위해 기발한 제의를 내어 놓았다.

“왜국의 포로가 실토한 말을 들으니 조선인이면서도 왜구 앞잡이 노릇을 하던 여러 놈이 왜국에서 활개를 펴고 다닌다고 합니다. 우선 이들을 압송하라고 요구해 저들의 성의부터 확인하는 것이 좋을 것 같습니다.”

“만약 왜국에서 우리의 제의를 받아들이면 어떻게 합니까?”

“그러면 반역자들의 목을 쳐버리고 통신사를 보낼 수밖에 없지요. 하지만 왜국은 돌려보내지 않을 것입니다. 아무리 섬에 사는 족속들이지만 그만한 의리쯤은 있을 것입니다.”

의외로 제의는 받아들여졌다. 조정에서는 동평관에 접대관을 보내어 그 제의를 슬며시 타진하게 했는데 소오는 이를 흔쾌히 받아들인 것이다.

“어렵지 않은 일이오. 내 전하께 건의하여 조선국 배반자들을 모조리 잡아 바치리다.”

이후 두어 달이 지나자 소오는 과연 조선을 배반하고 왜국으로 도망간 사화동(沙火同)과 을묘왜변 때 변란을 일으킨 왜적의 괴수 세 명을 묶어서 보냈다. 선조는 이들을 인정전에서 심문한 다음 성밖에서 참수해 버렸다. 또한 포로로 잡혀갔던 공태원 등 8십여 명도 소오가 송환시켰으며 왜국의 토산종인 준마까지 보냈다. 그 공로를 인정해 선조는 소오를 포상하게 되었다.

사정이 이렇게 되자 조선에서는 더 이상 통신사를 보내지 않을 구실이 궁해졌다. 더구나 선조는 사신으로 보낼 만한 인물을 천거하라고 어명까지 내렸다.

며칠 후 통신사의 명단이 발표되었다. 통신정사는 첨지중추부사 황윤길(黃允吉), 부사는 성균관의 사성 김성일(金誠一)로, 그리고 허성을 서장관으로 그 일행을 삼았다.

4. 태풍의 눈이 날카롭다

조선의 통신사 일행이 왜국의 사신들을 따라 파견되자 과연 어떤 결론을 가지고 귀국할지 조정의 관심거리였다.

시민이 근무하는 군기시의 젊은 무신들도 왜국의 저의에 대해 의견이 엇갈렸다. 주부로 승진한지 얼마 되지 않은 경상도 출신 무관의 생각은 이러했다.

"도요토미는 사무라이 출신으로 기질이 아주 공격적이고 야비한 성격이라고 합디다. 그러니 우리 조선을 향해 언제 일본도가 날아올지 모를 일이오."

같은 직위를 가진 전라도 출신의 무관도 의견이 같았다. 이들 두 무관은 남해안에서 자란 덕분에 왜의 근성을 어느 정도 알고 있는 편이었다.

"맞는 말이오. 그들은 칼을 숭상하는 자들이오. 더구나 백 년 이상이나 내란을 치른 도요토미의 부하들은 싸우고 사람 죽이는 일 이외 다른 능력이 없다고 그럽디다. 그런데 왜국에 내란이 끝났으나 도요토미가 이들의 전투적 근성을 가라앉히기가 쉽지 않을 것입니다. 우리는 군인이니 이 점을 예의 주시해야 할 줄 압니다."

두 주부의 말을 듣는 순간 분위기가 갑자기 삼엄해지려 했다. 그때 시민의 동료로 경기도 출신인 판관이 손사래를 치며 나섰다.

"두 사람 말을 들어보니 걱정도 팔자라는 생각이 드네. 섬놈들은 고작 한다는 짓이 남의 나라 변방에 와서 도둑질이나 할 뿐인데 사무라이라도 다를 게 뭐 있겠어? 결국 바다 한가운데 묻혀 살면서 저희들끼리 잡아먹고 먹히는 족속들 아닌가?"

이들이 나름대로 왜국에 대한 평가를 하고 있을 때, 시민은 계속 조총을 만지며 각 부분을 살펴보았다. 왜의 사신이 선물한 조총을 선조가 군기시에 보내오자 시민에게 있어서는 큰 관심거리였다.

"내가 승자총통의 성능을 보강할 때 참여했는데 이 조총은 성능이 우리 것보다 훨씬 우수하네. 만약 왜국이 이런 총을 앞세워 우리나라에 침입한다면 방어하기가 쉽지 않을 것이네. 훌륭한 무기를 가진 도요토미는 국방을 효과적으로 수호할 수 있고, 타국도 침범해 보고 싶은 욕망에 사로잡힐 것이네."

권력도 마찬가지였다. 강한 자가 되기 위해 약한 자를 압박하는 속성을 가지고 있다. 조선통신사가 왜국으로 출발하기 5개월 전의 일이었다.

이 이의 천거로 청현직에 오르기도 했던 정여립(鄭女立), 그는 선조 3년인 1570년, 문과에 급제했다. 그때부터 서인 이 이, 성 혼 등과 교유를 했으나 이 이가 죽자 그를 비판하면서 노선을 바꿨다. 실권을 쥐고 있던 동인에 몸을 담은 것이다. 이런 사실이 선조의 귀에 들어가자 이 당 저 당으로 옮겨 다니는 정여립에 대해 불쾌한 심기를 나타냈다.

정여립도 왕도를 받지 않은 선조나 당쟁이 심한 조정이 마음에 들지 않아 벼슬을 버리고 고향 전주로 내려갔다.

개혁적 사상이 강한 정여립은 그곳에서 대동계(大同契)라는 조직을 만들어 신분에 관계없이 군사훈련을 시켰다. 태평성대를 구가하며 병부가 나약해 지는 것도 모르는 조정에 대해서도 정여립은 불안감을 지우지 못했던 것이다.

그런데 대동계가 급속도로 확대되어 조직이 비대해지자 서인의 역습이 감행되었다. 정 철(鄭澈)을 위시한 서인 세력은 이 조직이 나라를 전복시키려는 반역단체라고 몰아붙여 정권을 탈취하려는 절호의 기회로 삼았다.

기축년에 일어난 이 사건은 결국 정여립과 그의 아들 옥남(玉男)은 물론, 조금이라도 정여립과 관계가 있다고 짐작되는 자는 모두 죽였다. 무려 1천명 이상이 희생당한 동족끼리 벌인 전대미문의 참극이었다. 이 옥사(獄事) 사건이 기축년에 일어나서 세간에서는 기축옥사라고 불렀으며 영호남에 사람 같은 사람은 다 죽고 공동(空洞)만 남았다고 허탈해 했다.

이 사건에 대해 우의정으로 있던 정언신이 옥사를 다루는 위관(委官)으로 임명되었다. 그러나 정언신은 정 철의 사주를 받은 대간들로부터 본관이 정여립과 같은 동래(東萊)이며 9촌이 되니 공정히 죄를 다스릴 수 없다는 이유를 들어 탄핵을 당했다. 정언신은 그들의 의도대로 위관과 우의정을 사퇴해야 했으며 정 철과 성 혼 등 그 일파에 밀려 의금부에 투옥되었다.

그 후로도 정 철의 집요한 모함이 계속되어 정언신은 남해 땅으로 유배당했다. 정언신의 유배지에 불만을 느낀 정 철과 성 혼은 갖은 모략으로 결국 정언신을 사사하라는 선조의 하교를 받아내었다. 그러나 정언신이 이 사건에 직접 관여치 않았다는 조정의 여론이 강력하게 대두되자 결국 함경도 갑산으로 다시 유배를 보냈다.

갑산은 삼수와 같이 교통이 아주 불편한 지역이었으며 그 지방의 특유한 풍토병도 심했다. 풍속이나 습관도 다른 지역과 달라서 마치 이국에 온 듯한 곳이었다. 갑산은 유배지 중에서도 최악의 조건을 다 갖춘 곳이었다. 그래선지 대체로 중형을 받은 자들이 갑산에 유배되었으며 생전에 사면되어 나가는 경우가 드물었다.

정언신은 이런 오지 중의 오지에 정여립과 친척이라는 이유로 유배되어 와서 결국 생을 마감했다.

기축년의 옥사로 민심은 피폐해지고, 조정에서는 동인과 서인이 자기 당권을 위해 첨예하게 마주 서게 되었다. 임진왜란이 일어나기 1년 전의 일이었다.

도요토미는 왜관을 통해 조선의 내란 소식을 들었다. 그는 이 기축옥사가 하늘이 자기에게 내려 준 선물이라고 쾌재를 불렀다. 지방색이 강한 경상·전라도의 유력한 저항세력이 많이 제거되었다는 사실에 그의 계획은 더욱 구체화되었다.

시민은 '니탕개의 난' 때부터 자신을 신임해 주고 복직까지 시켜 주었던 정언신에 대한 이 무모한 죄목에 허탈감을 느끼고 있었다.

이렇게 어수선한 한 해가 저물어 가던 섣달, 오랜만에 반가운 소식이 시민에게 전해졌다. '니탕개의 난' 때 같이 종군했던 이순신

이 전라도 정읍 땅에 현감으로 교지를 받았다가 부임하기도 전에
전라좌수사로 승진되었다는 것이었다.

이순신과 시민은 같은 동인 계열이라고 선조로부터 주시를 받는
대상이긴 했으나, 그들은 사직을 위한 무관으로서의 웅지를 품었을
뿐 정치에는 아예 관심을 두지 않았다.

한성을 떠난 조선통신사 일행과 왜국의 사신들이 부산포에서 항
로로 대마도에 이르러 달포 가량 머물고 있을 때였다.

소오는 산중에 있는 절에서 조선의 사신들에게 연회를 베풀었
다. 이때 사신들이 모두 초대되어 와 있는데 소오가 교자를 탄 채
대문 안으로 들어와 섬돌 앞에서 내렸다. 소오는 젊고 민첩하며 성
질이 사나워 다른 왜인들이 감히 그의 얼굴을 쳐다보지도 못하게
했다. 이런 소오의 방자한 거동을 본 김성일이 화를 냈다.

"대마도는 우리 조선국의 번신(藩臣)이오. 우리가 지금 왕명을 받
들고 왔는데 어떻게 이리 방자하며 우리를 업신여기는 태도를 보인
단 말이오? 나는 이 연회에 참석할 수 없으니 그리 아시오."

이렇게 쏘아붙이고는 당장 일어나 밖으로 나오니 허 성 등도 뒤
따라 나왔다. 이를 본 소오는 금세 당황해 허둥지둥 쫓아왔다. 번신
이란 세공을 바치는 신하로 당시 대마도주 소오는 조선국과 그런
관계를 맺고 있었던 것이다.

"죄송합니다. 하인들이 누구의 안전인 것도 모르고 이렇게 무례
를 저질렀으니 당장 처벌하겠습니다. 하오니 참으십시오."

소오는 김성일의 행동에 적이 놀랐다. 천신만고 끝에 조선의 통
신사를 초청했는데 그들을 도요토미 앞에까지 인도하지도 못한다
면 유타니의 전철을 밟지 않으리란 보장이 없다.

위세를 떨치려던 자신의 허물을 교자꾼들에게 뒤집어씌워 사신들 앞에서 목을 친 소오. 참으로 놀라운 임기응변이었다.

사신들은 소오의 잔인함에 두려움을 느꼈다. 정중히 사과하는 것도 위선이라고 생각했다. 정중히 사과할 줄 아는 인품을 지녔다면 사람의 목숨을 짐승 다루듯 하지도 않았을 것이다. 다만 김성일은 조선국의 사신으로서 약한 속마음을 보이고 싶지 않아 눈 하나 깜박하지 않고 태연한 자세로 말했다.

"앞으로는 이런 불상사가 없기를 바라오. 우리가 조선국의 왕명을 받고 온 사신이라는 점을 잊지 말라는 뜻이오."

"명심하겠소이다. 부사."

갑자기 일어난 두 사람의 행동과 대화를 보고 조선국 사신들은 긴장감을 느꼈으나 왜인들은 예삿일처럼 보아 넘겼다. 피비린내 나는 전쟁터에서 죽이지 않으면 죽임을 당해야 하는 자들의 생활 습성이었다.

이런 일이 있고 난 후에도 근 석 달 만에야 사신 일행은 교토에 있는 다이토쿠지(大德寺)에 도착하여 숙소를 정했다. 도요토미는 출전 중이라고 속여 2개월 동안 기다리게 했다. 그가 돌아온 후에도 궁궐을 수리한다는 이유를 달아 정사 황윤길이 가지고 간 국서를 받지 않았다.

묘한 방법으로 차일피일하며 5개월이 지나갔다. 역시 교토에 있는 주라쿠테이(趣樂第)에서 비로소 도요토미를 만날 수 있었고 국서를 전달할 수 있었다. 그런데 조선국의 사신을 영접하는 태도도 탁자 위에 떡 한 그릇을 놓고 막사발에다 탁주를 가득 따라 놓은 정도로 초라하기 이를 데 없었다.

처음으로 상대하는 도요토미의 생김새도 사신들의 눈에 마치 쥐

새끼처럼 작고 못생겼으며 얼굴빛이 검고 위엄이라고는 조금이라도 찾아보기 힘들었다. 그러나 눈빛만은 사람 속을 꿰뚫듯이 아주 매섭게 쏘며 조선 사신들을 한번 빙 둘러보고 난 다음 한 마디 말도 없이 그냥 나가버렸다. 그런 후에는 다시 사신들을 만날 기회를 주지 않았다. 겐소는 겐소대로 국서에 대한 답서는 받아 주지 않고 사신더러 먼저 귀국하라는 말만 되풀이했다.

상황이 이상하게 흘러가자 황윤길은 도요토미의 분노를 사서 억류당할까 걱정이 되어 귀국을 서둘렀다.

"부사, 답서도 없이 귀국부터 먼저 하라는 것은 우리가 못 떠날 줄 알고 볼모로 잡아 두려는 흉계인가 보오. 그러니 우선 귀국부터 하고 봅시다."

"그 무슨 말씀이오. 그럼 우리가 이곳에 무엇을 하려고 왔단 말이오?"

김성일은 귀국이 천부당만부당 하다는 듯 정사를 쏘아보았다.

"그야 왜국의 실정을 정탐하는 것이 주된 임무가 아니었소."

"헌데 매일같이 절에 묶여 있으면서 정탐이나 제대로 할 수가 있었소, 더구나 볼모로 잡아 두려는 마음을 먹었다면 겐소가 우리더러 귀국하라는 말까지 했겠소?"

"하지만 겐소가 한 말을 부사도 들었지 않소?"

"그건 우리의 속내를 염탐하려는 것으로 보면 되오. 도요토미가 아무리 무지한 자라고 하나 일국의 간파쿠라오. 그러니 사신을 볼모로 잡아두는 무례한 짓은 하지 않을 것이라 생각하오. 꼭 귀국하고 싶다면 먼저 떠나시오."

김성일은 요지부동이었다.

"그럴 수는 없지요. 같이 왔으면 같이 떠나야지요. 그렇다면 겐소에게 책임 추궁을 하면 어떻겠소?"

"그건 좋은 생각이오. 본인이 겐소에게 가서 따지겠소."

김성일이 기어이 답서를 받아가겠다는 주장에 황윤길은 물론 허성도 찬성하지 않을 수 없었다. 다시 조선통신사 일행의 의견이 일치되자 김성일이 겐소에게 강력히 요구했다.

"본인이 사신으로서 국서를 받들고 먼 길을 왔는데 답신이 없다면 왕명을 어기는 불충을 저지르게 되오. 그러니 다이코 전하께 요청해 답서를 받아 주시오. 그렇잖으면 우리는 본국으로 돌아가지 않을 것이오."

"하지만 전하께서 심기가 불편하신지 답서 쓰기를 무척 꺼려하십니다. 그러나 제가 여러분을 모시고 왔으니 기필코 답서를 받아내겠습니다. 며칠만 더 기다려 주십시오."

겐소는 조선통신사들과 약속을 하고 도요토미의 처소로 갔다. 이미 이들은 조선 사신들의 절의를 시험하기 위해 입국하기 전부터 계획적으로 꾸며 놓은 것이었다.

"다이코 전하, 전하의 지적대로 김성일은 배짱이 아주 두둑한 자입니다. 하오니 빨리 귀국시키는 것이 좋을 듯합니다. 하루라도 더 지체하면 우리에게 유리할 게 없습니다."

"언제쯤 보내면 되겠느냐?"

"사흘만 더 기다리라고 했습니다."

"사흘이라……, 그러면 사흘 동안 풀어 줘라. 제 마음대로 구경이나 하게."

"다이코 전하, 미행을 붙여야 될 줄 압니다만?"

"그럴 필요없다, 저들이 궁금한 것은 우리 군사 기밀이다. 그러나 조선은 병기를 제작할 시기를 이미 놓쳤으니 알아간들 무슨 소용이 있으랴.”

“그래도 우리 사정을 아는 것만큼 방어 전략도 잘 세우지 않겠습니까?”

“무슨 걱정인가? 이번에 온 정사와 부사는 동인 서인으로 서로 반목하고 있는 자들이다. 틀림없이 우리를 정탐한 보고도 엇갈릴 것이다. 물론 조선 왕이 부전론자이니 그를 따르는 자들이 우세할 것은 불 보듯 뻔한 일이고.”

“아, 그렇습니다. 전하의 혜안이 절묘하오니 그대로 진행하겠습니다.”

언약한 대로 겐소는 도요토미의 답서를 받아 가지고 사흘 만에 나타났으나 김성일은 의심을 풀지 않았다. 분명히 도요토미와 겐소가 서로 짜고 조선통신사에게 애를 먹인다는 것이었다.

답서의 내용도 거칠고 오만하여 도저히 받아갈 수가 없을 정도였다. 이 또한 도요토미와 겐소의 밀계로 무례한 답서를 작성해 이에 대한 통신사들의 반응을 떠 보는 것 같았다. 이를 보자 화가 난 김성일은 겐소를 다시 만나 몇 차례나 수정하게 했으며 간신히 답서를 받아 귀국길에 올랐다.

조선통신사 일행이 부산포에 도착하자 정사 황윤길은 급히 장계를 올려 왜국의 정세를 알렸다. 그 내용은 반드시 병화가 있을 것이라고 했다. 그런데 사신 일행이 조정에 들어 선조에게 복명하게 되었을 때는 서로 엇갈린 보고를 올렸다. 먼저 황윤길은 이미 올렸던 장계의 내용을 다시 보고했다.

“전하, 왜국의 해변에서는 병선을 만드는데 그 수가 한 두 척이 아니라 수십 수백 척도 넘었사옵니다. 또 왜군들의 눈초리가 저희들을 노골적으로 적대시하였사옵니다.”

황윤길이 긴장된 표정을 하고 보고를 끝내자 선조는 김성일을 향해 고개를 돌렸다.

“부사의 의견도 정사와 마찬가지요?”

“아니옵니다, 전하. 신은 왜국에서 그러한 징후를 발견하지 못했사옵니다. 왜국은 해양국이라 선박을 많이 만드는 것은 당연한 일이옵니다. 왜군의 눈초리도 원래 저들의 첫인상을 보면 눈이 옆으로 가늘게 찢어진 자가 많사옵니다. 그게 적대적으로 보일 가능성이 높긴 하옵니다. 따라서 황 정사의 보고가 민심을 동요시킬 수 있으니 이점 심히 유감 됨을 아뢰옵니다.”

국가가 위기 앞에 섰는데 두 파당의 의견은 이렇게 엇갈리고 있었다. 이를 간파한 선조는 서장관 허 성에게도 물었다.

“정사와 부사의 보고가 이렇게 일치하지 않으니 도무지 종잡을 수가 없네. 서장관은 왜국의 실상을 어떻게 보았는지 사실대로 설명해 보게.”

그런데 허 성은 동인 계열에 속해 있었지만 서인 황윤길의 보고를 뒷받침했다.

“전하, 소신의 견해는 정사의 보고와 같사옵니다. 미구에 분명히 전란이 있을 것이라 확신하옵니다.”

선조는 답답했다. 황윤길과 김성일은 서로 당파가 달라 엇갈린 주장을 하고 있지만 동인 허 성이 오히려 서인 편에 서 있었다. 이러니 전란이 없기를 바라는 선조로서는 어떠한 결론도 내리지 못하고 용상에서 벌떡 일어나 나가버렸다.

조정의 논평도 반반이었다. 어떤 자는 황윤길의 보고를, 또 어떤 자는 김성일의 보고를 지지했다. 기가 막힌 것은 당론에 따라 지지

한 것만 아니라 전쟁론자와 부전론자 간의 지지도 엇갈려 국론의 일치란 도저히 이루어질 수 없는 상황이 되었다.

이렇게 결론도 얻지 못하고 어전을 물러나올 때 유성룡(柳成龍)이 물었다.

"학봉(鶴峯)의 보고가 정사와 같지 않으니, 만약 병화가 일어나면 어쩔 셈이오?"

"나 역시 서애(西厓)의 걱정과 같소이다. 현실적으로 보아 왜적이 군사를 일으키지 않는다고 장담할 수 없었소. 다만 황윤길의 보고가 너무 지나쳐 그렇게 설명했을 뿐이오."

"그러면 결국 왜란이 있어날 것이란 말씀 아니오?"

"내 예감이 틀리기를 바랄 뿐이오."

두 사람은 애써 서로의 시선을 피하며 암울한 조선의 내일을 느끼고 있었다.

조선통신사가 귀국할 때 겐소와 소오가 도요토미의 서계를 가지고 다시 파견되어 왔다. 선조는 은근히 협박 같기도 한 내용을 보자 불쾌한 표정으로 용상을 떠나버렸다.

'명나라는 우리 일본국의 입국을 허락하지 않으니 내년 2월에 명나라로 직행하려 한다. 조선도 우리를 도와서 명나라로 뛰어 들어 갈 것인가?'

정명향도(征明嚮導), 즉 1년 후에 명나라에 들어갈 때 길을 열어달라는 요구로 마치 명령에 가까운 서계였다.

조정에서는 황윤길과 김성일의 엇갈린 보고로 혼란을 겪고 있었다. 그런 판국에 도요토미의 요구를 어떻게 처리할까 더욱 고심하게 되었다. 그래서 다시 어전회의를 열었으며 첫 발언은 좌의정 유성룡이 했다.

"도요토미의 이런 계획을 당장 명나라에 알려야 한다고 여깁니다. 그래야 명나라와 있을 수 있는 후환을 미리 없애는 것입니다."

"명나라 조정에서 우리가 왜국과 사사로이 통하는 것으로 오해하여 죄로 다스릴까 두렵습니다. 앞으로 왜국이 어떻게 나올지 두고 보는 게 좋지 않겠소?"

영의정 이산해(李山海)가 도요토미의 요구를 당분간 묵살하자는 뜻으로 말하자 다시 유성룡이 설명했다.

"그러나 이 일을 숨기고 보고하지 않는다면 명나라와 우리 조선국과의 대의에 있어서 커다란 문제점이 생기게 됩니다. 또한 왜국이 실제로 명나라를 침범할 계획을 세우고 있는데 이 사실을 우리 조선이 아닌 다른 나라로부터 먼저 알게 된다고 합시다. 그러면 명나라는 분명히 우리가 왜국과 공모하여 숨긴 것으로 의심하게 될 것입니다. 따라서 그 죄는 우리가 명나라 몰래 왜국에 통신사를 보냈다는 정도로 그치지 않을 것입니다."

조정에서는 유성룡의 의견이 옳다는 사람이 많았다. 사실 그 당시 복건성(福建省)에 살던 허의후(許儀後)와 진신(陳申) 등이 왜국에 포로로 잡혀 있던 중 이런 흉계를 알아차리고 비밀리에 본국으로 보고하고 있었다. 또 유구국(琉球國)의 세자 상녕(尙寧)이 명나라에 사자를 보내 왜국이 침입하려는 계획을 밀고한 바 있었다.

하지만 조선의 사신만이 명나라에 나타나지 않으니 왜국과 결탁한 것으로 의심하고 있던 중이었다. 그래서 명나라 신종이 사신을 보내 조선 조정의 실상을 정탐하라고 지시하자 재상 허 국(許國)이 두둔하고 나섰다.

"조선국은 지금까지 우리나라와 교역한 지가 오래인데 갑자기 왜국에 빌붙어 배반할 리가 만무하옵니다.”

“그래요, 조선은 원래 왜국이나 유구국보다 우리 대명과 더 가까웠소. 그런데 요즘 와서 아무런 연락을 취하지 않는 것은 이미 배신한 것이 아니고 무엇이겠소?”

“황상, 아니옵니다. 조선국 조정은 기축옥사로 아직 혼란한 상태이옵니다. 얼마동안만 기다려 보옵소서.”

“그러는 사이 만약 조선이 왜국과 동맹이라도 맺었다면 재상은 어떻게 할 것이오?”

“황상, 소신의 목숨은 폐하의 것이옵니다. 뜻대로 하셔도 달게 받겠사옵니다.”

허 국은 일찍이 조선에 사신으로 온 적이 있었는데 그때 조선은 의리가 아주 깊은 민족이라는 것을 알았다. 그래서 황제에게 목숨을 걸고서라도 책임을 지고 싶었던 것이다.

조선 조정에서는 유성룡의 건의를 받아들여 김응남(金應南)을 명나라에 보내기로 했다. 김응남은 해마다 명나라 황제의 생일을 축하하기 위해 보내던 성절사(聖節使)로 명나라 조정으로부터 신임이 아주 두터운 자였다. 김응남은 사신으로 발탁되자 서둘러 명나라를 향했다. 명나라의 오해를 하루라도 빨리 풀기 위해서는 도요토미의 서계를 그대로 보고하여 물의를 불식시켜야 했다.

목숨을 내건 재상 허 국의 용단과 김응남의 보고로 명나라는 어느 정도 의혹이 풀렸다. 그래도 신종이 조선의 태도를 미심쩍어하자 연이어 진주사(陳奏使) 한응인(韓應寅)을 파견했으며 비로소 양국 간의 오해가 해소되었다. 하지만 선조는 임시로 명나라에 보고할 일이 있을 때마다 진주사를 보내야 하는 굴욕을 견디어야 했다.

5. 진주목 판관으로 부임하다

조정에서 한참 이런 일이 벌어지고 있을 때 김시민은 병조에서 사령장을 받았다. 경상도 진주목의 판관으로 부임하라는 것이었다. 군기시의 판관과 같은 종5품직으로 영전이랄 수는 없었다. 심지어 동료들은 진주목이 변방의 왜국의 침입이 잦은 곳이라는 소문 때문에 기피하는 실정이었다. 중앙관아에서 편하게 근무하다 보니 군인이라는 신분보다도 자신의 안위에만 급급해 있었다.

그러나 시민은 진주목으로 가는 것이 반가웠다. 답답한 중앙관아보다 무관으로서 자신의 웅지를 펼 수 있는 곳이 변방 진주목이라고 생각했다. 숙부 김제갑이 12년 전에 목사로 재직했기에 연고

지를 찾아가는 것이기도 했다.

또한 남명 조 식의 학풍에 따라 문인들도 병법이 출중하다고 했다. 선비의 고향이라면서 병법에 뿌리가 깊다는 것이 시민으로 하여금 대단한 기대를 걸게 했다.

시민은 진주목으로 가는 길에 먼빛으로라도 어머니를 뵙고 싶었다. 무과에 급제를 해도 묵묵부답이셨다는 어머니지만 고향을 지나가면서 그냥 지나칠 수는 없었다. 그래서 충청도 목천면 가전리에 있는 본가 맞은편에 도착해 장막을 치고 하직할 채비를 했다.

목천현에서는 김시민이 지나간다는 연락을 받고 관리들이 나왔다. 이렇게 바깥이 소란하자 아우 시약이 무슨 일인가 싶어 나왔다가 뜻밖에도 시민을 만나게 되자 놀란 입을 다물지 못했다.

"형님, 형님께서 어찌 여기 계십니까?"

"그래, 진주목의 판관으로 발령이 났네. 고향을 지나가는 길에 어머니께 인사를 드리려고 찾은 것이네. 직접 뵙지는 못하고 이렇게 멀리서 집을 향해 절만 드리고 떠나려 하니 어머니께 알리지는 말아라."

"형님의 심정은 충분히 알겠습니다. 하지만 경상도 땅까지 떠나시는데 그냥 가실 수는 없습니다. 어떻게든 어머니를 직접 찾아뵙는 것이 도리가 아닌지요?"

"어쩌겠느냐? 무과에 들면 어머니 앞에 나타나지 말라고 이르신 걸 아우는 기억 못하는가?"

"어머니 성정으로 보아 그렇긴 합니다만……."

"고작 변방에 나가는 몸으로 어머니를 더 걱정시키는 일이 아니겠느냐? 그러니 내가 떠나고 난 뒤에도 알리지 마라."

"그래도 행차를 집으로 돌리셔야 합니다, 형님."

시약이 간곡하게 말했다.

한편 집에서는 어머니 이씨 부인이 사람들이 모여 천막을 치고 있는 건너편을 바라보며 물었다.

"저기 웬 소란들이냐?"

"진주목에 판관으로 부임 받은 사람의 행차랍니다."

이런 사정을 알게 된 집안사람들도 이씨 부인에게 알리지 않았던 것이다. 그러니 이씨 부인이 더욱 궁금해 계속 물었다.

"진주판관의 행차가 웬일로 우리 고을에 머무는 것이냐?"

"저어, 마님의 셋째 자제분이 진주판관이 되셔서 부임하러 가신다고 합니다."

"우리 시민이? 시민이 진주판관이 되었다고?"

"예, 높은 벼슬을 받고 진주목으로 내려가신답니다. 그런데 어머니를 뵙기가 죄송스러워 멀리서 절만 드리고 떠난다 합니다."

"불러라, 진주목으로 간다면 내가 친히 일러둘 말이 있다. 어서 불러라."

"예. 그리고 말고요."

우르르 몰려온 집안사람들에게서 어머니가 기다린다는 말을 듣자 시민의 눈시울이 왈칵 뜨거워졌다. 어머니의 소원대로 문관이 되지 못함을 늘 죄송스러워 해 오던 시민은 모자 사이에 걸려 있던 오랜 빗장이 비로소 열리는가 싶어 집으로 향했다.

벌써 옷을 차려입고 마당에 내려서 있는 이씨 부인의 눈에도 눈물이 글썽이고 있었다. 시민은 마당에 엎드려 어머니에게 절을 올렸다. 뵙지 못한 16년 세월 동안 어머니는 무척 늙어 있었다.

오랜만에 시민을 만난 이씨 부인은 한동안 아들의 모습을 뚫어지게 바라보고 있다가 강단 있는 어조로 말했다.

"끝까지 이 어미를 보지 않고 갈 참이었느냐?"

"아닙니다, 어머니께서 무관이 된 소자를 보고 싶지 않으신 줄 알았습니다."

"고집은 여전하구나. 헌데 시절이 수상한데 어려운 자리에 부임하는구나."

"소자가 선택했습니다. 무관이 가야할 자리가 바로 그런 곳이라고 생각했습니다."

"훌륭한 생각이다. 다만 내 꼭 일러두고픈 말이 있다. 어서 안으로 들어가자."

"……"

이씨 부인이 방안으로 들자 앉음새를 고치며 다시 시민을 똑바로 바라보았다.

"벌써 열 두 해가 지난 일이구나. 네 숙부가 그곳에서 목사를 지내셨다. 그때 훌륭한 목민관이라고 칭찬이 자자했던 것이 기억난다. 그래서 무인이기는 하지만 너도 숙부의 공적에 결코 티가 되어서는 안 될 것이다."

"예, 어머니."

"또한 진주는 선비의 고장으로 민중의 자긍심이 대단하다고 네 숙부에게서 들었다. 그 말의 숨은 뜻은 무인의 대접이 소홀하다는 것으로도 볼 수 있다. 그러니 백성의 마음을 얻기 위해서는 언제나 백성의 편에서 판단하면 그 또한 어렵지도 않을 것이다.

"예, 꼭 마음에 새겨 두겠습니다."

이씨 부인이 당부의 말을 마치자 옆에 앉아있던 시약이 어머니에게 간청했다. 시약은 시민이 무과급제 후 늘 한성에서 함께 지내다가 아내의 해산을 돕기 위해 집에 내려 와 있던 중이었다.

"어머니, 이 참에 저도 형님을 따라가 경상도의 풍물을 접하고 싶습니다. 하삼도(下三道)에서 가장 빼어나다는 진주성도 보고 싶은 마음도 간절하고요."

하삼도는 충청도와 전라도와 경상도를 두고 부르는 호칭이다.

"처자가 있는 몸으로 너무 오래 지체하지는 말아라. 가솔들 생각도 해야지."

"예, 어머니. 오래 있지는 않을 것입니다."

김시약은 스물여덟 살이었으며 결혼해서 벌써 긍(亘)과 규(珪) 두 아들을 두고 있었다.

"막내가 너를 따라 나서겠다고 저러는데 괜찮겠느냐?"

이씨 부인은 걱정스러운 표정을 하며 시민을 보고 묻자 시민이 흔쾌히 대답했다.

"어머니, 아우와 같이 지낸 세월이 어디 한 해 두 해입니까? 소자 옆에 있으면 서로 큰 힘이 될 것이니 아무 염려 마십시오."

"그럼, 너도 오늘은 집에서 묵고 내일 떠나도록 하라."

"예, 오늘 밤은 어머니 곁에서 지내겠습니다."

그것이 김시민에게는 어머니 곁에서 보낸 마지막 밤이었다.

해질녘에 진주목의 단성현(丹城縣)까지 내려온 시민은 단성 현감을 찾았다. 현감은 주독이 오른 주먹코를 가진 자로 언제부터 마신 술인지 아직까지 주기가 가시지 않은 얼굴로 시민을 맞았다.

"판관께서는 진주목에 대해 아는 바가 있으신지요?"

"십여 년 전에 숙부께서 목사를 지내신 적이 있어 그 인연으로 진주목에 대해 조금 알게 되었소이다."

"그럼 현직에 계신 진주목사에 대한 소문은 들어보지 못하신 듯합니다만."

단성 현감의 의미심장한 말에 시민은 언뜻 의아심이 생겼다.

"왜, 진주목사에게 무슨 일이라도 있소이까?"

"목사께서는 지금 병환 중입니다. 그렇게 일신이 괴롭다보니 진주목 관할에 해당하는 지방 현청들에 대해선 거의 손을 놓고 있는 실정입니다. 보고를 올리지 않아도 추궁이 없으니 태평세월이 따로 없지요."

시민은 단성 현감의 말에 기가 막혔다. 그러니 대낮부터 예사롭게 술을 마실 수 있었던 것이다.

"목사님은 병환 중이라니까 그렇다 치고 현감마저 무책임할 수가 있단 말이오?"

"어떻게 합니까? 보고를 드리려고 가면 짜증만 내며 아무런 대책도 세워주지 않으니 어쩔 수 없지요."

"그래요? 내일 목사님을 뵈면 알 수 있겠지요."

패기와 열정을 가지고 찾아가는 진주목에 갑자기 먹구름이 덮인 듯 답답하게 느껴졌다. 무사안일로 일관하면서도 죄책감이라고는 찾아볼 수 없는 관료들의 세계가 이 진주목만이 아니라는 생각이 시민을 우울하게 했다. 단성현에서의 하룻밤은 길고도 길었다.

미륵벼루(佛遷)를 넘어서자 진주목의 평화스런 모습이 눈에 들어왔다. 역사가 오랜 고을이라 그런지 가옥들도 잘 정리되어 있었고 진주성도 남강을 끼고 위풍당당하게 버티고 있었다. 진주성의 주장대인 촉석루도 남강변의 벼랑 위에 웅장한 모습을 하고 있었다. 고려 말 때 부사 김충광이 창건했다고 하는 이 누각은 진주목의 상징이었다.

관아가 있는 곳에 당도하자 장졸들이 마중을 나와 있었다. 그런데 아무리 눈여겨 찾아도 부임을 받아줄 진주목사는 보이지 않았다. 진주성도 군데군데 허물어져 있어 갑자기 적이라도 들이닥친다면 성의 구실을 할 수 없을 정도로 퇴락한 상태였다. 단성현감에게서 듣던 그대로였다.

시민은 신임판관을 맞는 장졸들의 어줍은 행동을 보자 적이 실망하면서 물었다.

"목사께서는 어디 출타중이신가?"

"아닙니다, 병환으로 숙사에 누워 계십니다."

"어디가 아프신가?"

"등창이 심해 눕지도 못하고 엎드려 계십니다."

"허어, 심하신 모양이군. 그럼 나를 그리로 인도하게. 부임 인사를 드려야 하니."

"예, 이쪽으로 오십시오."

시민이 군관의 안내로 따라가니 목사의 숙사가 나타났다. 목사의 숙사는 진주성보다는 외양이 번듯하게 갖추어져 있었다.

"제가 먼저 들어가서 신임 판관이 부임해 오셨다고 보고 드리겠습니다."

군관이 바쁘게 숙사에 들어가려 하자 시민이 만류했다.

"잠깐만 있게, 목사께서 불편하시다니 번거롭게 하지 말고 내가 직접 들어가 인사드리겠네."

시민이 군관의 안내를 받고 안으로 들어가자 매캐한 쑥 냄새가 풍기는 방 한구석에 목사가 엉거주춤한 자세로 앉아 있었다. 신임 인사를 받기 위해 무리를 하고 있다는 것을 한 눈에 알 수 있었다.

시민은 목사를 향해 군례를 올렸다.

“신임 판관 김시민이 부임 인사를 드립니다.”

“아, 오시느라 수고가 많았네. 목사 이 경(李璥)이네. 귀관이 보다시피 내가 몸이 성치 못해 이렇게 결례를 하고 있네.”

진주목사 이 경은 어줍은 몸으로 시민을 올려 보는 눈동자에 이미 힘이 빠져 있었다. 당장 사직을 하고 요양을 해도 시원찮을 모습이었다. 하지만 관직이 높아지면 그리 못하는 것이 관료의 속성인가 싶었다. 목사직을 수행하지도 못하면서 그 자리에 연연하는 모습에 연민이 느껴질 정도였다.

“이곳 사정에 밝지 못하니 무엇부터 손대야 할지 말씀을 해 주십시오.”

“성부터 먼저 보수해야겠네. 두 해 전에 경상도 일대의 성을 축수하라는 명이 내렸지만 부실공사로 백성의 불평이 대단했네. 그래서 조정에서는 이 일을 중단시켜 버렸는데 지금 생각하면 아주 잘못된 결정이었네.”

“바로 시행하겠습니다. 왜국의 소문이 불안하니 성이라도 제대로 축수되어야 합니다.”

“이를 말인가. 하지만 내 몸이 이러니 명령이 잘 먹혀들지 않네. 그래서 마음고생이 심했는데 김 판관같이 기백 있는 사람이 진주목에 부임해 왔으니 정말 다행일세.”

“목사께서 명하신 성 수축을 지시대로 시행할 것이니 조속히 쾌차하십시오.”

시민은 목사 이 경을 만나고 나오면서 지난밤에 단성현감이 하던 말이 이해가 되었다. 등창을 핑계로 목사의 직분은 방치한 채 자리만 고수하고 있었던 셈이다.

　이 경의 명령이 아니더라도 피폐해진 진주성의 보수는 화급한 일이었다.

　시민은 부임하자마자 성을 보수하기 위해 석공과 토공을 불러 모았다. 다행이라면 진주목사로 선정을 베풀었던 김제갑의 조카가 판관으로 왔다고 쉽게 인력이 모였다. 단성, 거창, 함양, 사천, 하동 등 인근 고을에서까지 모여들었다. 그래서 성의 수축은 예상보다 빨리 공사에 들어갔다.

　진주성을 지키는 병력도 오합지졸에 지나지 않는 수성군 1천여 명뿐 병기와 군량은 고갈된 상태였다. 선조 뿐 아니라 대신들까지 2백 년 동안 태평성대를 구가하고 있었으니 진주목 같은 변방에 조정의 관심이 미칠 리가 만무했다.

　시민은 군기시에 재직할 때부터 제작해 오던 총통 170여 자루를 가지고 왔다. 군기시에 그대로 두면 아무래도 녹이 쓸고 사용할 수 없게 될 것이라 여겨 허락을 받았다.

　염초도 5백여 근을 가지고 왔다. 총통을 사용하려면 화약이 반드시 필요했다. 그리고 이 총통으로 부임하자마자 병사 3백 5십 명을 뽑아 사격 연습을 시켰다.

6. 왜란의 소용돌이에 휘말리다

조선통신사가 귀국할 때 함께 따라온 겐소와 소오 등이 동평관
에 머물고 있을 때였다. 김성일의 방문을 받은 겐소가 은밀히 귀띔
을 했다.

"명나라가 오랫동안 우리 일본국과 국교를 끊어 조공의 길이 막
혔소이다. 다이코 전하께서는 이 일 때문에 분한 마음을 풀기 위해
전쟁을 일으키려고 하오이다. 그러나 조선국에서는 조속히 이 일을
명나라에 알려 조공의 길이 열리게 된다면 양국 사이가 안정되리라
여기오. 이렇게 되면 우리도 전쟁의 고통을 면할 수 있을 것이니 얼
마나 다행이겠소이까?"

말은 그럴 듯했다. 그러나 조선국에 발판을 마련하여 대륙으로 진출하려는 왜국의 저의를 어느 정도 파악하고 있는 김성일은 겐소를 호되게 꾸짖었다. 그는 중의 탈을 쓴 침략자의 앞잡이였다.

"명나라와 조공의 길을 여는데 우리 조선국이 무엇 때문에 나서야 하오? 직접 방문하여 국교를 맺으면 될 일이 아니오? 괜히 우리 조선을 사이에 끼워 넣어 눈치나 살피려는 간계를 쓰지 마시오."

"옛날 고려가 원나라 군대를 인도하여 우리 일본국을 공격한 일이 있었소. 이 때문에 지금도 조선에 대해 원수를 갚아야 한다는 목소리가 높은 실정이오."

겐소가 넉살 좋게 받아넘겼다.

"그것은 스님의 말대로 옛날에 있었던 일이오. 알다시피 고려국은 원나라의 지배 하에 있었으니 그들의 요구를 거절할 입장이 아니었던 것을 잘 알 것이오."

"옛날이고 지금이고 간에 불미스러운 과거가 있었으니 서로 원수지간이 되는 것이 아니겠소?"

승려의 입에서 그런 표현이 나오자 기가 막혔다. 자비를 구하는 옳은 승려라면 그런 험악한 표현을 스스럼없이 내뱉을 수가 없을 것이다. 김성일은 더 심하게 겐소를 꾸짖었다.

"내 말을 잘못 이해하는 모양인데 한번 들어 보시오. 만약 스님의 요구대로 우리가 일본국과 손잡고 명나라를 침범한다고 가정해 보시오. 그러면 결국 우리 조선과 명나라는 원수지간이 되는데 스님은 그것을 교린이라고 여기겠소? 어디 대답해 보시오. 이미 지나간 사건을 두고 국교를 혼란시킬 마음이 아니라면 말이오."

겐소의 얼굴은 붉으락푸르락하며 가쁜 숨을 내쉬었다. 파견되어 올 때 도요토미에게 받은 비장의 명령은 침략이었다. 그러기 위해

선 조선국이 받아들일 수 없는 온갖 수단을 동원해 침략의 구실을
만들어 내야 했다. 한데 김성일로부터 승려인 자신의 불심까지 의
심받고 나니 자존심이 몹시 상했다.

이렇게 겐소가 화를 삭이느라 안절부절 못하는 모습을 보자 김
성일은 뒤도 돌아보지 않고 동평관을 나와 버렸다.

이후에도 더 이상 동평관을 방문하지 않았는데 어느 사이엔가
그들도 제각기 나라로 돌아가고 없었다. 그 뿐만 아니라 부산포의
왜관에 거주하고 있던 왜인들도 어느 틈에 사라졌는지 한 명도 남
지 않았다. 그들의 대부분은 조선의 실정과 조선이 전쟁의 위기를
감지하고 있는지 없는지를 염탐하던 첩자들이었다. 또한 이들이 모
두 조선을 떠난 것은 선전포고와 같은 것이었다. 불행하게도 조정
에서는 덮쳐오는 먹구름을 보지 못하고 여전히 태평성대를 구가하
고 있을 뿐이었다.

도요토미는 그의 야욕을 실현시키기 위해 나고야(名護屋)에다 본
거지를 정하고 총지휘를 했다. 그가 이런 결정을 내리게 된 속사정
은 실권자로서 해결해야 할 일이 있었기 때문이었다.

첫째로 무력을 통해 다이묘(大名)들을 규합하다 보니 민심이 술렁
이기 시작했다. 그래서 이들의 욕구를 해외에서 해소시킬 필요가 있
었다. 각 영주 밑에서 활동하던 무사들의 반발이 거세지면 천신만고
끝에 잡은 권력을 유지하기가 쉽지 않다고 판단했다. 따라서 타국과
전쟁을 벌여 필요 없는 무사들을 명예라는 미명하에 제거해야 했다.

둘째로는 도요토미 자신의 휘하 장수들에게 분배해야 할 영지를
조선에서 확보해야 했다. 그들의 욕구를 충족시켜 주지 못하면 자연
히 등 돌릴 세력으로 돌변할 가능성이 얼마든지 있었기 때문이다.

셋째로는 자신의 공명심이나 영웅심을 고취시키려면 타국을 침략해 정복이라는 대업을 이루는 것이 필요했다.

게다가 도요토미에게는 야릇한 버릇이 있었다. 매독환자인 그는 영주의 아내들을 즐겨 탐했다. 그래서인지 세간에서는 도요토미를 여방수(女房狩), 계집사냥꾼이라고 수군거리기까지 했다.

도요토미는 조선에 파병할 9번대 장수 중에 하시바 히데카쓰(羽柴秀勝)과 진주성 공격에 주장으로 삼은 호소카와 다다오키(細川忠興)를 이키(壹岐)섬에 포진시켰다. 그 내막에는 여방수다운 치사한 음모가 숨어 있었다. 호소키와의 아내가 왜국에서 가장 빼어난 미모를 가진 여인이라는 것을 너무도 잘 알고 있었다.

호소카와는 아내의 미모 때문에 심한 의처증 환자로 변해 버렸다. 그의 의처증은 가히 엽기적이라 할 만했다. 그래선지 사람들의 입에 그의 일화가 자주 오르내렸다.

몹시 추운 겨울날, 호소카와는 아내 타마코(玉子)와 함께 거실에 앉아 차를 마시고 있었다. 타마코가 화장실에 가기 위해 일어서자 정원에서 소나무를 손질하던 정원사가 타마코를 슬쩍 훔쳐보았다. 나라 안에서 제일의 미녀라니까 먼빛으로나마 보고 싶은 것이 사내의 본심이었다. 이것이 호소카와에게 목격되자 단순히 아내를 훔쳐보는 것만으로도 그의 눈에 쌍심지가 돋았다. 하지만 문제는 그것으로 끝나지 않았다.

타마코가 화장실에서 나와 손을 씻기 위해 세숫대야 앞에 웅크리고 앉았다. 그때 마침 창문 너머로 나무를 손질하고 있는 그 정원사를 보았다. 추운 겨울인데도 떨면서 일하고 있는 모습이 무척 안쓰러워 보였던지 타마코가 말을 건넸다.

"날씨가 추운데 고생이 많습니다."

그런데 미모의 부인으로부터 이런 말을 들으리라고는 전혀 예측하지 못한 정원사는 잠시 당황하다가 인사를 받았다.

"네에, 네. 제법 추운 날씨입니다."

이 한마디 인사가 이승에서 남긴 정원사의 마지막 말이 될 줄을 아무도 몰랐다. 화가 머리끝까지 난 호소카와는 대검을 집어 들고 거실에서 달려 나오자마자 정원사의 목을 댕강 날려 버렸기 때문이다. 그러나 타마코는 이런 참혹한 광경을 보고도 눈 하나 깜짝하지 않고 손을 마저 씻었다.

호소카와에게 질투에 관한 또 일화가 있었다. 이들 부부가 밥상을 사이에 두고 식사를 하던 중이었다. 그때 건너 쪽에서 지붕 일을 하고 있던 일꾼이 타마코를 곁눈질해 보다가 그만 발이 미끄러져 땅에 떨어졌다. 그 순간 호소카와는 정원사를 죽였던 그 대검으로 일꾼의 목을 쳐버렸다. 일꾼의 목이 피범벅이 되어 풀밭으로 굴러가자 그는 곧 후회했다.

그에게도 일말의 양심은 남아 있었던지 지난번 정원사를 죽인 일이 켕겼다. 하지만 타마코 앞에서는 짐짓 질투의 화신처럼 씩씩거리며 돌아왔다. 미인의 놀란 모습은 얼마나 매혹적일까? 기대한 호소카와는 그만 아연실색하고 말았다. 타마코의 태도는 조금도 변함없이 눈을 아래로 깔고 앉아 식사만 계속하고 있었다.

호소카와는 이때만큼 아내에게 두려움을 느낀 적이 없었다. 또한 이때처럼 정원사나 일꾼보다 타마코를 증오한 적이 없었다고 한다. 따라서 일꾼을 죽인 자는 바로 타마코라고 생각하고 다시 정원으로 나갔다. 피가 뚝뚝 떨어지고 있는 일꾼의 목을 밥상 위에다 올려놓으면 아내가 놀라 비명이라도 지를 것으로 기대했다. 하지만 타마코의 표정은 아무런 변화도 없이 젓가락으로 다른 반찬을 집으려고 했다. 호소카와는 견딜 수가 없어 드디어 고함을 질렀다.

"그대는 뱀이냐?"

그러자 타마코는 싸늘한 눈길로 호소카와를 올려다보며 대답했다.

"악귀의 마누라가 되려면 뱀이 어울리겠지요."

그 말뿐이었다. 이만한 충격에도 견딜 수 있는 기상을 지닌 타마코가 남편에 대해 비방다운 비방을 한 것은 결혼한 후 이 한 마디가 전부였다.

이처럼 의처증이 극도에 달한 호소카와는 도요토미의 이런 엽색 행각을 너무도 잘 알고 있었다. 그런데 호소카와는 조선 침공군에 자신이 포함되자 아내를 지키기 위해 특별한 방법을 고안해냈다. 일본 전통의 종이에다 화약을 고루 넣어 길게 땋았다. 그런 다음 자신의 집 가장자리에서부터 화약 땋이를 빙빙 감은 다음 끄트머리는 아내의 방에 설치해 두었다. 만약 도요토미가 나타나면 다마코 더러 방에서 그 끝에다 불을 붙이라는 것이었다. 그러면 아내나 도요토미뿐만 아니라 집 전체가 동시에 폭파되어 그의 질투심까지 날려 버린다는 기상천외한 계획이었다. 과연 왜국 내에서 가장 의처증이 심한 자로 소문나기에 충분한 호소카와였다.

아무튼 조선과의 교섭에 실패한 겐소는 자국으로 돌아가 도요토미를 만났다.

"다이코 전하의 계산대로 조선에서 우리 요구를 거절했습니다. 그러니 공격할 일만 남았습니다."

"그럴 줄 알고 미리 날짜까지 잡아 두었다."

"언제입니까? 전하."

"내년 4월에 출정할 것이다. 동풍이 불어 조선으로 병선이 운항하기가 수월하고 파도도 가장 낮은 시기라 최적일 것이야."

"정말 다이코 전하께서는 전략이 신묘하십니다."

"그런데 가도입명에 대해 누가 가장 심하게 반대하던가?"

"부사로 왔던 김성일이었습니다."

"아니, 그 자는 우리 일본국이 전쟁 준비를 하지 않는다고 보고했다면서. 그런데 이제 와서 거절을 해?"

"전하, 조선의 서인뿐만 아니라 동인 계열에서도 우리의 계획을 눈치 채고 있었습니다. 다만 다행스럽게도 이 문제를 당쟁으로 삼고 있는 실정입니다. 서인 황윤길이 내놓은 의견을 반대하기 위해 동인인 그가 반론을 펴고 있는 셈이지요."

"한심한 놈들! 나라는 망해도 당쟁은 하겠다는 배짱이군."

"예, 바로 그것입니다."

"그럼 됐다. 우리 보고 빨리 와서 집어삼키라고 대문을 활짝 열어 주고 있는 셈이군. 안 그런가? 겐소."

"그게 다 다이코 전하의 홍복입니다."

겐소의 보고를 받고 나자 도요토미는 조선 침략을 위해 소집된 영주들을 들볶았다. 병선의 건조, 조총과 탄약은 물론 각종 무기의 제작, 군량의 조달 등 전쟁에 필요한 모든 물자와 병력의 동원에 이르기까지 끝없는 부담을 가중시켰다. 일거에 조선을 전복시키고 명나라까지 침공하려면 웬만한 무리는 감수해야 한다는 것이 도요토미의 주장이었다. 도요토미는 명나라로 출병할 때 작전지휘에 전념하기 위해 간파쿠를 사임하고 스스로 타이꼬(太閤)라고 칭했다.

강요당하고 있는 영주들의 불만도 만만찮았다. 오랜 내전으로 전쟁에 신물이 난 영주들은 진정 평화를 원했다.

"내전으로 끝없는 고난을 받았는데 이제 조선에까지 죽음을 구하러 가야 한단 말이오?"

한 영주의 불만 섞인 말에 다른 지역의 영주가 맞받았다.

"조선에 가서 죽느니 보다 차라리 여기에서 할복하는 쪽이 나을지도 모를 일이오."

"쉿! 조용히 말하시오. 누가 들으면 우리 모가지가 몸에 붙어 있지 못할 것이오."

그랬다. 도요토미의 명에 따라 나고야에 불려와 있던 영주들은 불만이 아주 심했지만 수군거리기만 할 뿐 노골적으로 토로할 수가 없었다. 결과는 독재자의 단칼에 쥐도 새도 모르게 사라질 것이 틀림없음을 알고 있었다.

이렇게 폭압적으로 조달한 군사장비는 군선과 군량 이외에 2십만 자루의 도검류(刀劍類)와 3만 정의 각종 총기류, 군마 5만 필로 침공 준비를 완료했다.

1592년 3월에는 도요토미가 직접 나고야 본영에 도착하여 출전 병력의 사열을 받고 스무 살이 된 양자 우키타 히데이에(宇喜多秀家)를 전선의 총대장으로 삼는 등 침공을 위한 만반의 태세를 갖추었다.

이렇게 구성된 왜군은 1592년 4월 13일 부산포에 첫발을 들이밀면서 마침내 전쟁을 일으켰다. 임진왜란(壬辰倭亂)이 발발한 것이었다. 태평성대를 누린다고 안일한 생각만 하던 조선의 건국 2백주년이 되던 해였다.

침공군의 규모는 1번 대로부터 9번 대까지의 육군과 일단의 수군, 숙소와 군량 등을 조달하는 봉행(奉行), 후방 경비를 맡는 제대(諸隊)로 구성하였다.

육군 1번대는 고니시 유키나가와 휘하 소오 요시토시 외에 4명의 장수가 거느린 1만 8천 7백 명.

2번대는 가토 기요마사(加藤淸正)와 휘하 두 장수가 거느린 2만 2천 8백 명.

3번대는 구로다 나가마사(黑田長政)와 휘하 장수 한 명이 거느린 1만 1천 명.

4번대는 모리 요시나리(毛利吉成)와 휘하 다섯 장수가 거느린 1만 4천 명.

5번대는 후쿠시마 마사노리(福島正則)와 휘하 다섯 장수가 거느린 2만 5천 명.

6번대는 고바야카와 타카카게(小早川隆景)와 휘하 네 장수가 거느린 1만 8천 7백 명.

7번대는 모리 데루모토(毛利輝元)가 거느린 3만 명.

8번대는 우키타 히데이에가 거느린 1만 명인데, 우키타는 도요토미의 양자로 20세의 젊은 장수였다.

9번대는 하시바 히데카쓰(羽柴秀勝)와 호소가와가 거느린 1만 1천 5백 명 등이었다.

이렇게 육군은 총 십오만 8천 7백 명의 군사가 동원되었다.

수군은 쿠키 요시타카(九鬼嘉隆)와 도도 타카도라(藤堂高虎), 와키자카 야스하루(脇坂安治), 가토 요시아키(加藤嘉明) 등 네 장수가 거느린 9천 2백 명이 동원되었다.

그 외에도 미야베 나가히로(宮部長熙)와 아홉 장수가 거느린 제대가 1만 2천 명을 동원하였다.

봉행(奉行)으로 이시다 미쓰나리(石田三成)와 네 장수가 거느린 7천 2백 명 등 왜국의 총병력은 1십 8만 7천 백 명이었다.

선발대는 고니시의 1번대와 가토의 2번대, 구로다의 3번대로 총 5만 2천 5백 명의 군사가 7백여 척의 군선에 분승하여 부산 앞바다에 나타났다.

1592년 4월 14일, 아침 일찍부터 왜국의 1번대 장수 고니시가 부산포를 공격하는 것을 시작으로 조선과 왜국 역사상 유례가 없었던 전투가 시작되었다.

첫 전투는 부산진성에서 벌어졌다. 고니시가 먼저 가도입명(假途入明)을 요구하며 성을 비우라고 통보해오자 종3품 무관인 첨사 정발(鄭撥)은 이를 단호히 거절했다. 고니시는 애초부터 항복할 조선군이 아니라는 것을 알고 실전 경험이 풍부한 병력과 성능이 우수한 조총을 앞세워 공격해 왔다. 이 전투에서 정발은 1천여 병력으로 분전했으나 중과부적으로 전멸당하고 성은 함락되었다.

고니시군은 첫 전투의 승리로 전의가 상승하자 바로 그날 서평포와 다대포를 공략해 첨사 윤흥신(尹興信)을 참살하는 등 두 성을 함락시켰다.

이 날 경상우수사 원 균(元均)은 왜군이 대거 침입했다는 보고를 받자마자 정4품직인 우후(虞侯)로 하여금 우수영을 지키게 하고 자신만 배를 몰고 하동 노량진으로 피신했다. 그러자 남아 있던 우후와 장병들은 전함 백여 척을 몽땅 침몰시키고 무기도 바다에 버린 후에 모두 도주하는 웃지 못할 일이 벌어졌다.

이튿날 고니시군은 동래성에 육박해 와서 패목(牌木)에 그들의 의사를 써서 타진해왔다.

전즉전의 부전즉가도(戰卽戰矣 不戰卽假途), '싸우려면 싸울 것이

고, 싸우지 않으려면 우리에게 길을 빌려 달라'

동래부사 송상현(宋象賢)에게 왜적의 그런 통보가 귀에 들어올 리 만무했다. 그래서 역시 패목을 이용해 의사를 보냈다.

전사이 가도난(戰死易 假途難), '싸워서 죽기는 쉬운 일이로되. 길을 빌려주기는 어렵다.'

송상현의 결연한 응답이었다. 고니시는 송상현이 보낸 답 앞에서 멈칫했다. 이런 답을 보내는 충의로운 동래부사는 어떤 자인가? 궁금했다.

고니시는 거절하는 답을 받자 2만에 가까운 대군을 총동원해 동래성을 공격했다. 동래성군의 저항도 성주 송상현을 따라 왜적의 맹공 앞에 끈질기게 버티었다. 그러나 결국 병력과 화력의 열세를 감당하지 못하고 혈전 끝에 송상현과 조방장 홍윤관(洪允寬), 양산 군수 조영규(趙英珪) 등이 모두 순절했고 성도 함락되고 말았다.

성을 함락시킨 고니시는 입성을 서두르면서 명을 내렸다.

"성주를 찾아라. 아무리 패장이라지만 훌륭한 장수다. 시신을 함부로 다루면 엄벌에 처할 것이다."

얼마 후 성루에서 송상현의 시신을 발견했다는 보고를 받았다.

"장군, 동래성 부사인 것 같습니다. 우리 병사의 시체가 즐비한 것으로 보아 사생결단을 한 모양입니다."

"어딘가?"

"저쪽 성루입니다."

고니시는 부하가 가리키는 쪽으로 급히 올라갔다. 거기에는 송상현의 주검이 성곽을 기대고 너무도 의연하게 앉아 있어 고니시로 하여금 숙연하게 했다. 고니시는 비록 왜국의 장수였지만 일국의 무장답게 군례를 올렸다. 그런 모습을 보고 있던 휘하 장수가 송상현 앞에 무참히 쓰러져 있는 왜군의 시체를 유심히 바라보다 말고 이상하다는 듯 물었다.

"장군, 어찌하여 적장에게 군례를 올립니까? 우리 병사들을 무참히 베어죽인 적이 아닙니까?"

"적이라……, 그래 적이 맞다. 그러나 조국을 지키려는 열렬한 마음은 적이라도 위대한 것이다. 내가 장수이기 때문에 장수의 마음을 알고 있다."

고니시는 패목에 쓴 송상현의 응답에 대해 깊은 감동을 느끼고 있었다. 휘하 장수도 적장의 순절을 기리는 고니시의 무인다운 자세를 헤아리게 되자 겸손하게 물었다.

"동래성주의 시신을 어떻게 해야 합니까?"

"관 속에 넣어 성 밖에 고이 묻어주어라. 조선에서 가장 훌륭한 충신이라는 비문도 명기토록 하라."

전란의 초기는 정발과 송상현의 저항만 완강했을 뿐 공격하기도 전에 조선군은 도주해버렸다. 4월 16일에 벌어진 어이없는 사건이 이를 잘 설명해 주고 있었다.

경상좌수사 박 홍(朴泓)은 좌수영에 근무하던 중인데도 왜군의 대선단이 침입해 들어온 줄을 몰랐다. 그러다 부산진성에 붉은 깃발이 가득하다는 부하의 보고를 받자 부산진성이 함락당한 줄 알고 언양으로 도주해 버렸다.

이튿날인 17일에 고니시군은 양산성에 들이닥쳤다. 그런데 당시 양산군수로 재직 중이던 조영규가 동래성에 출동했다가 송상현과 분전 끝에 전사함으로써 양산성은 빈 성으로 남아 있었다. 이렇게 양산성은 왜군에게 무혈 점령당했다.

고니시군은 중로(中路)를 맡아 양산, 밀양, 청도, 대구, 인동, 선산을 침공하고는 상주성에 접근했다. 이때 상주성은 선조의 명을 받은 순변사 이 일(李鎰)이 방어하고 있었는데 이 성 역시 고니시 군에 의해 함락당하고 왜군은 계속 북진하고 있었다.

2만 2천 8백 명의 병력으로 편성된 2번대는 주장 가토와 요장 나베시마 나오시게(鍋島直茂), 사가라 요시후사(相良賴房)는 4월 19일에 부산포에 상륙한 다음 경상좌도를 맡아 장기, 기장을 거쳐 좌병영이 있는 울산성까지 함락시켰다. 그리고 계속 북진하여 경주, 영주, 영천, 신녕, 의흥, 군위, 비안을 일사천리로 밀어붙였으며 하풍진 나루를 건너 문경까지 침공하였다.

같은 날 1만 1천 명의 병력으로 편성된 3번대는 주장 구로다와 요장 오오토모 요시무네(大友義統)가 낙동강 하류에 있는 죽도에 상륙하여 경상우도, 즉 우로(右路)를 따라 김해성으로 향했다.

김해성은 부사로서 수성장을 맡은 서예원(徐禮元)이 있었는데, 지원군으로 온 초계군수 이유검(李惟儉)이 야음을 틈타 도주해 버렸다. 서예원은 그를 잡으러 간다는 핑계를 대고 뒤따라가는 척하다가 그대로 성을 버리고 도망쳤다.

그래도 김해성은 성벽이 높고 해자도 깊은데다가 그나마 남아있던 병졸들의 결의로 수성을 하고 있었다. 왜군은 왜군대로 김해성에서 결전의 의사를 보이며 한창 피고 있는 보리를 베다가 해자를 메워 금세 성 높이만큼 쌓았다. 이렇게 벌인 전투는 잠시 교전을 했으나 조총의 위력 앞에 속수무책으로 함락되었다. 왜군은 이어 창원성을 공략하고 영산, 여영을 거쳐 성주, 부계현에서 강을 건너 지례, 금산, 영동과 청주를 함락시키고 경기도를 향해 북상했다.

7. 백성을 버리고 도망가다

경상도에서 왜란의 시초가 이렇게 벌어져 갈 무렵, 진주에 와 있
던 경상감사 김 수(金 睟)가 김시민을 불렀다. 그는 본관이 안동으로
시민의 먼 일족이었다.

"부산포에 왜적이 대거 침입했다는 소문은 들었는가?"

"예, 듣고 있습니다만 성이 아직도 보수 중이라 마음이 편치 않
습니다."

"성을 보수할 인력은 동원되는가?"

"난리가 났다니까 성안으로 피난 온 주민들이 남녀 할 것 없이
많이 도와줍니다. 그래도 비가 잦은데다 토성이라서 시일은 좀 더

걸릴 것 같습니다.”

“그러기 전에 왜놈들이 진주성에 창을 겨눈다면 방어하기가 쉽지 않겠군.”

김 수가 근심스럽게 말하자 시민도 같은 뜻이었다.

“예, 소관의 생각도 그렇습니다.”

“나의 고민도 바로 그것이네. 그러나 현재로서는 어쩔 수 없지. 성이 보수될 때까지 적의 공격이 없기를 바랄 뿐이지.”

“부산포 방면의 전황이 어떤지 궁금합니다. 적이 어디로 방향을 잡았는지가 진주성하고 관계가 있지 않겠습니까?”

“당장 동래성으로 가겠네. 그쪽 전황이 어떤지 확인해 봐야 알 수 있지 않겠는가.”

“위험합니다.”

“감사가 그런 걸 두려워해서야 될 일인가? 내 걱정하지 말고 성 보수나 열심히 하게.”

“명심하겠습니다.”

“고맙네. 진주성은 곡창지대인 전라도로 넘어가는 길목임을 잊지 말게.”

진주성을 떠나 반성까지 간 김 수는 그곳에서 부산의 성이 모두 함락되었다는 소식을 듣자 곧 장계를 갖추어 급히 조정에 보냈다. 그런 다음 함안을 거쳐 칠원에 이르렀다.

이 무렵 경상도 우병사가 신 길(申佶)에서 조대곤(曺大坤)으로 교체되었는데 조정에서는 그가 노쇠하다는 이유를 들어 다시 김성일로 교체시켰다. 각 지방의 병마를 지휘하던 종2품의 무관직인 경상우도 병마절도사에 제수된 김성일은 조대곤으로부터 업무를 인계

받자마자 흩어진 군사들을 불러 모으고 군과 현에 격문을 보내어 왜적을 막을 계책을 세우느라 동분서주하고 있었다.

그 와중에 선조는 의금부 도사로 하여금 김성일을 체포토록 명령했다. 통신사 보고 때 부전론을 주장한 일 때문이었다. 그러자 경상우병영에는 여론이 들끓었다.

"왕명을 받은 의금부에서 아직 도착도 안 했는데 왜란 중에 절도사로서 어찌 진영을 떠날 수 있겠습니까? 어명이 닿을 때까지 기다리는 것이 좋을 성 싶습니다."

김성일이 경상우병영에 부임해 와서 처음 만나게 된 사려 깊은 요장이 아쉬운 듯 권유했다. 그때 성미가 급하긴 해도 의리가 강한 다른 요장이 옆에서 듣고 있다가 주장하고 나섰다.

"가시면 안 됩니다. 아무리 주상의 명이라 하지만 사직이 누란의 위기에 처해 있습니다. 그런데도 이미 지나간 일로 체포령이나 내리는 주상이 어디 옳은 군주라 하겠습니까?"

우병영의 분위기가 아주 살벌했다. 왜란이 난 최후의 책임자는 선조라는 것이었다. 그런데도 책임진다고 하는 일이 고작 김성일을 잡아 치죄하려는 선조였다.

"허어, 무슨 말을 그렇게 함부로 하는가? 그래도 왕명은 왕명인데……, 더구나 왕명을 듣고 오래 지체해선 안 될 일, 내 갈 길을 막지 말게."

아무리 국운이 위급한 상황이었지만 신하의 길은 왕명을 따르는 것이라고 생각하며 한성을 향해 발걸음을 재촉했다.

김성일은 많은 백성들이 피난 가고 있는 절박한 상황을 보며 자신이 저지른 일을 되돌아보았다. 사실 왜국에서 전쟁을 준비하는 것은 황윤길이나 허 성뿐만 아니라 자신도 감지했었다. 그러나 그들이 보고한 바와 같은 내용을 보고했더라면 동인으로부터 비판을 받을 것은 불을 보듯 뻔한 일이었다. 허 성의 경우 동인으로부터 모진 공격을 받았었다.

그러나 동인이 권력을 쥐고 있는 지금, 통신사로 갔던 삼사 중 하나인 자신도 서인의 주장을 따랐다면 서인의 일방적 공격으로 혼란에 빠졌을 것이었다. 더더구나 자신은 동인을 저버린 배신자로 낙인이 찍혀 오갈 데 없는 신세가 될 수도 있었다. 그래서 김성일의 계산은 동인에게서 엇갈린 주장이 나오면 동인이 일방적으로 공격받지는 않을 것이라 여겼다.

그런데 억지로라도 평온하기만 바라던 선조는 김성일의 속마음을 모르고 집권세력인 동인 쪽에다 손을 들어 주었다. 일이 이렇게 되자 김성일은 왜국의 침략이 없을 것이라고 장담했던 자신이 뜻밖에도 조선 천지에 전쟁의 불을 지핀 장본인이 될 수도 있다고 여기자 뼈저리게 뉘우쳤다.

김성일이 한성을 향하던 도중 김 수를 만났다. 그는 의금부로 체포되어가는 김성일을 만나기 위해 일부러 나왔다고 했다.

"안심하고 다녀오시오. 지금은 전란 중인데 절도사와 같은 인물을 얻기가 그리 쉬운 일이오? 게다가 유 대감이 전하께 아뢰어 아마 체포령을 막을 것이오."

"고맙소이다. 감사께서도 국난 중에 어려운 일이 많겠지만 왜적을 토벌해서 나라의 은덕에 보답하시기 바라오."

김성일은 자신의 미래가 불확실하다고 생각했다. 이런 판국에 김 수의 격려 한 마디가 위로일 수는 없었다. 또한 유성룡이 구해줄 것이라는 김 수의 말도 인사치레일 뿐이라고 생각했다.

이렇게 주야를 가리지 않고 충청도 천안군을 지나 직산(稷山)에 이르렀을 때였다. 일단의 무리가 급히 말을 타고 달려오더니 김성일의 앞에 멈춰 섰다. 조정에서 보낸 관리들이었다.

"아니! 벌써 여기까지 오셨군요?"

"여기라니?"

관리들이 죄인을 반가워하는 것이 놀라웠다. 그러자 인사를 마친 관리가 품속에서 교지를 꺼내며 설명했다.

"저희들은 지금 초유사를 뵈려 경상도로 가고 있는 중인데 미리 만나게 되어 반갑습니다."

의금부 관리의 말투는 멀리까지 고생하고 달려갈 필요가 없게 된 것이 다행이란 투였다. 그래도 김성일은 영문을 몰라 다시 물었다.

"초유사라니? 그리고 그 서찰은 무엇이냐?"

"예, 전하께서 노여움을 푸시는 데는 도체찰사(都體察使) 유 대감의 공이 컸습니다. 그리고 초유사도 유 대감께서 주상께 주청하여 내렸습니다. 받으십시오."

초유사(招諭使)는 난리가 났을 때 백성을 불러 모아 병력을 확보하라는 임시직이었다. 유성룡은 난이 일어나면 왕을 대신해 일반 군무를 총괄하는 도체찰사라는 임시직을 맡았는데 그 직은 재상이 겸임하는 것이 상례였다.

"아 그렇게 되었구나, 아무튼 고맙네. 가서 유 대감을 뵙거든 초유사로써 목숨을 바쳐 이 전란을 타개하겠다고 전해 주게."

김성일은 이게 꿈인가 생시인가 믿어지지 않았지만 그래도 초유사란 직함에 힘을 두어 말했다.

"예, 그럼. 저희들은 물러가겠습니다."

교지를 가지고 온 관리들이 예를 올리고 떠나자 그 뒷모습을 바라보고 있던 김성일이 생각을 했다. 만약 왜군이 침략해 오지 않았

더라면 선조는 사직에 불안을 조성했다고 하여 황윤길을 치죄하려
들었을 것이란 생각이 언뜻 들었다.

　김성일은 체포령을 받고 의금부로 가다가 도리어 경상우도 초유
사가 된 자신의 모습이 우스웠다. 왜란이라는 크나큰 해일이 덮치
고 있으니 혼란에 빠진 조정에서는 인재를 등용시키는 일도 이렇게
임기응변으로 대처하고 있었다.

　김성일은 선조가 내린 교지를 다시 한번 펼쳐 보고는 오던 길로
말머리를 돌렸다.

　조정에서는 경상좌수사 박 홍으로부터 부산진성이 함락되었다
는 패보를 접하자 왜군의 북상 저지에 나섰다. 여진족 토벌로 명성
이 자자했던 신 립을 도순변사로, 이 일을 순변사로 삼아 조령 방면
의 중로를 막게 했다.

　성응길(成應吉)을 좌방어사로 삼아 죽령, 충주 방면의 좌로를 막
게 했으며, 조 경(趙儆)은 우방어사로 삼아 우로인 죽령과 추풍령 지
역을 막게 했다. 그리고 유성룡을 병조판서 겸 도체찰사로 삼아 전
쟁 중인 병무의 총지휘를 맡겼다.

　선조는 다시 교서를 내려 김성일을 경상우도 초유사, 김 늑(金 ⼅)
을 경상좌도 안집사로 삼아 당장 왜군의 침공을 받고 있는 경상도
의 민심을 수습하고 항전할 수 있도록 독려했다.

　당시 전황은 걷잡을 수 없을 정도로 불리했다. 심지어 순변사 이
일은 거느리고 갈 정예병이 없어 장졸과 기병 60명을 지휘하여 상
주에 갔다. 상주성에는 8백여 명의 군사가 있었으나 목사 김 해(金
垓)가 순변사를 마중한다는 핑계를 대고 산 속으로 도주해버린 상
태였고 판관 권 길(權吉)만이 성을 지키고 있었다.

이때 왜군 1번대의 주력부대가 상주성을 포위하고 조총으로 공격하자 판관과 종사관 이경유(李景流) 등이 분전하다가 모두 전사하고 말았다. 이 일은 사정이 급박해지자 단신으로 문경에 도착하여 패전 소식을 조정에 알리고 신 립이 주둔하는 충주로 부리나케 도주했다.

충주에서 북서 방향으로 10리 쯤 떨어져 있는 곳에 탄금대(彈琴臺)가 붕괴되면 한성의 함락은 시간 문제였다.

자신을 일컬어 조선 최고의 무장이라고 자처하던 신 립은 8천여 명의 군사를 거느리고 조령(鳥嶺)을 지키고 있던 중 순변사 이 일이 상주에서 패배했다는 소식을 받자 갑자기 충주로 후퇴하려 했다.

이런 소문을 들은 많은 병사나 백성들은 천혜의 요새 조령을 버리고 떠나려는 신 립에 대해 반드시 패배할 것이라 수군거렸다. 그리고 장수가 병법을 모르면 나라를 가져다 적에게 주게 된다는 옛 사람의 말을 되새기며 민심마저 흉흉해 있었다.

그러나 신 립은 용맹만 앞설 뿐 판단이 가벼워 조령을 비우고 기꺼이 탄금대로 물러섰다. 따라서 왜군이 아무런 저항을 받지 않고 조령을 통과했을 때 신 립은 신임하는 김효원(金孝元)을 찾았다. 적의 형편을 정찰, 탐색하는 조직의 책임자인 척후장(斥候將)의 보고를 받고 싶었다.

"장군, 적이 조령을 통과하기 전에 몇 번이고 망설이다 성이 비었다는 사실을 알고는 춤추고 노래도 부르며 넘었다고 합니다."

"뭐야? 왜놈들이 춤추고 노래까지 불렀다고? 내가 조령을 버린다고 끝까지 항거하더니 이제는 비웃기라도 할 참인가?"

신 립은 자신의 명령을 잘 따르는 부하는 무조건 신임하였다. 척후장도 평소 신임하는 편이었으나 군사적인 보고를 할 때만은 너무도 직설적이어서 은근히 자부심이 상했다. 이러한 사정을 모르는 척후장은 우직하게도 다시 곧이곧대로 보고했다.

"장군, 오해하지 마십시오. 소장은 정보를 받은 대로 보고해야 할 책임이 있습니다. 적은 지금 충주로 오고 있습니다."

"음, 두고 보자. 과연 자네 말이 맞는지 틀린지 확인해 보겠다."

이날 초저녁에 신 립은 단신으로 몰래 진영을 빠져나갔다가 밤이 깊어지자 막사로 급히 돌아왔다. 10리쯤 나가도 왜적의 흔적을 찾을 수 없었다. 왜군은 조선군의 기습을 막기 위해 밤새 불을 피우지 말라는 엄명을 내린 상태여서 신 립의 눈에 띄지 않았던 것이다.

이튿날 아침이었다. 신 립은 막사에서 나오자마자 위병에게 영을 내렸다.

"김효원을 잡아오라."

위병은 급작스러운 명에 잠시 주춤하더니 어눌하게 물었다. 부하를 함부로 다루는 신립의 태도를 예사롭게 볼 수 없었다. 김효원은 병법이 밝고 무예도 출중해 모든 병사의 존경을 받는 덕망 있는 무관이었다.

"김, 김 장수를 말씀하셨습니까?"

"명령할 때 뭘 들었나?"

"예? 예, 모셔오겠습니다."

"모셔 오다니, 꽁꽁 묶어서 끌고 오라!"

얼마 후 척후장이 포박을 당한 채 신 립 앞에 붙들려 와서 영문을 모르겠다는 듯 물었다.

"장군, 포박을 하시다니요. 소장이 무엇을 잘못했는지 말씀해 주십시오."

"시끄럽다. 묻는 말에 대답이나 하라."

"예, 하문해 주십시오."

척후장은 끌려올 때부터 계속 어리둥절한 모습이었다. 그런데 신 립의 질문은 지극히 감정적이었다.

"이 신 립을 어떻게 보고 그 따위 거짓 보고를 하는 것이냐?"

"무슨 말씀이신지요? 장군."

"왜놈들이 노래하고 춤추면서 조령을 넘었다고 한 것이 네 놈이 아니고 누구더냐?"

"아, 그건 한 두 사람에게 들은 말이 아닙니다. 그리고 문경 사람들이 피란 가는 것도 직접 두 눈으로 보았기에……."

척후장이 사실을 밝히려 들자 신 립은 버럭 고함을 질렀다.

"시끄럽다, 끝내 이 신 립을 우습게 아는구나. 여봐라. 이놈을 당장 끌어내 목을 쳐라."

"옛? 장군! 이, 이럴 수가……."

척후장이 끌려가면서 단말마로 외치자 신 립은 들은 척 만 척하면서 막사로 들어가 버렸다. 그런 다음 선조에게 왜적이 아직도 상주에 머물고 있다고 보고했다. 이 일이 상주에서 패배하고 난 후 아무런 정보도 듣지 못하고 있었지만 우선 선조를 안심시키려는 것이었다.

이 무렵 왜적이 바로 눈앞에 이미 진출해 있다는 사실을 신 립은 까마득히 모르고 있었다.

바로 그날 아침 일찍부터 고니시가 휘하의 소오를 불렀다.

"지난밤에 아무런 저항이 없는 걸 보니 우리 작전이 맞아떨어진 것 같다."

"소장도 그렇게 생각합니다."

"그럼 공격할 준비를 하라. 조선군이 탄금대에 진을 치고 있다는 정보를 받았네."

"멍청한 적장이 병법을 잘 모르나 봅니다. 조령을 비우고 탄금대로 들어갔으니 말씀입니다."

"그러게 말이다. 탄금대만 치면 한성은 시간문제다. 우리 부대가 가장 먼저 한성에 진입해야 하니 서두르게."

"옛! 장군."

왜군이 공격을 시작할 즈음, 신 립은 왕에게 장계를 보내고 여유가 만만했다. 그는 서인의 거두 윤두수(尹斗壽)의 강력한 비호를 받고 있어 조정에서 통하지 않는 일이 없을 정도였다.

그때 첩자로부터 급박한 보고가 들어왔다.

"장군, 왜놈들이 우리 진영 앞에다 진을 쳐서 빠져나갈 구멍도 없습니다."

"뭣이!"

신 립은 까무러질 정도로 놀랐다. 왕의 특사로 도순변사를 맡아 한성 방위의 책임을 한 몸에 지닌 신 립이었다. 그런데 정확한 정보를 알려준 척후장을 죽인 것도 그렇지만 당장 한성을 지켜야 할 절체절명의 위기에 처했기 때문에 눈앞에 보이는 것이 없었다.

"어떻게 대처해야 합니까?"

"어떻게 대처하긴, 강물 사이에다 진을 쳐라."

"배수진을 치라는 뜻입니까?"

"물으나 마나 아닌가?"

중국 한나라의 한신이 조나라 군을 공격할 때 강이나 호수, 바다를 등지고 진을 쳤다고 했다. 적에게 밀려 뒤로 물러가게 되면 물에 빠져 죽을 수밖에 없으니 죽기로 싸워 오히려 조나라 군을 물리쳤다는 고사에서 따온 작전이었다. 이런 작전은 덕장이나 지장은 잘 사용하지 않았다. 무모하게 싸우기보다 후퇴를 하는 일이 있더라도 병력을 아껴 후일을 도모하는 방법을 택했다.

그런데 신 립의 생각은 이러했다. 탄금대에는 좌우에 논이 많고 수초가 얽혀 있는데 왜군은 조선군보다 두 배나 많은 병력과 조총과 실탄 등 중무장을 하고 있어 기동력이 둔화될 것으로 판단했다. 그것이 신 립이 기대하고 선택한 배수진이었다.

그러나 기회는 없었다. 신 립이 시도한 배수진은 고니시 정도의 장수라면 상식적으로 알고 있었다. 따라서 모든 병력과 무기를 총동원해 조선군 앞에 일렬로 대오를 짰다. 그런 다음 조총으로 사격을 하고 장전하는 동안은 활로써 공격을 했다. 도저히 수비를 할 수 없는 왜군의 공격이 계속되자 신 립은 적진을 향해 기마전으로 두 번씩이나 공격을 감행했으나 조총의 명중률이 활과 달랐다. 신 립은 최후의 수단마저 좌절되어 진영이 밀리게 되자 강에 뛰어들어 스스로 목숨을 버렸다. 용장으로서 실로 어처구니없는 죽음이었다.

그뿐만 아니라 조선군도 왜군의 강력한 공격에 더 이상 버티지 못하고 강에 빠져 죽어 시체가 강물을 덮고 떠내려갔다. 병법을 모르는 장수는 나라를 적에게 갖다 바친다는 옛말이 바로 신 립을 두고 하는 말이었다.

비참하게 탄금대가 무너진 사흘 후, 좌로를 치고 북상하던 가토의 2번대는 충주에서 1번대와 합류했다. 그리고 이곳에서 전열을 가다듬던 고니시와 가토는 한성을 칠 계획을 세웠다. 그들 앞에는 한성을 훤히 알아볼 수 있는 지도가 펼쳐져 있었다.

"우리보다 먼저 이곳을 점령한 것을 보니 중로도 큰 저항이 없었나 보오. 고니시 대장."

"그렇소이다. 가토 대장은 함락시켜야 할 성이 우리보다 많았으니 늦을 수밖에 없었겠지요. 하지만 좌로에는 큰 성이 별로 없는데다 저항도 약해 전진하기가 수월했을 것이오."

고니시와 가토는 같은 장수이면서도 알력이 심했다. 가토는 도요토미의 휘하 장수로 가장 신임을 받고 있었고, 고니시는 가신으로 또한 그 신임이 두터웠다. 그러던 중에 고니시가 천주교 신자가 되자 원래 천주교를 좋아하지 않던 도요토미의 신임이 가토에게로 기울던 중이었다.

고니시는 도요토미의 신임을 회복하기 위해 한성에 먼저 입성해야 할 필요가 있었다. 그 점은 가토도 마찬가지였다. 현재 조금씩 벌어지고 있는 도요토미와 고니시의 사이를 더 멀어지게 하려면 역시 한성에 먼저 입성하는 전공을 세워야 했다. 이런 식으로 두 사람은 서로 한성에 먼저 입성하려고 야심을 품었다.

"가토 대장, 내일 한성을 칩시다. 이곳이 함락되었다면 조선에서는 왕실이 있는 곳을 지키기 위해 북방의 군사를 집결시킬 것이오. 그러면 공격하기가 어려워 질 수 있지 않겠소?"

전공을 세우려는 가토의 마음은 고니시와 다를 바 없었다.

"옳은 말이오. 하지만 내 휘하는 아직 휴식도 취하지 못했는데 대장께서 너무 급히 서두는 게 아니오?"

"아, 우리는 사흘이나 휴식을 취한 상태라 병사들의 전투태세가 해이될까 염려되오. 그래서 내일 아침에 출진하려고 벌써 군령을 내렸다오."

"호오, 그렇다면 같이 출진하도록 하오. 듣고 보니 고니시 대장이 출전하려는 이유가 마땅하오."

"고맙소이다. 그럼 가토 대장은 한성의 어느 성을 통과하고 싶소이까?"

"숭례문이오. 출병할 때부터 고수해 오던 계획이오."

숭례문, 가토는 그의 휘하를 이끌고 한성의 정문인 남대문으로 지나가고 싶었다. 그것이 조선의 항복을 받아내기 위한 첫 번째 절차라고 믿었다. 고니시는 두말없이 그의 뜻을 받아들였다. 문제는 누가 먼저 한성에 입성하는 것이냐지 어느 성문을 통과하느냐가 아니라고 판단했다.

"그럼 소장은 흥인지문을 치겠소이다. 이 두 곳을 공격하면 조선국왕도 어쩔 수 없이 투항하고 말 것이오."

"하하하, 조선국왕을 우리 앞에 무릎 꿇게 한다니 고니시 대장, 벌써부터 흥분이 되지 않소?"

"그렇소이다. 소장도 그런 날이 올 것이라고 기대는 해 왔는데 그날이 바로 내일이라니 소장 역시 흥분되기는 고니시 대장과 마찬가지라오."

고니시는 본색을 드러내 보이고 싶지 않아 가토의 말에 공감하고는 있었으나 속으로는 웃었다. 자기가 진격하는 길이 한강 상류라서 강을 건너기가 쉬웠다. 그래서 병력을 몰아붙여 한성에 선두로 입성하고야 말겠다고 단단한 각오를 했다.

한편 조선의 조정에서는 선조가 몽진하기에 앞서 후궁 공빈 김씨의 차남 광해군을 서둘러 왕세자로 책봉했다. 그리고 성질이 난폭한 장남 임해군은 선조를 보위할 근왕병(勤王兵)을 모집하기 위해 함경도로, 삼남 순화군은 강원도로 내보냈다.

4월 30일, 선조의 몽진을 막아서려는 듯 장대같은 비가 쏟아졌다. 그 바람에 빗속을 뚫고 경복궁을 떠날 때 호종인(扈從人)은 문무

백관을 모두 합쳐 불과 백여 명에 지나지 않았다.

날이 새자, 이를 알아차린 백성들은 갑자기 폭도로 변해 버렸다. 백성에게 아무런 말도 없이 궁을 버린 선조에 대한 배신감 때문이었다. 장예원(掌隸院)과 형조에 비치된 공·사 노비문서는 폭도들에 의해 불태워졌다. 왕실의 재정을 맡아보던 내고(內庫)의 금은보화도 모조리 약탈당했다.

한성을 탈출한 선조는 이튿날 호종인들과 함께 개성에 이르렀다. 그때 왕이 몽진했다는 소문을 듣고 사민(士民)들이 모여들어 선조의 실정을 성토하며 심지어 돌까지 던지는 자도 있었다. 적을 피해 왕궁을 버리고 파천하는 왕이 받아야 할 대가는 이런 것이었다.

고니시, 가토 양군이 이튿날 거의 같은 시각에 출발하여 북진하던 중, 고니시군은 여주에서 소규모의 저항을 받았으나 목적지인 흥인지문을 함락시켰다. 가토 군은 용인을 거쳐 숭례문으로 들어갔지만 고니시보다 하루가 늦었다. 병사들이 강행군으로 행군하기가 힘들었던 것과 강폭이 긴 한강을 건너면서 나룻배 문제로 시간을 많이 보낸 것이 원인이었다.

고니시나 가토는 한성을 함락시키고도 닭 쫓던 개 지붕 쳐다보는 꼴이 되었다. 침략의 목표였던 선조가 개성으로 몽진해버리고 한성은 텅텅 비어 있는 상태였다. 멋모르는 졸개들이 궁궐 안팎을 개처럼 쏘다니며 용상에 앉아보기도 했다. 또한 더러는 제 세상을 만난 듯 민가를 덮쳐 약탈하고 부녀자를 예사로 희롱했다.

부산에서 한성을 점령했다는 보고를 받은 왜국의 총지휘관 우키타가 북상하여 뒤늦게 한성으로 들어왔다. 10여 일 간 한성에서 승전을 자축하고 있던 왜군은 의논한 결과 북진을 계속하기로 했다.

  1번대 고니시 군이 평안도로 북상할 때 3번대 구로다 군은 황해도를 침공하여 후원키로 했다. 2번대 가토 군이 함경도로 북상할 때 4번대 시마쓰와 모리가 강원도를 쳐 가토를 후원키로 했다. 5번대, 6번대, 7번대, 9번대 등은 한성을 비롯한 후방을 담당하고 우키타는 한성에 주둔키로 했다.

  침략자들은 제 세상을 만난 듯 민가를 덮쳐 약탈하고 부녀자를 예사로 희롱했다.

$8.$ 숱한 전선에 나서다

진주성의 내성은 보수가 거의 끝나고 외성으로 손을 돌리려는 무렵이었다. 외성은 김 수가 관찰사로 있을 때 진주성이 협소하다고 조정에 요청해 확장되었으나 축성할 때부터 공사가 부실한 나머지 군데군데 허물어진 상태로 남아 있었다.

이날도 시민은 솔선해서 작업을 도와주던 성민들과 동문을 보수하고 있을 때 목사 이 경이 찾는다는 전갈이 왔다. 비봉산 아래에 있는 목사의 관사는 외성에서 그리 멀지 않았다.

왜란이 발발하고 달포가 지난 후, 왜의 수군이 남해안의 고성을 유린하고 사천 방면으로 전진하면서 진주성을 당장 공격할 것이라는 풍문이 돌고 있던 중이었다.

"김 판관, 내 건강이 이 지경이라 성을 보수하는 데도 일일이 확인하지 못해 안타깝기 그지없네. 현재 상황이 어느 정도 진척돼 가고 있는가?"

"내성은 마무리 되어 피난민을 받아들이고 군량도 확보해 두었습니다. 외성은 오늘부터 복구 중입니다만 한 열흘이면 완성될 것으로 봅니다."

"수고가 많으이. 그런데 동래성과 김해성 등이 속수무책으로 함락되는 이 판국에 우리 진주성인들 온전하겠나?"

"그래서 높고 튼튼한 내성부터 먼저 보수한 것입니다."

"하지만 나는 등창이 더 악화되어 거동하기에도 힘든 지경이니 피신이라도 해야겠네."

"피신이라니오, 성은 어떻게 하시려고 합니까?"

"수성하는 병사가 없다면 설마 공격해 오겠는가?"

이 경의 철부지 같은 말에 시민은 어이가 없었다. 아무리 몸이 아프다지만 마음까지 비 맞은 외성같이 풀어져 있었다. 그래서 그럴 수 없는 사정을 설명했다.

"성을 비우는 것은 왜적을 불러들이는 것과 같습니다. 그러니 목사께서만 피신하십시오. 소장은 남아서 소임을 다할 것입니다."

"나만 가라고? 판관의 임무는 목사를 보좌하는 것일진대 내 명을 어기려 들다니……. 이 난리에 성을 비우는 관리가 어디 우리들뿐인가?"

목사의 입에서 무책임한 말이 나오자 거부감이 일어났지만 환자의 입장이 되면 생명에 더욱 집착하게 되는 것이 인간의 본성이라고 했다. 시민은 자신의 결정을 기대하는 이 경의 간절한 눈을 보자 행여 피신할 행선지나 정해 두고 그렇게 하는지 궁금해졌다.

"어디 요양할 데가 있습니까?"

"음, 지리산 밑에 있는 상원동(上元洞)이란 곳이네. 거기는 산이 높고 골도 깊어 왜놈의 발길이 쉽게 미치지 못할 데라네."

"그렇게 피신했다가는 성민들로부터 원성이 높지 않겠습니까?"

"원성은 무슨 원성! 그냥 치료하러 간다고 하면 될 터인데……."

이 경은 피신이라는 말이 마음에 걸리는지 짜증을 냈다.

이튿날 아침 일찍부터 시민을 비롯한 목사 일행은 치료하러 간다는 명분으로 성을 떠났다. 얼마 동안일지 모르지만 목사가 거처할 곳을 알아야 될 것 같아 시민이 동행을 했다. 그런데 성민들과 병사들이 눈치를 채고는 비겁하게도 병을 빙자하여 피신한다고 수군거렸다. 또 그런 여론이 공론화되자 병사들 대부분이 성을 버리고 제 집으로 돌아가 버렸다. 그러니 진주성에는 성민들만 남아 성을 지키는 꼴이 되고 말았다.

지리산 상원동으로 들어온 며칠 후, 초유사로 임명된 김성일이 진주성을 방문한다는 전갈이 관군을 통해서 전해졌다. 시민은 이러한 소식을 듣게 되자 진주성으로 돌아갈 명분이 생겨 내심 반갑기 짝이 없었다.

"절도사께서 진주에 오신다는 전갈이 왔습니다. 전란 중인데 성을 비워뒀으니 어서 가 보아야겠습니다. 가실 수 있으시겠습니까?"

"혼자 가게. 내 이런 몸으로 갈 수 없다는 것을 뻔히 알고 있지 않은가?"

이 경은 이 무렵 제대로 앉지도 못해 늘 엎드려 있어야 했다. 시민은 상관의 이런 딱한 사정을 보다 못해 위로를 했다.

"그럼 소관이 초유사를 뵙고 난 후 다시 찾아오겠습니다. 그때 만나 뵌 일도 보고하겠습니다."

"고마우이, 내 건강이 나빠져 성을 비운 사실을 잘 이해시켜 드리도록 하게."

시민은 상원동을 떠나 부리나케 진주성으로 돌아왔다. 그런데 병사들 거의가 병영을 이탈한 상태였다. 시민은 본의 아니게 성을 비운 것을 자탄하면서 성에 남아 있던 군관들을 불러 모았다. 병사를 모집하라고 임명 받은 초유사 앞에 오히려 병사를 흩어 놓았으니 중벌을 내려도 할 말이 없었다.

이런 상태로 초유사를 맞는다는 것은 판관으로서 무능을 드러내는 것이었다. 단성현감의 나태해 있던 모습이 마치 자신의 일처럼 머리를 스치고 지나갔다.

"너희들의 잘못은 따지지 않겠다. 내 자신이 목사의 명을 거역하지 못해 성을 비우게 되었는데 누구든 탓하지 않겠다. 그러나 병사들을 모두 복귀시켜라. 만약 거역할 자가 있다면 엄벌에 처할 것이니 명심토록 하라."

다행스럽게도 시민이 성에 돌아온 소문을 듣고 병사들 거의가 자진해서 성으로 돌아왔다. 그들은 집안 일이 걱정이 되어 목사와 판관이 없는 틈을 잠시 이용했을 뿐이었다.

병사들이 원대복귀를 하고 난 얼마 후에 김성일이 진주목에 도착했다.

"목사는 어딜 갔는가?"

진주목사가 당연히 초유사를 마중해야 하는데 그가 자리를 비우자 시민을 보고 물었다.

"등창이 심해 잠시 요양하러 가셨습니다."

“등창이라고?”

“예, 거동하기가 불편할 정도로 심한 상태입니다.”

김성일은 초유사를 맡고 자신의 임무를 제대로 수행하기 위해 처음으로 진주성을 찾았다. 그런데 전운이 감도는 지역의 수장이 칭병을 하고 있다니 불쾌하기 짝이 없었다.

“그래도 내가 온다면 기어서라도 나와야지, 이런 전란 중에 요양이라니? 빨리 복귀하라고 전하게.”

시민은 목사에게 복귀하라는 명을 가진 일단의 병사들을 보내고 난 다음 김성일과 같이 내성부터 외성까지 시찰했다. 이 기회를 이용해 김성일은 진주성의 중요성을 설명하면서 반드시 사수할 것을 강조했다.

“진주는 호남을 보장하는 요지다. 진주가 없으면 호남이 없게 되며 호남이 잃게 되면 국가의 존망은 보장 받을 수 없다. 적이 늘 이곳을 노리고 있으니 방어하는 일을 결코 소홀히 해서는 안 될 것이다.”

“잘 알고 있습니다. 그래서 성을 복구하라는 목사의 명을 받고 지금도 보수 중에 있습니다. 또한 해자도 깊게 파서 적이 성에 접근하는 것을 대비하고 있습니다.”

“당연한 일이다. 본관이 진주목을 맨 먼저 찾아온 이유는 성의 보수도 보수이지만 병력의 확보가 시급하니 보고하게.”

“전하께서도 한성을 비운 지금, 모병하려는 설득이 백성들에게 잘 먹혀들지 않습니다.”

“그래도 진주는 경상도의 수부(首府) 아닌가? 김 판관도 최선을 다해 성을 지킬 병사를 확보하게.”

“예, 명심하겠습니다.”

김성일은 초유사로서 진주성을 지킬 조직을 개편했다. 전 군수 김대명(金大鳴)으로 하여금 의병을 모집하는 소모관(召募官)으로 삼았다. 송승선(宋承善)을 수성유사로 삼아 성을 지키는 역할을 담당케 했다. 허국주(許國柱)와 정유경(鄭惟敬)을 복병장(伏兵將)으로 삼아 유사시 적에게 타격을 가하는 책임자로 했다. 하천서(河天瑞)를 경비출납 책임자로, 강기룡(姜起龍)을 병기 책임자로, 신 남(申楠)은 군량을 관장하게 했다.

지리산 상원동으로 이 경을 찾아 갔던 병사들이 돌아와서 초유사에게 복명했다.

"명령대로 목사께서 귀성하던 중에 산음의 소남이라는 마을에서 돌아가셨습니다. 평소 목사와 친분이 두터웠다는 분의 집이었는데 등의 통증 때문에 잠시 쉬어 가려고 들른 곳이 그만 죽음자리가 되었습니다."

"그 정도로 병세가 악화되어 있었더란 말인가?"

김성일은 자신이 병자에게 가혹했던 점이 후회스러웠다.

"도저히 움직일 수가 없어 그냥 돌아오려고 했지만 초유사의 명령이라 하시며 기어코 따라나서시더니 그만……."

"알았네. 목사가 하직했으니 김 판관이 목사직을 대행해야 하겠네."

"소장은 아직 그럴 그릇이 아닙니다. 적합한 인물을 임명해 주십시오."

시민은 갑자기 목사직을 대행하라는 명을 받자 이렇게 겸사했다. 그러자 김성일이 다시 명을 내렸다.

"지금은 그릇이 작고 크고 따질 때가 아니다. 당장 성주가 없는데 어떻게 하겠나?"

"그러시다면 최선을 다하겠습니다."

"믿네. 지금 바로 전 목사의 시신을 운구해 오게. 진주성에 복귀 중에 변을 당했으니 예장을 치러야 망인에 대한 예우가 될 걸세."

"예, 바로 출발하겠습니다."

해질녘에 떠난 시민 일행은 다음날 새벽에 관아에 도착했는데 시신이 입고 있는 옷은 겨우 몸에 끼는 단삼뿐이었다. 이 경의 아내가 왜군이 온다는 소문에 의복을 전부 싣고 호남지방으로 먼저 도망친 때문이었다. 이를 딱하게 여긴 김성일은 자신의 의복 한 벌을 보내 수의로 대신해 장례를 치르게 했다. 이런 일이 있고 나자 한 늙은 선비가 김성일에게 물었다.

"진주목사라는 높은 관직에 있다가 성을 버리고 숨어 버린 사람입니다. 그런데 초유사께서는 그의 죄는 묻지 않고 수의까지 챙겨 입히고 예로써 장사까지 지내게 했으니 어찌 된 일입니까?"

"옳은 말씀이오. 이 전란 중에 전 목사가 치료를 위해 성을 떠났다고 해서 추궁할 참이었소. 그런데 목사가 명을 받고 오던 중에 숨을 거두었다고 하니 그 병세가 위중했던 것이 사실이었나 보오. 더구나 구천으로 갈 시신을 단삼으로 관 속에 눕힌다는 것은 누가 들어도 가혹한 일이오. 그래서 본관이 친구의 정으로 그럴 수밖에 없었으니 이해해 주셨으면 하오."

"아, 그런 사정이 있는 줄을 몰랐습니다. 임금이 피신하니 목사까지 이러는구나 싶어 화가 치밀었지요. 그래서 드린 말인데 초유사의 말씀을 들으니 내 좁은 소견이 부끄러울 따름입니다. 아무튼 장례를 엄숙히 치르게 해주신 초유사의 깊은 도량에 감사를 드립니다."

김성일이 진주목에서의 조직을 개편하고 떠나자 시민은 새 막료들에게 지시를 했다. 그 중에서도 가장 중요한 것은 외성의 조속한 보수와 병력을 모으는 일이었다. 지리산이 가까운 진주목에는 병사가 될만한 자들이 깊은 산골짜기로 피난을 떠나 모병에 애로가 많았다.

"여러 마을을 돌아다녀 보았지만 죽더라도 집을 지키겠다는 늙은이들뿐입니다. 자식들은 어디로 피해 갔는지 모른다고 함구하는 바람에 더 물어볼 수도 없답니다."

"그렇게도 비협조적이오?"

"물론입니다. 백성은 왜놈과 싸워야 하는데 왕은 도망만 다니느냐고 야단들입니다. 전하께서 몽진한 사실이 모병에 큰 걸림돌인 셈이지요."

"……."

김대명의 보고를 듣고 있던 시민은 순간 말문이 막혔다. 현실이 그러하니 아무리 상관이라 해도 설득시킬 묘안이 떠오르지 않았다. 오히려 더 심한 애로만 털어놓았다.

"그 정도면 다행입니다. 조정과 관아에 대한 불신도 백성들 가슴에 짙게 깔려 있었습니다. 심지어 난리가 나면 백성은 안중에도 없고 관리들부터 먼저 도망치기 바쁜데 뭣 때문에 협조하느냐고 오히려 콧방귀만 뀌고 있는 실정이지요."

소모관이 고개를 흔들며 병사 모집이 얼마나 힘든 일인가를 밝히자 그래도 계속 권유하기를 명했다.

"그들의 심정을 이해할 수밖에 없는 현실이지만 다시 가서 전쟁에 참가해 달라고 사정하시오. 나라가 망하면 어디에 숨어도 아무 소용없음을 알려야 하지 않겠소? 마침 외성의 보수도 거의 끝나가고 병사들은 성 안에서 주둔할 것이므로 안전에 관한 한 염려할 것 없다고 설득해 주면 좋겠소."

"예, 알았습니다."

노골적으로 표현은 못했지만 백성을 빗대어 자신의 불만을 밝힌 소모관을 내보내고 나자 시민은 진땀이 흘렀다. 사실 그랬다. 왕이 한성에서 왜국에 항복했다고 하여 백성까지도 항복해버릴 조선은 아니었다. 오히려 더 강한 저항으로 왜군과 맞섰을 것이었다. 그래서 선조의 몽진은 역사에 씻을 수 없는 치욕으로 남게 되었다.

시민은 다시 손승선을 불렀다. 5월인데도 성 쌓기를 독려하느라 땀범벅이 되어 있었다.

"이제 거의 복구된 줄로 알고 있다."

"예, 사흘이면 족합니다. 목사께서 직접 거들어주지 않으셨으면 아직도 감감할 것입니다."

"나는 그저 시늉만 냈지만 성민들 중에 축성해본 경험자가 많아 정말 다행이었다."

"스스로를 구하고자 함이 아니겠습니까?"

"그렇긴 하네만 수성유사도 성을 보수하고 나면 모병에 가담해주게. 소모관의 보고에 따르면 모병에 아주 비협조적인 모양이다."

"무슨 말씀인지 알겠습니다. 성만 잘 쌓아 놓았다고 절로 수비가 되는 게 아니지 않습니까?"

시민은 다시 군량을 맡고 있는 신 남을 불렀다. 전시에 군량은 성이나 무기보다도 더 중요한 요소였다. 군을 통솔하는 데는 군량이 확보되어 있어야 응집력도 생긴다.

"지난해는 한해가 심해 흉년이었는데 다행히 우리 진주성에는 피난 온 백성들이 모두 곡식을 가지고 들어왔기 때문에 크게 문제가 없는 줄 알고 있다."

"예, 그렇습니다. 금년 추수 때까지 걱정 안 해도 됩니다."

“정말 다행이다. 그런데 군량의 보관은 어떻게 하고 있는가?”

“이곳 백성들은 농사가 본업이라 저장술까지도 탁월합니다. 아무 염려할 필요 없습니다.”

“좋아, 그리고 성을 보수하느라 고생하는 백성들에게 충분한 식량을 보급하도록 하라.”

“예, 여부가 있겠습니까?”

시민은 초유사가 임명한 각 책임자를 하나씩 불러 확인 및 지시를 내린 다음 마지막으로 복병장 정유경과 허국주, 병기를 담당한 강기룡 등을 같이 불렀다. 이들은 전투 요원이라서 시민과 같이 행동할 필요가 있었다.

“우리 진주성에는 아직 전투가 일어나지 않아 지금까지는 그럭저럭 평온을 유지하고 있다. 그러나 이곳은 곡식이 많이 생산되는 지역이라 왜적이 좌시하지는 않으리라 여긴다.”

“그럼, 저희들은 무엇을 해야 합니까?”

복병장 정유경이 허국주를 가리키면서 물었다.

“정 군관은 활에 대한 조예가 깊으니 활과 화살 만드는 일을 맡게. 허 군관은 칼을 잘 쓰니 칼과 창을 더 준비하게. 특히 창은 자루를 길게 하라. 공성하는 적에게는 긴 창이 수비하기에 좋네. 그리고 강 군관은 두 군관이 맡은 일을 순조롭게 할 수 있도록 물자와 인력 등을 충분히 마련토록.”

“지시대로 거행하겠습니다.”

시민은 수성군의 각 책임자에게 명을 내리고 나자 성민들이 생활하고 있는 내성으로 갔다. 내성에는 원래 성 안에서 생활하고 있던 백성과 피난민 등이 모여살고 있었다.

이들을 관리하기 위해 서씨 부인과 김시약에게 특별히 당부를 했다. 서씨 부인은 병사들의 식사 문제나 간호, 그리고 남장을 해서 병사처럼 보이게 하는 위장술을 도왔다. 솥을 걸고 물을 긷는 등 남자들이 하기 힘든 일에 부녀자들을 동원했다.

김시약은 관군이 사용하는 무기 외의 돌이나 짚단, 농기구 등 무기화할 수 있는 것이면 모두 동원하는 책임을 맡았다. 물론 남정네들 속에서 민병을 꾸며 관군에 보조하는 역할도 맡았다. 김시약의 특유한 친화력으로 관군과 진주성민이 깊은 유대관계를 맺게 했다.

성을 지키는 것은 군인들만 아니라 성민과 혼연일체가 되어야 한다는 것을 보여주기 위해서였다.

그런데 참으로 다행인 것은 부인과 시약의 역할이 시간이 흐르면서 성민들과 육친 같은 관계를 이루고 있는 점이었다.

"부인이 발 벗고 나서서 성민들과 친동기처럼 허물없이 지내고 있으니 얼마나 큰 힘이 되는지 모르겠소. 당신과 아우는 나에게 제2의 군사들이오."

"그래요? 그 말씀을 들으니 더욱 책임이 무거워지는군요."

"형님, 형수님이 저렇게 열성이니 제가 어디 게으름을 피울 수가 있겠습니까? 형수님 때문에 저도 덤으로 생색나는군요."

"아무렴, 내가 아우를 왜 모르겠나? 아우는 항상 내 눈이요, 내 귀인 것을."

시민의 말에 김시약은 가슴이 울컥해졌다. 서자인 자신에게는 너무나 과분한 말이었다.

김시약은 그 소탈한 성품으로 성민들과 호형호제하지 않는 자가 없을 정도라는 소문을 듣고 있었다. 기골이 장대해 성을 축수하는 일에 앞장섰으며 성 안의 모든 사람들과도 막힘이 없었다.

시민은 적은 병력이었지만 일당백을 만들기 위해 직접 훈련에 참가했다. 그즈음 곤양군수 이광악(李光岳)이 곤양성을 버리고 1백여 명의 군사와 함께 진주성으로 패주해 왔다. 경상도 남해안을 거의 점령한 왜의 수군은 전라도를 공격하기 위해 곤양성의 조선군을 몰아내고 교두보를 확보했던 것이다.

이러한 전투가 지척에서 일어났는데도 정보에 어두워서 도와주지 못해 시민의 마음이 무척 아팠다. 그도 그럴 것이 엄청난 병력의 침공으로 패장이 된 이광악은 패주 이후 충격에서 벗어나지 못해 한동안 밤에도 잠을 이루지 못했다.

"왜군의 병력이 엄청났다니 도대체 그 수가 어느 정도였소이까?"

"까맣게 모여드는 개미떼라고 표현하고 싶습니다. 생전에 그리 많은 병력을 본 적이 없었으니까요. 눈을 뜨나 감으나 그 개미떼가 몰려와서 미칠 지경입니다."

"적은 어떤 전략으로 곤양성을 침범해 왔더이까?"

"곤양은 성이 낮아 적에게 내부가 노출되는 약점을 안고 싸워야 합니다. 이를 알아차린 왜놈들은 아직 한 번도 본 적이 없는 무기를 가지고 벼락 치듯 마구 쏘기 시작했습니다. 우리 군사는 활로 공격하려 해도 겨냥하기도 전에 몸이 노출되어 초개처럼 쓰러졌습니다. 그러니 어떻게 상대를 할 수 있겠습니까?"

이광악은 그 당시의 일을 상기하며 두 주먹을 불끈 쥐고 몸을 부르르 떨었다.

"그래요? 우리 군사가 왜적을 만나면 속수무책이라고 하는 말이 틀림없군요. 그들은 무기부터 다르니까요."

“그런데 벼락 치는 소리를 내는 그 무기는 무엇입니까?”

“조총이라는 것인데 사정거리가 활보다 3배나 되고 정확성이 높아 근접전을 하는데 아주 유리한 병기라 하오이다. 날아가는 새도 잡을 수 있을 정도로 정확해서 조총으로 부르지요.”

“목사께서 어떻게 그리 잘 아십니까?”

이광악은 시민이 그 화기에 대해 자세히 설명하자 놀란 표정을 하고 물었다.

“내가 군기사에 있을 때 였어요. 왜국의 사신이 가져온 이 총을 마침 군기사에 근무하던 나에게 인계되어 분석해 볼 기회가 있었소. 그때 조총과 우리 승자총통의 장점을 살려서 새로 제작한 총통이 우리 진주성에 170여 자루가 보관되어 있다오. 훈련할 때 한번 사용해 보시오.”

조총 같은 신식무기를 가진 왜국은 그것을 조선에 선물했다. 이것을 두고 조정의 반전주의자들은 왜국이 결코 전쟁을 원치 않는다고 판단하여 군기고에 보관하는 정도로 넘어갔다. 그러나 시민은 조총이 왜국에서 대량으로 사용할 것이라 짐작하고 김 지가 제작한 승자총통의 편리한 점을 조총에 접목시켜 제작해 보았다. 그것을 진주목에 부임해 올 때 가지고 왔으며 총통(銃筒)이라고 이름을 붙였다.

“그럼 우리도 많이 제작하여 널리 보급했으면 될 것을 어찌 그것밖에 없답니까?”

이광악이 아쉬운 얼굴을 했다.

“그게 간단한 문제가 아니오. 내가 상부에 아무리 요청해도 승인이 나지 않아 그것밖에 제작할 수 없었다오.”

그 당시 조정은 병부의 예산에 대해 지나치게 인색했다. 선조부터 병부의 불만에 무관심했고 외적의 침입에 피할 생각만 했지 막기 위한 방도를 내지 않았다.

　초유사에서 또 순찰사로 임무가 바뀐 김성일은 다시 진주를 찾았다. 김성일은 경상도와 전라도 사이에 있는 진주성의 중요성을 누구보다 절실하게 생각하고 있었다.
　"현재 내 관할하에서 왜적과 전투를 치르지 않은 곳은 진주목밖에 없네. 진주는 전라도로 넘어갈 수 있는 유일한 길목이니 절대로 움직이지 말고 성을 고수하게."
　"소장의 판단도 그러합니다. 죽음으로써 성을 지킬 것입니다."
　"부탁하네."
　순찰사 김성일이 이렇게 말하고 돌아간 며칠 후, 이번에는 정2품 벼슬인 도순찰사 김 수가 진주에 나타나 시민에게 명했다. 김 수는 군대를 움직이는데 치밀한 복안도 없이 임시 상황만 보고 명령을 잘 내렸다.
　"진주성은 견고하지 못하니 수성하기가 어려울 것이다. 그러니 영산(靈山)으로 가서 그곳의 전투를 도와야겠다. 그것이 진주성을 간접적으로 지키는 방법이다."
　김 수는 진주성 말만 나오면 과민상태에 빠졌다. 지난해 경상도 관찰사로 왔다가 왜군에 대한 방비책으로 진주성의 동남쪽 한 부분을 헐고 물려 쌓았다. 그런데 진흙땅에까지 증축을 하다보니 비가 조금만 내려도 물이 괴어 성으로써 제 구실을 할 수 없었다, 그래서 시민이 부임하고 난 후 성을 보수하느라 진땀을 흘리고 있는 것을 알면서도 김 수는 자신의 실책이 탄로 날까 싶어 진주성에 대한 관심을 외부로 돌리려고 했다.
　"보수가 곧 끝날 것입니다. 그렇게 되면 지금 한창 모병 중인 신병을 훈련시켜야 하는데 주장인 소관이 없으면 군율이 서지 않습니다. 하니 지금은 성을 비울 때가 아니라고 여깁니다.”

“지금 이곳은 전투가 없는데 편안하게 앉아서 성만 지키고 있을 요량이군. 군사란 전황에 따라 유기적으로 서로 원병을 보내는 게 임무가 아닌가?”

“그럼, 당장 출동하라는 말씀입니까?”

순찰사로부터 진주성에서 한 발자국도 움직이지 말라는 명을 받은 지 얼마 되지도 않은 시민으로서는 정말 곤혹스러운 일이었다.

“왜, 불복이라도 하겠다는 것인가? 상관의 명령에 일일이 대꾸하다니!”

당장 불쾌한 얼굴을 하는 김 수를 물끄러미 바라보던 시민은 난감했다. 전장에 뛰어들려면 그 지역의 병력 등 전황이 어느 정도는 파악되어야 했다. 그런 다음 작전을 수립하고 병력을 파견하는 것이 군사를 움직이는 체계였다. 그런데 사전지식도 없이 참전부터 하라는 것은 죽음을 자초하는 행위나 다름없었다.

문관이 병무를 맡으면 대체로 명령만 내리기 좋아하는 속성이 있었다. 그런 속성을 잘 알고 있는 시민은 문관 김 수의 자부심을 건드리고 싶지 않아 이유를 달았다.

“그런 뜻이 아닙니다. 소장의 생각은 완전히 노출되어 있지 않은 적을 향해 군사를 일으키는 것보다는 먼저 정탐부터 해 보고 싶다는 뜻입니다.”

“정탐?”

“예. 현재 진주성의 군사는 전투 경험이 없습니다. 그래서 곤양에서 온 기병 50명을 거느리고 일단 영산으로 가 보겠습니다.”

“그리고는?”

"적의 병력과 화력 정도를 파악해 보겠습니다. 그래야 기습을 하든지 정공법을 쓰든지 결론을 내릴 수 있지 않겠습니까?"

"지피지기면 백전백승이라……, 그 문제는 목사가 결정하게. 진주성에서 지원군이 간다면 영산에서는 천군만마를 얻은 것으로 생각할 테니까."

김 수는 들은 풍월로 병법까지 거론하였다.

"예, 소관도 그렇게 되기를 바라겠습니다."

김 수로부터 명을 받고 나오자마자 시민은 이광악을 불렀다.

"도순찰사께서 출정을 지시했소."

"이 정도 훈련으로 가능하겠습니까?"

"그래서 전황을 살피기 위해 소규모 군사를 먼저 움직일 것이라고 했소."

"그러니 뭐라 하셨습니까?"

"순순히 응해 주셨소. 어서 날쌘 기병 50기만 차출하시오."

"목사께서 제작하신 총통을 사격수 열 명에게 휴대하도록 하고 싶습니다."

"좋은 생각이오, 이번 기회에 실전 경험이 될 수 있을 것 같소. 내일 아침에 일찍 출병할 준비를 하시오."

"알겠습니다, 목사."

총통을 실전에 사용할 길이 생기자 이광악은 이를 갈았다. 조총으로 인해 곤양성에서 당한 뼈저린 패전을 총통으로 앙갚음 하고 싶은 충동이 일어났다.

이튿날 기병 50기를 거느리고 출동한 시민은 낙동강을 건너 창녕까지 행군했다. 목적지인 영산이 눈앞에 나타났지만 아직 왜군의 그림자도 발견하지 못했다.

시민은 기병을 야트막한 언덕 아래 강가에다 진을 치게 했다. 지형에 밝지 않은 군사를 내륙으로 더 깊이 침투시키는 것은 스스로 무덤을 파는 것이나 다름없었다.

밤이 이슥했다. 가까운 거리에서 조심스럽게 다가오는 말발굽소리에 시민과 이광악은 옆에 놓인 칼을 움켜쥐었다. 말발굽소리는 정탐하러 나간 아군이 아니면 적의 복병일 수 있다. 그 순간 보초병이 막사 앞으로 급히 쫓아왔다.

"정탐병이 돌아왔습니다."

"오, 어서 들라 하라."

"예."

보초병의 대답이 끝나기도 전에 정탐병이 심각한 표정을 하고 들어왔다. 시민은 그 모습에서 직감적으로 비상사태임을 느꼈다.

"적이 어디에 있던가?"

"예, 작원(鵲院)이란 곳에 진을 치고 있습니다."

"불을 피우고 있었던 모양이군. 이 칠흑 같은 밤에 발각되었으니 말이다."

"예, 우리 조선군쯤이야 아예 겁내지 않는 듯했습니다."

"병력은 어느 정도던가?"

"막사를 헤아려 보니 1백여 명의 소규모 부대인가 봅니다."

이때 이광악이 조급하게 물었다.

"목사, 내일 새벽에 기습하면 어떻겠습니까?"

"소규모 부대로 적이 위장술을 쓰고 있는지 알 수 없소."

시민은 왜군의 야영장 치고 너무 허술한 것이 의심스러웠다.

"아, 아닙니다. 가까이 다가가 엿보았더니 민가의 소를 잡아먹고 술이 취한 채 곯아떨어진 놈도 부지기수였습니다."

정탐병이 직접 눈으로 확인한 광경을 소상하게 밝히자 시민은 단호한 명을 내렸다.

"방자한 놈들! 겁도 없나보군. 이 군수 뜻대로 내일 새벽 묘시에 기습하겠다. 그때 출정토록 알려라."

"옛."

정탐병이 나가자 시민과 이광악은 기습작전을 세웠다. 먼저 왜군의 막사를 불태우고 그 자리에서 우왕좌왕하는 적을 총통으로 공격하되 추격까지는 하지 않기로 했다. 출전할 때의 목적대로 정찰하는 정도에서 끝낸다는 작전이었다.

이튿날의 전과는 왜장까지도 베어 죽이는 등 만족스러운 승전이었다. 방심한 적들은 배불리 먹고 잠이 들어 기습을 해도 깨어날 줄 몰랐다. 특히 도주하는 왜군을 총통으로 공격한 이광악은 너무 통쾌한 나머지 눈물까지 흘렸다.

영산전투에 출진한 5십여 명의 병사 중 전사자는 물론 부상자도 하나 없는 것은 크나큰 다행이었다. 곤양성 전투의 패전으로 사기가 죽어 있던 병사들에게 자신감을 치솟게 하는 전투였다.

이렇게 승전은 했지만 작전대로 철군을 서둘러야 했다. 출진할 때부터 군량과 무기를 단출하게 준비한 때문이었다.

시민이 이끄는 지원군이 낙동강을 도로 건너 철군을 하고 있던 중이었다. 혼자서 간신히 강을 건너와 있던 함안군수 유숭인(柳崇仁)이 일단의 군사가 관군인 것을 확인하자 강기슭에서 기어 올라왔다. 밤새 강물 속에 숨어 있어서 갑옷이 젖어 있었다.

"어디 군사인가요?"

시민은 갑자기 나타나서 외치는 목소리를 듣고 놀랐으나 유숭인의 복장으로 보아 벼슬아치임을 알고 자신을 밝혔다.

"진주가목 김시민이오."

"아, 다행입니다. 저는 함안군수 유숭인입니다."

"그런데 어떻게 여기 홀로 있으시오?"

"패전지장이 무슨 변명을 할 수 있을까마는 무기 때문에 부하들을 모두 죽였습니다."

"조총에 당한 것이구려. 우선 옷부터 갈아입으시오. 아침 기온이 차니 내 옷을 입으시오."

"고맙습니다, 목사."

유숭인이 시민으로부터 옷을 받아 입는 동안 기병은 함안(咸安) 쪽의 낙동강변에서 잠시 휴식을 취했다.

유숭인이 접전한 지역이 작원이라 했다. 그곳에서 공격령을 내린 함안 병사는 왜적의 조총 세례를 받고 전멸당했다고 하였다. 시민이 새벽에 기습해서 무찌른 왜군이 바로 그들이었다. 이런 사정을 듣고 있던 시민이 유숭인에게 물었다.

"그렇다면 도로 함안성으로 복귀할 것이오?"

"그쪽으로 가는 길목엔 왜놈이 깔려 있습니다. 성을 지키고 있어야 하는데 명을 받고 나와 병사는 병사대로 모두 잃고 이 꼴이 되었으니 내 처지가 사납습니다."

"누구의 명이었소이까?"

"김 수요."

유숭인은 관작도 붙이지 않고 김 수의 이름 두 자만 내뱉듯이 말했다. 그도 시민과 같이 김 수의 무지한 명령에 불만이 많았던 모양이었다. 그런데 문제는 유숭인이 오갈 데도 없는 처지라는 점이었다. 그래서 시민이 권유를 하였다.

"그렇다면 나와 같이 진주성으로 가도록 하오. 거기서 우리 일을 도와주시오.”

“허어, 제가 돕다니요? 신세를 져도 많이 지게 되었는데……, 하
지만 훗날 이 은혜를 반드시 갚겠습니다.”

9. 진주성을 살리자

사천에 있는 선진포의 왼쪽 입구에 작은 항구 마을로 선진(船津)이 있었다. 조그만 항구이기는 해도 마을 이름 같이 배를 정박시키기 좋은 조건을 갖추고 있었다.

이 마을을 호시탐탐 노리던 왜적의 수군이 고성에 진출했다. 다시 사천까지 진출한 다음 이곳의 어민들을 닥치는 대로 죽이고 군막을 쳤다. 그러자 왜적이 진주와 하동을 공격하려 한다는 소문이 파다하게 퍼졌다.

왜의 수군은 쿠키 요시타카와 도도 타카도라 등 두 장수의 지휘하에 있었다. 험한 바다를 상대하는 자들로 구성된 왜적이라 소문에 의하면 침략하는 방법도 아주 잔혹하다고 했다.

12년 동안 피폐해 있던 진주성의 내성은 보수가 끝났으며 외성도 마무리 단계에 있었다. 그러나 모병한 군사의 조련이 아직 미숙한데 바로 밑에 왜의 수군이 집결하고 있다니 시민은 마음이 다급해졌다. 만약 그들이 진주성을 침공한다면 지금 상태로는 방어하기가 쉬운 일이 아니었다.

그래서 먼저 사천을 공격하기 위해 이미 해전에서 여러 차례 승전한 전라좌수사 이순신에게 밀정을 보내야 하는데 마땅한 방법이 떠오르지 않았다. 밀서를 보내다가 왜군에게 발각된다면 진주성을 주목하게 되어 오히려 긁어 부스럼을 만드는 꼴이 될 것이었다. 또한 연전연승하고 있는 좌수사에게도 없었던 일만 못한 결과를 줄 수도 있다.

마침 김시약이 찾아왔다.

"형님, 무슨 고민이 있으십니까?"

낙천적인 김시약은 형의 고민을 당장이라도 해결해 줄 것처럼 시원하게 물었다.

"사천 선진에 왜군이 군막을 치고 진주성을 노린다는구나. 먼저 공격을 하고 싶은데……. 우리 혼자 힘으로는 힘들 것 같으이."

"수군인데 어찌 진주성까지 공격해 온답니까?"

"말이 수군이지 육군과 마찬가지로 육전에 아주 능하다는 소문이 자자하더군."

"그러고 보니 외성 보수는 시간이 조금 더 걸릴 텐데……, 마땅한 방법이 없겠습니까?"

"여수(麗水)에 밀지를 보내 좌수사의 도움을 받고 싶은데 갈 사람이 마땅찮네."

싸우는 지역마다 승전을 거듭하는 전라좌수사의 이름을 온 나라 안에 모르는 이가 없을 정도였다. 김시약도 역시 이순신을 지극히 존경하고 있었다.

"전라좌수사를 만나러 간다는 말씀입니까?"

"소리가 너무 커구나."

"……."

김시약은 형의 충고를 듣고 자기 손으로 입을 막았다. 이를 보고 있던 시민이 속사정을 털어놓았다.

"내가 보낼 밀서는 좌수사의 수군이 선진을 공격해 주면 좋겠다는 것이다. 우리와 수륙 양동작전을 편다면 턱밑의 근심을 제거할 수 있지 않겠나. 한데 실수로 밀서가 적에게 발각이라도 된다면 어떤 결과가 나타날지 그게 두렵다."

"왜놈들이 그 밀서를 어떤 방법으로건 악용할 가능성이 있다는 말씀이군요."

"그렇다네."

"이 아우가 가면 안 됩니까?"

"민간인으로 기밀을 어떻게 지킬 수 있나?"

"형님, 군사상 긴요한 일이라면 민간이건 군사건 무슨 상관입니까? 그리고 굳이 밀서를 전하고 받아올 필요도 없이 기밀만 오가면 될 게 아닙니까?"

"그 무슨 말인가?"

"만약 제가 좌수사를 찾아가서 형님의 뜻을 전하면 의심하지 않고 받아들이시겠지요? 진주목사의 아우라고 이 얼굴에 씌어 있지 않습니까."

"아, 아! 왜 내가 그걸 생각 못했지? 이리 좋은 방법을 가까이 두고 말이다."

"참, 형님도. 진리는 가까운데 있다고 늘 말씀하시고는……."

"그래, 맞다. 아우라면 내 의사를 확실히 전할 수 있다. 선진의 왜적을 공격할 계획이 있는지, 또 그런 계획이 있다면 언제쯤인지 그것이 알고 싶다."

"그럼, 형님. 곧 여수로 떠나겠습니다."

"아우가 수고 좀 하라. 행여 곤양성에 왜군이 주둔하고 있을지 모르니 조심해야 될 것이다."

"염려하지 마십시오."

김시약은 형의 지시를 받자 입은 옷차림 그대로 여수를 향해 쏜 살같이 내달렸다.

이튿날, 전라좌수영에 도착한 평복 차림의 김시약은 위병의 제지를 받았다. 5월 들어 목포와 합포, 적진포 등에서 적선 42척을 격파하고 승전했어도 분위기는 전시 중이라 오히려 더 삼엄했다.

"어떻게 왔소이까?"

"좌수사를 뵈러 왔소이다."

"좌수사를요?"

"진주목사가 보냈다면 아실 것이오."

"진주목사라, 그럼 김시민 목사의 명으로 왔단 말이오?"

"그렇소."

"잠깐만 기다리시오."

위병은 의심하는 표정을 지으면서도 김시민이 보냈다니까 곧장 영내로 들어갔다.

얼마 후, 영내로 들어갔던 위병이 헐레벌떡 달려 나오면서 손짓을 했다.

"들어오시오."

김시약은 위병을 따라 영내로 들어갔다.

좌수사 이순신의 집무실은 온통 조선 해도와 병서로 가득 차 있었다. 바다를 지키기 위해 얼마만큼 치열한 작전을 짜는지 당장 알 수 있는 분위기였다.

검게 그을리고 양 볼이 움푹 들어갈 정도로 여윈 이순신이 병서를 덮고 일어섰다. 김시약은 이순신이 쏘는 형형한 눈빛에 잠시 어리둥절했다. 이름 석자만으로도 삼남의 백성들에게 우러름을 받고 있는 장수의 기개가 온몸에서 쏟아져 나왔다.

"김 목사와 너무 닮아서 한눈에도 알아보겠네."

"예, 저를 보고 작은 시민이라고들 합니다."

이순신의 온후한 환대에 얼었던 마음이 풀린 김시약이 어린시절 두 형제를 두고 사람들이 하던 말이 떠올랐다.

"하하하, 작은 시민이라, 그럴듯하군. 그래서 자네를 나에게 보낸 모양인데 무슨 일인가?"

"고성과 사천을 침공한 왜놈들이 곧 진주성을 공격한다는 소문이 파다합니다."

"음, 그래서?"

"왜놈들의 수군이 진주성의 턱밑에서 진을 치고 있어 우리 성이 위태롭습니다. 형님의 생각은 선진에 왜군이 모여 있으니 바다에서 공격해 주신다면 육지는 진주성군이 맡겠다고 하십니다."

"역시 김 목사는 명석한 판단을 하셨군. 우리 좌수영에서도 사천만을 공격할 작전을 세웠네. 문제는 진을 치고 있는 적이 내륙으로 쫓겨 가서 우리 민가에 보복전을 펼까 그게 두려웠는데 김 목사가 막아 준다면 이 이상 더 훌륭한 작전은 없네."

"수륙 양동작전을 쓰신단 말씀이시지요?"

"수륙 양동작전이라? 하하하, 그렇지. 기막히게 이상적인 작전이네. 기상에 이변이 없는 한 오월 스무 아흐렛 날 새벽에 우리가 선진을 공격할 것이네. 그때 연합을 할 수 있단 말이지?"

"예. 그래서 저를 보냈습니다."

"그렇다면 자네를 믿겠네. 김 목사에게 가서 좌수영의 계획을 보고하게. 오월 스무 아흐렛 날 새벽, 절대로 차질이 없어야 할 것이네."

"예."

"이 작전은 우리 수군에서도 출항 직전까지 비밀로 할 것이네. 그만큼 극비를 요하는 작전이니 때가 되기 전에는 절대로 발설해서는 안 되네. 또한 이 작전이 성공하면 당항포(唐項浦)를 치기 전에도 수륙 양동작전을 편다고 보고하게."

"예. 꼭 전해드리겠습니다."

공격일을 5월 29일 새벽으로 잡은 것은 그때 조류가 여수에서 사천만으로 급히 흐르는 시기였다. 이순신은 이렇게 조류의 흐름을 최대한 이용하여 전력을 극대화시키려는 계획을 세워 두었다.

이순신은 김시약의 다짐을 받자 문 밖으로 눈길을 보냈다. 땅거미가 짙게 깔려 앞뒤를 분간하기 어려운 시각이었다.

"벌써 이렇게 됐나? 날도 어둑한데 하룻밤 묵어가게. 김 목사와 그동안 적조했는데 소식도 듣고 싶군."

"고마운 말씀이지만 지금 바로 돌아가고 싶습니다. 형님께서 학수고대하고 계실 것입니다. 게다가 벅찬 기밀을 안고 잠을 잘 수 없을 것 같습니다. 그러니 밤을 도와 달리겠습니다."

"군인보다 더 투철하구나. 그렇다면 조심해서 돌아가게. 목사에게 공격 일에 절대로 차질이 없어야 한다고 이르고."

김시약은 영외까지 배웅 나온 이순신에게 작별 인사를 하고 말 등에 오르자마자 힘차게 말채찍을 내리쳤다.

전라좌수영을 떠나 하동 노량까지 달려온 김시약은 몹시 조심스럽게 말을 몰았다. 이광악과 마주쳤던 왜군과 조우할 가능성이 아주 높은 곳이었다. 가능하면 강기슭으로 말을 몰았고 평지를 지날 때는 속도를 내어 달렸다. 이렇게 주변의 상황을 몇 번이고 확인하면서 돌아오던 김시약은 다음날 해질녘에 진주성 가까이에 이르렀다.

낮부터 북장대 위에서 서쪽을 계속 주시하고 있던 시민의 눈에 먼지를 일으키며 달려오는 김시약이 들어왔다. 시민은 급히 말을 몰아 마중을 나갔다. 성을 지키던 병졸들은 무슨 일인가 싶어 달려가는 시민의 뒷모습에서 눈을 떼지 않았다.

시민은 아우를 보내 놓고 하룻밤을 뜬눈으로 밝혔다. 만약에 무슨 불상사라도 생긴다면 평생을 두고 가슴앓이를 해야 될 일이었다. 집에서 떠나올 때 삼남에서 가장 빼어나다는 진주성을 구경한다고 왔다가 구경은커녕 궂은 일만 도맡아 하는 김시약이었다. 시민은 말 등에서 훌쩍 뛰어내리는 늠름한 김시약을 보자 외쳤다.

"오, 내 아우가 무사히 돌아왔구나."

시민은 달려가서 김시약의 어깨를 감싸 안았다. 그는 이순신을 만났던 일의 흥분을 아직도 가라앉히지 못한 듯 상기된 얼굴을 하고 있었다.

"예 형님."

불과 이틀만이지만 이렇게 형제가 다시 만나게 되자 말머리를 나란히 하며 고향 마을의 들길을 걸어가듯 북문을 향해 걸었다.

"장군께서는 저를 꼭 형님을 대하듯 반겨 주셨습니다."

"그러셨겠지, 한데 장군께서 뭐라 하시던가?"

시민의 묻는 말에 김시약은 심각한 표정으로 주위를 한번 살폈다. 이순신과 자신밖에 모르는 기밀이 행여 흘러나갈까 봐 조심하지 않을 수 없었다. 주위에는 인기척 하나 없고 누렇게 익어가는 보리가 바람 따라 춤을 추고 있을 뿐이었다.

"장군께서 오월 스무 아흐렛 날 새벽에 사천 선진을 공격한다고 말씀하셨습니다. 그러시면서 육전에는 아무런 대비책을 마련치 않았는데 진주성에서 배후를 친다면 그 효과를 극대화시킬 수 있으리라 하셨습니다. 말하자면 수륙양동작전을 펴는 것이지요."

"오오, 아우. 이 얼마나 고대했던 대답인가. 그래 또 다른 소식은 없었느냐?"

"예. 또 있고말고요."

"뭔가, 그것은?"

"당항포도 공격 대상에 포함시켰는데 공격일이 정해지면 그때도 이 작전을 펴자고 하셨습니다."

"당항포라면 멀지 않은 고성에 있지 않은가?"

"예, 당항포는 선진과 연계되어 있는 적의 본영이라고 합니다."

"그렇다네, 아우. 이번에 장군을 만난 사실과 선진 공격에 대해선 당분간 비밀로 해야 할 것이다."

"염려 마십시오, 형님."

'스무아흐레라, 스무아흐레……'

밤이 이슥할 때까지 선진의 공격 날짜를 되뇌며 골똘히 생각에 잠겨 있다가 다음과 같은 작전을 선택했다.

먼저 총통 사격수 1백 명으로 성에서 퇴각하기 위해 몰려나오는 왜군을 정면에서 공격하는 것이다. 나머지 4백 명의 궁수는 총통을 피해서 고성 쪽으로 도주하는 왜군을 측면에서 공격한다는 작전이었다. 그리고 기병 5백 명을 배치해 퇴각하는 왜군을 뒤쫓게 한다는 전략이었다.

날이 밝아지자 시민은 이광악과 김대명 등을 불러 작성해 놓은 작전을 제시했다.

"전라좌수사 이순신 장군과 연락이 닿았소이다. 작전도에 표기해 놓은 날짜에 공격하려는데 두 군수의 의견이 어떤지 기탄없이 말해 주시오."

이때 이광악이 사뭇 놀라는 표정을 하고 물었다.

"선진에 대한 정보가 들어온 게 있습니까?"

"병선이 13척이라면 대충 4, 5백 명으로 보이오. 저들은 모두 수군으로 보면 틀림없을 것이오."

"그렇더라도 우리 작전이 너무 공격적인 것 같습니다. 만약의 경우에 대비해 수비하는 방법도 겸해야 되지 않겠습니까?"

김대명은 소모관으로서 모병하는 일이 얼마나 힘든가를 몸소 체험하고 있었기에 군사의 목숨에 늘 관심이 컸다. 그러나 시민의 다음 말을 듣고는 마음을 놓았다.

"두 사람에게 미안했지만 나를 닮은 것을 이용해 며칠간 비밀에 붙이고 있었소. 전라좌수영에 내 아우가 몰래 갔다가 어제 늦게 돌아왔다오."

시민은 김시약을 보내게 된 동기와 이순신이 선진을 공격하는 날짜 등을 소상히 밝혔다. 이를 듣고 있던 이광악은 김시약에게 깊은 신뢰를 느끼면서 말했다.

"목사의 깊은 속마음을 우리가 어찌 알겠습니까? 그리고 작전도 빈틈이 없어 보입니다."

"김 군수는 어떠하오? 왜군은 수군이라서 병선을 잃으면 우왕좌왕할 것이오. 게다가 우리 병사가 왜군보다 수적으로 우세하니 군사를 아끼는 소모관으로서 안심해도 될 줄 아오."

"예, 소관도 그것이 마음에 듭니다. 만약의 경우를 대비해 후속으로 병마 5백기를 뒤따르게 하면 더 확고한 작전이겠습니다."

"좋은 생각이오, 우리 병사들의 안전을 위해 후속 5백기는 소모관이 차출하시오."

"감사합니다, 목사."

"그리고 이번 기회를 통해 우리 병사들에게 실전만큼 좋은 훈련이 없다는 것을 깨닫게 해야 하오."

"그렇다면 이 작전의 성공을 위해 기존 병사들은 물론 새로 차출된 병사들에게 비밀로 해야겠군요?"

이광악이 기밀을 요하는 작전인 것을 알아차리자 시민이 당연하다는 듯 말했다.

"그렇지요, 우리만 알고 있으면 아무 탈이 없을 것이오. 마음의 준비나 단단히 시켜 주시오."

이날 오전 내내 시민과 이광악, 김대명은 정예병 1천 명의 명단을 작성하고 오후부터는 실전을 방불케 할 정도로 맹훈련에 돌입했다. 특히 총통의 사수들을 맡은 이광악은 훈련이 철저했다. 왜적에게 당한 것만큼 되돌려 주고야 말겠다는 이광악의 절치부심이었다.

오월 스무 여드렛 날, 진주내성의 동문 앞 광장에 정예병 1천명이 진열해 있었다. 비록 짧은 훈련 기간이었지만 일당백의 기상이 하늘을 찌를 듯 당당한 모습이었다.

완전한 전투복 차림의 시민이 출전하는 모든 병사들과 성민들에게 밝혔다. 특히 이순신이 이끄는 수군과 함께 왜적을 격파한다는 말에 군사들의 사기는 하늘을 찌를 듯 높았다.

진주성에서 사천현으로 들어가려면 십수교(十水橋)를 건너야 했다. 시민은 십수교를 건너가기 전 오목한 분지가 있는 곳에 밤을 샐 진영을 설치하라고 명했다. 외부에서는 이 분지가 잘 보이지 않았으나 분지에서는 바깥이 아주 넓게 보여 선진에서 일어나는 일은 훤히 바라볼 수 있었다. 이런 곳은 왜군이 밀탐하러 나오는 것도 미연에 발견할 수 있는 이점이 있는 곳이었다.

시민은 이광악, 김대명과 내일의 작전을 다시 검토하기 시작했다.

"동트기 전에 출동하면 작전 지역까지 은밀히 잠복할 수 있을 것 같소?"

시민이 이광악을 보고 물었다.

"차질이 없을 것입니다."

시민은 다시 김대명을 보고 지시했다.

"기병은 선진에 접근하게 되면 말에서 내리시오. 말을 타고 가면 적에게 노출되기가 쉬울 것이오."

"그뿐만 아니라 고요한 새벽에 행군할 때는 말발굽 소리가 더 멀리까지 들립니다. 그래서 기병은 풀밭을 택해 행군하겠습니다."

"중요한 판단이오, 김 군수."

이튿날 새벽, 가장 먼저 일어난 이광악이 희미한 하늘을 바라보더니 염려스럽다는 듯 물었다. 바람이 제법 일고 있었다.

"목사, 오늘 전투에 차질이 있을까 걱정이 됩니다."

"왜, 그렇게 생각하시오?"

"하늘이 우중충하고 바람도 제법 세게 일어나고 있습니다. 이런 날씨는 태풍을 상대로 사는 적의 수군에게 유리하지 않겠습니까? 만약 좌수영 수군과 왜선이 조우하게 된다면 어떻게 될까하고 걱정이 앞섭니다."

"이 군수, 날씨가 이 정도면 군선이 운항하는데 이상이 없을 것이오. 좌수사가 오늘을 선택한 것은 여수에서 사천 쪽으로 흐르는 물길 때문에 노를 많이 젓지 않아도 항해가 가능한 것을 이용했소. 더구나 우리 해안을 잘 모르는 왜의 수군이 함부로 항해하지 않을 터, 그러니 적선과 조우할 기회가 없을 것이오."

"그렇습니까? 소관이 바다에 대한 지식이 모자라 괜한 기우를 했나 봅니다."

"이 군수, 기우라고까지 하지 마시오. 병사를 이끌고 전장에 나서는 자는 기우도 필요할 때가 있소이다. 속단이 졸속을 범할 수 있는 것도 병가지상사가 아니겠소."

꼭두새벽부터 출진을 서두르는 각 진영은 분주했다. 선진 부근에 매복하려면 어둠을 틈타야 했다. 그래서 선발대 1백 명의 총통 사격수들은 주장 이광악을 따라 먼저 이동했다.

다음 궁수 4백 명은 시민 자신이 이끌고 뒤따랐으며, 기병 5백기를 맡은 김대명은 말발굽소리를 줄이기 위해 풀밭을 골라 이동했다. 그리고 출진할 때부터 정해 둔 지역으로 전군이 배치되었다.

긴장된 스무 아흐렛 날 새벽이 지나 날이 훤히 밝아도 아무런 기척이 일어나지 않았다. 선진의 군막을 향해 매복하고 있던 이광악이 시민의 곁으로 포복해 왔다.

"약속 시간이 훨씬 지났습니다. 뱃길에 이상이 생겼을까요?"

"아니오, 절대로 실수를 하지 않을 분이오. 그러니 좀더 기다려 보도록 하오."

말은 그렇게 하였지만 시민의 속은 타고 있었다.

좌수영에서 이억기를 기다리던 이순신은 그를 만나지 못하고 노량까지 와 잠시 항해를 멈추었다. 경상우수사 원 균과 만나 선진에서 합동작전을 벌이기로 약속한 것이었다. 이억기는 아무런 연락도 없고 참전하지 않자 원 균이 불평을 늘어놓았다.

"이 우수사는 참전하지 않겠다는 것인가?"

"글쎄요? 전라도는 이 지역하고 물길이 다르니 항해하기가 쉽지 않은 모양이오."

이순신의 대답에 아무런 반응을 보이지 않던 원 균이 다시 진주성을 들먹였다.

"왜적이 지금까지도 선진에 주둔 중인데다 곧 하동이나 진주성을 침공한다는 정보를 입수했네. 헌데 진주목사 김시민은 오늘 확실히 참전하는가?"

"절대로 실언할 자가 아니오만 적의 병력은 어느 정도라고 하오이까?"

"병선이 총 13척이라니 많은 병사는 아닌 것 같네. 어찌보면 사천 지역을 점거하고 있다는 시위용 같기도 하고."

"그래도 쫓아내야 하외다. 우리가 왜선을 모두 파괴해 버리면 놈들은 갈 곳이 고성뿐인데 진주성에서 매복하고 있으니 그냥 두지 않을 것이오."

"꼭 그렇게 작살을 내야 할 텐데……."

원 균은 왜적의 잔혹한 만행을 여러 차례 보아왔기 때문에 어금

니를 깨물었다.

이순신의 수군은 시민과 약속된 시간이 훨씬 지나서야 모습을
나타냈다.

사천만 하류에 마치 거북 모양을 한 선박 1척과 그 뒤로 판옥선
등 26척의 병선이 선진을 향해 이물을 틀고 있었다. 이순신이 조선
술에 뛰어난 군관 나대용(羅大用)과 함께 처음으로 개발한 거북선이
처음으로 해전에 참가했다.

거북이 모양으로 머리가 앞으로 쑥 튀어나온 모습에다가 등에는
하얀 천을 덮어 씌었다. 왜적들은 처음으로 보는 거북선을 보고 조
선에서는 희한한 배를 끌고 다닌다고 웃고 야단이다.

그런 거북선이 정박하고 있는 적선들의 가운데로 파고들었다.
거북선보다 훨씬 높은 안택선(安宅船) 우현에 타고 있던 적들이 손
마다 칼을 들고 해적이 되어 거북선 등으로 뛰어내렸다. 그 순간 적
들이 괴성을 지르며 발악하기 시작했다. 전신에 피가 쏟아지는 모
습이 지옥이 따로 없었다. 하얀 천으로 가린 그 속에는 창날이 거북
선의 등에 총총히 꽂혀 있었던 것이다.

그러자 미처 뛰어내리지 못한 적들은 피한다고 좌현으로 몰리다
보니 그만 판옥선이 넘어지고 말았다. 거북선은 적중에 파고드는
돌격선으로 다른 병선들보다 앞장서서 이렇게 공격을 폈다.이때 상
륙해 있던 적과 13척의 배를 버리고 뭍으로 기어오르는 적들은 그
나마 항전하기 위해 전세를 가다듬었다. 수 적으로 두 배나 되는 조
선 수군과 특히 이순신과 해전을 한다는 것이 역불급이라 판단했
다. 그러나 그런 판단은 왜군의 크나큰 실수였다. 배후에 진주성군
이 매복하고 있다는 사실을 알 리가 없었다.

선진포 앞 바다를 포위한 이순신의 함대에서 쏟아지는 현자총통과 비격진천뢰 등의 포격에 정박 중이던 왜선은 순식간에 모두 격파당했다. 이순신은 왜의 수군이 병선을 타고 도망하려는 것을 차단하기 위해 먼저 병선을 공격한 것이었다. 그런 다음 선진에 집결하고 있는 왜적을 향해 사정거리가 가장 긴 천자총통을 소나기 퍼붓듯 쏘아댔다.

병선을 모두 잃은 적들은 사태가 이처럼 위급해지자 뭍에서 조선 수군을 향해 포와 조총으로 맞대결을 벌였다. 그러나 공격력이 월등히 떨어지며 대오마저 분열되어 달아나기 시작했다.

한편 매복하고 있던 진주성 병사들은 바로 눈앞에서 적이 도망쳐 나오자 총통을 일제히 발사했다. 총통을 장전하는 동안 궁수들의 손을 떠난 화살이 소나기처럼 적을 덮쳤다. 적은 상상치도 않던 공격을 받자 다시 해안 쪽으로 줄행랑을 놓기 시작했다. 그곳에 이미 김대명의 기병들이 기다리고 있다는 것을 알 리가 없었다.

이날 전투는 전투라기보다 살육전이었다. 적이 조선의 군사와 백성들에게 그동안 저지른 잔혹상을 그대로 보여준 전투였다. 이순신이 포탄으로 왜군의 병선을 공격할 때부터 말을 타고 도망치기 시작한 왜장 도도와 와카자키 등은 혼비백산하여 당항포로 피해 갔으나 그 수가 얼마 되지 않았다.

시민이 선진을 접수하고 있을 때 작은 병선 한 척이 쏜살같이 선창을 향해 다가왔다. 병선에서 급히 내린 수군 하나가 외쳤다.

"좌수사께서 진주목사를 찾으십니다. 직접 오셔야 하는데 등에 부상을 입어 치료 중이십니다."

이순신은 왜적이 선진에서 공격을 할 때 어깨에 적탄이 스치는 경상을 입었다.

"뭣이? 좌수사께서 부상 중이라고?"

"옛! 중상은 아닙니다. 어서 배에 오르시지요."

"그래, 빨리 가보세."

시민은 좌수영의 수군이 인도하는 대로 판옥선 위로 올라갔다. 육지에서 볼 때 보다는 아주 큰 병선이었다. 그 속에 갑옷을 벗은 이순신이 왼쪽 어깨를 흰 천으로 감고 앉아 시민을 맞았다.

"이 얼마만인가? 김 목사. 니탕개가 난리를 일으킨 이후이니 9년 만일세, 그려."

"그렇소이다. 장군. 난리로 세상이 어지러우니 안부 전할 기회마저 용이치 않았군요. 그나저나 부상은 어느 정도입니까?"

"총탄이 스친 정도이니 걱정할 것 없네, 왜놈의 조총이 감히 나를 죽일 수 있겠나?"

"운이 좋았군요. 큰일 날 뻔했소이다."

"고맙네, 한데 적의 잔당이 고성 쪽으로 갔다는군."

"예, 더 이상 쫓지 못하게 했소이다. 모병한지가 얼마 안 된 병사들이라서 백병전을 펼치기에는 무리였소이다."

"현명한 판단이네, 장수는 병사 아끼기를 모름지기 자기 몸같이 해야 하네."

"당연하지요."

"이번 전투에 협조해 주어 고맙네."

"천부당만부당하신 말씀이오. 장군께서 선진을 격파해 주지 않았다면 바로 코밑에 붙은 이곳 때문에 신경이 많이 쓰였을 것이외다."

"그래, 목사 아우의 말대로 훌륭한 양동작전이었네. 하하하."

이순신은 부상을 당해도 기개만은 여전했다. 그러나 가까이서 보니 니탕개의 난 당시 구국의 기회라고 호기를 부리던 그 때의 이순신이 아니었다. 거친 바다와 적의 수군과 싸워온 이순신은 그동안 무척 늙어 있었다.

이렇듯 옛날 같지 않은 서로의 모습을 확인하던 중이면서도 시민이 여유롭게 물었다.

"당항포도 곧 공격할 모양인데 작전일을 정했는지요? 오늘같이 작전이 들어맞는다면 당항포에서도 대승을 이루리라 확신하고도 남겠습니다. 하하하."

"다시 이를 말인가. 계획으로는 유월 초이튿날을 잡고 있네. 자세한 사항은 첩보로 띄우겠네."

"아, 그날이 기다려집니다. 빨리 쾌차하셔서 건강한 모습으로 다시 만납시다."

"그리하세, 그날을 기다리겠네."

이순신과 헤어지고 다시 상륙하자 어디에 피했다가 나타나는지 선진에 살던 민간인들이 모여들었다. 그들은 식량을 왜적에게 모두 빼앗기고 굶기라도 한 듯 부서진 적의 군막을 뒤지기 시작했다. 이런 광경을 보고 있던 시민은 무리들 중 늙수그레한 노인에게로 다가섰다.

"시장하신가 보군요."

"저놈들이 다 뺏어갔다오. 목숨이라도 건진 것만도 다행이었소."

"아, 그랬었군요. 그러나 이제 적들은 물러갔으니 마을에 가서 사십시오. 그리고 다시 왜놈들이 나타나면 진주성에 연락해 주십시오. 제가 목사랍니다."

"그러시면 김시민 장군이군요. 우리를 구해줘 고맙소이다. 하지만 저놈들이 언제 또 귀신같이 나타날지 걱정이오."

시민은 노인의 말에 대답을 하지 않았다. 침략을 받고 있는 나라의 슬픈 만남이었다. 오직 남아있는 군량을 모두 선진 주민에게 다 주고 빨리 진주성으로 돌아가기로 했다.

그런 다음 본대에 돌아와 제장들과 의견을 나눴다.

"이 작은 항구가 군사상 쓸모가 있는데 어떻게 처리하는 것이 좋겠소?"

"이곳을 지키려면 병사가 주둔해야 하는데 우리 병력도 부족한 판에다가 훈련도 더 시켜야 하니 어렵지 않을까요?"

이광악의 의견을 듣고 있던 김대명도 같은 말을 했다.

"그렇습니다. 왜놈들은 이 선진을 교두보 삼아 병량이 풍족한 하동을 노리고 있었습니다. 우리도 병량이 저놈들 사정과 다르지 않으니 빨리 돌아가 병량부터 마련해야 합니다."

군사를 움직이는 것 중 가장 필요한 부분이 병량이다. 아무리 유력한 무기와 훈련이 잘 된 군사가 있어도 굶주리고는 싸울 수 없다는 것이 병법의 불문율이다.

"그럼, 우리도 퇴진하도록 하오. 더 머물 시간이 없겠소."

"예, 철수령을 내리겠습니다."

회군은 신속히 진행되었다. 도중에 5백 필의 말을 끌고 온 김시약 덕분에 병사들은 진주성까지 짧은 시간에 복귀할 수 있었다.

성 안의 분위기는 첫 출전하여 승전을 했다고 성민들이 환영 일색이었다. 이런 인파 중에 더러는 승전을 위한 연회를 베풀어야 된다고 야단이었다. 이를 보고 시민은 환영식을 만류시키고 간단히 출정 보고만 했다.

"사천전투는 전라좌수사 이순신 장군과의 수륙양동작전으로 운이 좋았던 전투였소이다. 그러나 모든 전투가 선진전투처럼 운이 따라주지는 않을 것이오. 그러니 진주성군이 첫 전투에서 승리했다고 만족할 게 아니라 다음 전투를 위해서 더 강도 높은 훈련이 필요한 시점이니 이 점 깊이 명심해 주기 바랍니다.”

시민의 간단한 보고가 끝나자마자 성 안에서 가장 나이가 많은 선비가 성민을 대표해 간곡하게 권유를 했다.

“목사 나리, 목사께서 말씀한 요지를 저희 백성들은 충분히 이해하오이다. 하오나 승전은 나리 이하 여러 장병들의 단결력 때문이 아니겠소이까? 그래서 조촐하나마 술과 음식을 대접하려 하니 우리 성민들의 정성도 받아 주기를 바라오이다.”

노인의 말이 끝나자마자 병사들이 환성을 올렸다. 시민은 입가에 미소를 띠우며 늙은 선비의 제의를 흔쾌히 받아들였다.

“좋습니다. 성민과 우리 장병들은 단순히 군과 민이라는 차이일 뿐 성을 지키는 데는 한마음이라는 것이 틀림없습니다. 그러니 오늘을 승전의 날로 정해 군과 민 모두 함께 마음껏 즐기시기 바랍니다.”

시민은 진주성 부근에 근접해 있는 선진의 왜군을 격퇴시키고 나자 당장 경계해야 할 지역이 없어졌다. 시민은 진주성에 와서 처음으로 편안한 밤을 보냈다.

선진에서 개선한 이후에도 군사훈련의 강도는 실전에 가까웠다. 시민은 미구에 벌어질 당항포 전투를 예상하며 병력을 새로 짰다. 선진전투에 참전했던 정예병 1천 명 중에 5백 명은 그대로 두고 5백 명은 신병과 혼합시키기로 했다. 고참과 신병을 한데 묶어 전투 경험을 얻게 하는 것이 최선이라고 생각했다.

이 무렵, 전라좌수영에서 첩보가 날아들었다. 유월 초닷새, 시각은 확정지을 수 없으나 적을 반드시 공격할 것이니 진주성군은 함안성으로 넘어가는 길을 막고 있다가 당항포에서 쫓겨 오는 적을 맞받아 공격하라는 첩보였다. 시민은 첩보를 받자마자 출병을 위한 회의를 열었다.

"좌수사로부터 소식이 왔소이다. 이 군수, 당항포의 적선은 몇 척인지 확실한 숫자를 알고 있소이까?"

"크고 작은 병선을 모두 합쳐 33척이 정박 중이라고 합니다."

"병력은 얼마나 된다고 하오?"

"2천 명은 충분히 된다는 보고를 받았소이다."

이광악의 보고를 받자 시민은 김대명을 불렀다.

"그럼, 출정할 병력은 모두 기병으로 하시오."

"총통부대는 인솔하지 않습니까?"

이광악이 당항포에 참전하러 가는 데서 자신의 부대가 제외되자 서운한 듯 물었다.

"당항포는 지역이 넓다오. 그래서 기병으로 속전속결을 해야지 그렇잖으면 오히려 역공을 당할 수도 있소이다. 쫓기는 쥐는 고양이에게 대드는 법이라오."

활은 말을 타고 달리면서도 공격할 수 있는 이점과 경우에 따라서는 퇴각하기도 신속하다는 점을 밝히자 이광악은 수긍하는 얼굴로 말하였다.

"그럼, 소관은 사수들과 훈련하며 언제든지 참전할 수 있도록 준비하고 있겠습니다."

"그렇게 해 주시오."

이틀 후, 당항포에서 함안성으로 가는 큰 도로까지 행군한 진주성군은 주위를 두루 살필 수 있는 언덕 위에다 진을 쳤다. 그런 다음 첩보병을 당항포 부근에 잠입시키자 속속 보고가 들어왔다.

"당항포에는 성이 없어 놈들이 군막과 안택선에서 주둔하고 있는 모양입니다."

안택선은 왜군의 대형 병선으로 왜장들은 배 위에 누각같이 지어놓은 장소에서 지휘를 했다.

"그럼, 좌수사께서 공격할 때까지 기다려야겠군. 적선이 완파되면 함안으로 퇴각할 게 분명하지 않겠느냐?"

"그러면 우리도 함안 쪽으로 더 행군하는 것이 유리하지 않겠습니까?"

"너무 깊이 들어가는 것은 위험할 수도 있어. 적은 보졸들이 많으니 그때 가서 추격해도 충분히 따라 잡을 수 있을 것이다."

이순신이 이끈 전라좌수영 병선 23척, 우수사 이억기가 이끈 25척의 병선과 경상우수사 원 균이 이끈 3척 등 51척의 함대는 당항포에 접어들면서 정박 중인 왜선 26척을 발견했다.

이때 포구 안에 정박하고 있던 왜군이 조선 수군의 병선 10척을 보고 모든 병선을 동원해 추격하기 시작했다. 왜선을 포구 밖으로 끌어내 완전히 포위한 후 거북선이 돌진하며 왜선을 좌우로 갈라 집중 포화를 뿜어대기 시작했다.

이렇게 포격을 받은 왜선은 모두 침몰되었고 육상에 남아있던 병졸들만 해안을 따라 도주하기 시작했다.

이 전투에는 시민 이외에도 경상초유사 김성일과 의병장 곽재우도 육지에서 왜군의 상륙을 저지하는 등 공동작전을 펼쳤다. 그러나 당항포에서 퇴각한 왜군은 해안을 따라 창원성으로 도주했으므로 진주성군은 왜적의 잔당을 구경조차도 못하고 아쉽게 회군하고 말았다.

당항포는 고성만을 깊숙이 파고들어 서부경상도를 침투하려는 왜군의 군사상 요충지였다.

이 당항포 전투의 승리를 포상하기 위해 조정에서는 이순신을 정2품 자헌대부(資憲大夫)로 승차시켰다.

당항포 전투에서 돌아온 얼마 후, 청천벽력과도 같은 부음이 진주성으로 날아들었다.

왜국의 4번대 주장 모리가 거느린 3만 병사가 관동지방을 휩쓴 뒤 원주목에 창을 들이대었다. 근왕군을 모집하러 나섰던 임해군과 순화군 일행이 강원도와 함경도로 빠져나갔다는 사실을 뒤늦게 알게 되자 왜군이 추격을 단행한 것이다.

이때 원주목사로 수성하고 있던 시민의 숙부 김제갑은 적의 압도적인 병력과 화력을 앞세우고 공격해 온다는 정보를 접하자 영을 내렸다. 원주성은 조총을 주공격 무기로 삼는 왜군을 막기에 불리했다. 그래서 군사는 물론 주민과 가족들을 이끌고 경내의 요새인 영원산성(原山城)으로 들어갔다. 이때 김제갑은 차남 김시백(金時伯)에게 일렀다.

"시백아, 너는 한성의 집으로 돌아가거라. 그 나이에 죽기는 너무 아깝구나."

21세인 김시백은 문재가 뛰어난 젊은이였으나 왜란이 일어나자 부모를 보호하려고 원주까지 찾아왔는데 돌아갈 리가 만무했다.

"아버지, 전하도 몽진하셨고 한성은 왜놈들만 득실거리고 있다는데 가면 어디로 간단 말씀입니까? 여기서 부모님을 꼭 지키고 싶사오니 걱정하지 마십시오."

"그럼, 아버지 걱정은 말고 네 어머니를 잘 모셔라."

"예, 아버지께서는 성을 지키는데 전념해 주십시오."

"고맙다, 아들이 있어 외롭지 않구나."

영원산성의 전투는 연 이틀간 격렬하게 벌어졌다. 하지만 왜군이 물러서지 않는 한 이길 수 없는 싸움이었다. 병력과 무기가 압도적으로 우세한 적을 맞아 싸우기에는 역부족이었다. 이 전투에서 김제갑은 물론 가족과 주민, 관군 모두가 비참한 죽임을 당했다.

이날 진주성에서는 모든 훈련을 중단하고 한때 선정을 베풀던 진주목사 김제갑에 대한 예우로 조촐한 빈소를 마련했다.

시민 형제와 성민들의 통곡소리가 밤새 끊어지지 않았다.

10. 병사가 있어야 성이다

"지금도 모병을 하고 있소?"

삼십대 초반이 될까 말까한 사내가 동문을 지키는 수문장을 보고 물었다.

"어디서 왔소?"

수문장은 그리 남루한 복장은 아니었으나 퉁명스럽게 묻는 사내에게 되물었다. 그러자 사내는 따지듯이 말했다.

"그게 뭐가 중요하오?"

수문장은 슬며시 화가 났다. 사내의 불손한 말씨가 괘씸해서 버럭 고함을 질렀다.

"이 놈이 무슨 말버릇이 이렇게 고약해, 너 같은 놈은 열 명이 와
도 받아줄 수 없으니 꺼져!"

수문장과 사내가 옥신각신 소리를 높이고 있을 때 마침 김대명
이 정문으로 나왔다.

"왜 그러는가?"

"이 놈이 먼저 시비를 걸었습니다."

수문장이 사내를 쥐어박을 듯 다가서며 대답을 하자 사내가 대
거리를 했다.

"뭣! 시비를, 누가 시비를 걸었느냐? 모병을 하는지 물어본 게 시
비란 말이야?"

병사 한 명을 뽑는 것이 하늘의 별 따기이던 시기라 모병이라는
말에 김대명은 귀가 번쩍 열렸다.

"모병? 그럼 군에 들어올 참이냐?"

"예, 그렇소이다."

"그럼 안으로 들어오라. 기다리고 있었다."

김대명은 반색을 하며 사내의 소맷부리를 끌었다.

선진포에서 왔다고 하는 이 사내는 왜적의 수군들에게 가족을
모두 잃었다고 했다. 그 후 김시민이 선진전투에서 승전했다는 소
문을 듣고 진주성을 찾아왔다고 했다. 왜놈들에 대한 원한이 뼛속
까지 사무친 사내였다.

진주성군의 승전 소문이 퍼지기 시작하자 이런 이유로 지원군이
하나 둘씩 늘어났다. 모병하러 다녀도 기피하기만 하던 젊은이들이
승전의 소식에 가슴이 뜨거워진 결과였다.

소모관 김대명은 모집한 병사들과 실전 경험이 있는 병사를 고
루 섞어서 훈련시켰다. 이런 광경을 성루에서 유심히 관찰하고 있

던 시민은 경상감사 김 수가 보낸 군관으로부터 명령을 받았다.

왜의 수군이 사천 선진과 고성에서 괴멸되다시피 하자 육군과 합세했다. 다시 이 지역을 탈환하려고 수륙 양군을 투입시키고 있다는 정보를 얻었다. 김 수는 이렇게 진출하고 있는 왜군의 진격로를 차단하라는 것이었다.

"진주성군은 왜적의 예봉을 막을 훈련이 아직은 미숙하다. 선진에서의 승전은 전라좌수사의 공격에 따른 기습전에 불과했다는 것을 모르는가?"

"소관은 명을 전달하러 왔을 뿐입니다."

"그래, 자네에게 할 말은 아니지. 진주성의 현황을 파악하지 못하는 감사의 명령이 문제지."

"출전 여부를 일러 주십시오. 목사."

"상관의 명이니 출병할 수밖에 없지 않은가?"

"알겠습니다. 말씀대로 복명할 것입니다."

군관이 떠나자 시민은 병영장으로 갔다. 이광악과 김대명이 신병들을 훈련시키느라 진땀을 흘리고 있었다.

"고성으로 출병하라는 명이 내렸소."

"그럼, 진주성은 비우고 출병하라는 것입니까?"

김대명이 기가 차는지 불만스럽게 말하자 옆에서 듣고 있던 이광악도 가만있지 않았다.

"감사는 틈만 나면 출전을 독촉하기 일쑨데 뭘 알고 명령을 내리는지 도무지 이해가 안 간단 말이야."

시민도 마찬가지였다. 현재 전란의 양상을 보아 수비만 잘해도 다행인데 오히려 공세를 취하라니 어이가 없었다. 그렇다고 거절을 하면 항명을 들먹이는 경상감사였다.

시민은 이런 불만스러운 분위기를 자신이 풀 수밖에 없다고 보고 첩보전을 내세웠다.

"일단 접근해서 왜군의 실정부터 확인해야겠소."

김대명도 시민의 뜻에 덧붙였다

"옳은 말씀입니다. 정보에 의하면 왜놈들은 수륙군이 합동으로 작전을 펴고 있다고 하니 그 전투력 또한 막강하리라 믿습니다. 그러니 감사가 왜군의 진로를 차단하라고 한 명령은 우리 더러 가서 죽으라는 소리나 마찬가집니다."

"이렇게 하면 어떻겠습니까? 소관이 곤양에서 인솔해온 병사들과 관군 중에서 기동력이 뛰어난 5백기를 차출해 정탐하러 가도록 말이오."

"김 군수의 생각은 어떠하오?"

"그럼 훈련 중인 신병들은 어떻게 합니까?"

애써 모집한 병사들이 흩어질까 보아 김대명으로서는 걱정이 앞섰다.

"한동안 훈련한다고 고생이 많았소. 그러니 출정한 동안은 휴식을 취하게 하시오. 그러면 다음 훈련에 더 효과를 거둘 것이오."

"그럼 경험 있는 기병을 차출하겠소이다."

다음 날 5백여 기를 이끌고 진주성을 떠난 시민은 사천을 지나 고성 가까이에 이르자 2인 1조의 첩보대를 3개 조로 나누어 내보냈다. 적의 병력을 가능한 한 정확히 파악하려는 의도였는데 되돌아온 보고에 의하면 예상대로 만만찮은 병력이 고성에 집결하고 있었다. 정탐을 마치고 먼저 돌아온 첩보병의 보고가 그랬다.

"성밖에도 많은 적이 개미떼같이 우글거리고 있었는데 성 안에는 얼마나 될지 헤아릴 수가 없었습니다."

"자네 조는 무엇을 보았는가?"

뒤따라 온 다른 첩보대원에게도 물었다.

"내륙으로 피난 가는 고성군민들의 말에 의하면 우리 백성들을 남녀노소 할 것 없이 닥치는 대로 베어버렸다고 합니다. 병력도 너무 많아 들판에 깔린 것이 전부 왜놈이랍니다."

"음, 으음……."

백성을 도륙내고 있다는 말에 모두 치를 떨었다. 이때 사천 쪽으로 정탐 갔던 또 다른 조가 숨을 헐떡거리며 돌아왔다.

"큰일 났습니다. 왜놈들 중의 한 부대가 사천으로 진격했답니다. 그러니 우리는 고성과 사천에 주둔 중인 왜놈들의 한 가운데에 진출해 있으니 잘못하면 퇴로를 차단당할 수 있습니다. 빨리 철수해야 합니다."

"뭐라고?"

보고를 받고 있던 김대명이 철수해야 한다는 말을 듣자마자 버럭 고함을 질렀다. 평소에 담이 크다고 해서 첩보대로 내보냈는데 겁에 질려 떨고 있으니까 화가 난 모양이었다. 이것을 보고 시민이 제지시켰다.

"정탐한 내용은 잘 들었다. 다시 부를 때까지 일단 소속부대로 복귀하라."

"옛!"

정탐 갔던 병사들이 물러가자 시민은 두 군수를 불렀다.

"정보를 들으니 왜적의 수가 대단한 모양이오."

"소관은 그렇게 생각하고 싶지 않소이다. 직접 확인할 기회를 주시오."

이왕 나선 출정 길인데 첩보대의 보고만 듣고 물러서기가 석연
치 않은 김대명이었다.

그 말에 첩보대를 휘하에 둔 이광악이 참견을 했다.

"정보에 신뢰성이 없다는 뜻이오?"

"아, 그런 뜻이 아니오. 직접 왜적을 목격한 것이 아니고 소문만
듣고 온 정보를 확인하자는 것입니다."

"그러니 고성으로 가서 직접 목격하자는 뜻이오?"

"예, 우리가 출군할 때의 목적이기도 하외다."

두 군수의 의견이 서로 엇갈릴 때 시민이 나섰다.

"고성보다도 사천으로 가 보도록 하오. 그러면 왜군이 그곳에 진
출했는지를 확인할 수 있을 것이오."

언제 들이닥쳤는지 선진에는 왜군들이 피운 모닥불로 대낮같이
훤했다. 병력도 만만치 않아 김 수의 명대로 진로를 차단하라는 명
령은 어림도 없었다. 어쩔 수 없이 진주성군은 밤을 도와 회군하고
말았다.

그런데 날이 샐 무렵 진주성에 도착한 시민은 어안이 벙벙했다.
휴식을 취하라 했던 신병들이 농번기라 뿔뿔이 흩어지고 없었다.
온갖 애로를 겪으며 모집한 병사가 대부분이 농민이기 때문이었다.
사건이 이렇게 되자 김대명은 소모관으로서 입장이 난처해졌다. 이
를 눈치 챈 시민은 위로의 말을 하며 달랬다.

"농사일도 중요하긴 마찬가지 아니오. 군량이 모자라면 군의 사
기가 꺾일 테니까요."

"그래도 전시인데 어찌 도망병이 될 수 있단 말입니까?"

"기다려 봅시다. 우리가 귀성했다는 것을 알면 곧 돌아올 것이오."

시민은 전 목사 이 경 때문에 성을 비웠던 때의 기억을 되살려서 말했다.

진주성으로 회군한 이후 흩어졌던 병사들은 시민의 예감대로 속속 복귀해 모병해 올 때와 같은 진용이 갖춰졌다. 또한 김대명이 새로 모병한 병사도 진주성군으로 참여하게 되자 시민이 훈령을 내렸다.

"현재 남해안 일대와 내륙 지방 곳곳을 왜적이 점거하고 있다. 그러나 왜적은 군량이 충분하지 않아 곡창지대인 전라도를 넘으려 는데 그 길목에 우리 진주성이 버팀목이 되고 있다. 나는 충의로 맹 세하거니와 반드시 진주성을 지켜 승전의 근본으로 삼을 것이다. 우리가 힘을 합쳐 싸우면 천만의 섬 왜적이 무엇이 두려우랴? 나를 따르는 자는 살 것이며 도망치는 자는 자멸할 것이다. 농번기를 참 작하여 복귀한 병사들은 모두 사면하나 앞으로 그런 자가 나타나면 이 칼로 목을 벨 것이니 명심하기 바란다."

칼자루를 잡은 시민의 손바닥에는 땀이 배여 있었다. 성을 비운 병사들을 치죄하려면 진주성은 피바다를 이룰 것이다. 군대란 집단 을 통솔하려면 때로는 그만한 처단도 주저하지 말아야 했다. 하지 만 시민은 용기와 단결을 위해 이와 같은 사면령을 내렸다.

시민이 훈시를 하는 동안 오금을 떨고 있던 도망병들은 사면이 라는 말을 듣자 모두 고개를 숙였다. 성을 버려두고 농사를 지으러 간 죄에 대한 참회였다.

이날 진주성에 열병한 병사들은 원래 주둔하고 있던 1천여 명의 병사와 김대명이 모집한 2천 7백여 명의 신병, 그리고 이광악이 인 솔해온 1백여 명 등 3천 8백여 명이었다.

이렇게 군사적 결속을 다지고 훈련에 열중하던 중, 선진에 거점

을 잡은 왜군이 진주성을 침범한다는 첩보가 입수되었다. 이 소문
이 진주와 인접한 지역까지 알려지자 전 병마절도사 조대곤(曹大坤)
과 사천현감 정득설(鄭得說), 칠원현감 이방좌(李邦佐) 등이 진주성을
지키기 위해 합세했다. 이들은 영산에서 같이 온 함안군수 유숭인
은 물론 이광악과 김대명이 합석해 작전회의를 열었다. 그 당시 진
주성의 군사훈련은 상당한 수준에 올라 있는 상태였다.

"선진은 한 번 싸워 본 경험이 있어 생소한 곳이 아니오. 따라서
먼저 공격을 감행해 기선을 잡았으면 좋겠다고 판단하는데 여러분
의 생각은 어떠신지 기탄없이 말씀해 보시오."

회의를 주재하던 시민이 먼저 화두를 열자 유숭인이 공격보다는
사태를 관망하는데 비중을 두었다.

"김 목사가 이 좌수사와 수륙 양동작전을 펼 때와는 조건이 다를
것으로 봅니다. 달리 말하면 연전연승하던 왜놈들이 이제는 조선군
의 반격도 만만찮다는 것을 알고 선뜻 전투를 벌이지 않을 것이라
여깁니다. 따라서 공격설은 있으나 먼저 그 허실을 관망하는 게 상
책일 것 같습니다."

그러자 사천현감이 지역적 상황 판단이 우세하다는 이점을 들먹
이며 공격을 주장했다.

"우리 조선군은 항상 수비만 하는 입장에 서 있었는데 지금은 그
럴 수가 없습니다. 좋은 예로 김 목사의 양동작전이 우리 병사들에
게 크나큰 사기를 올려 주었습니다. 지금은 진주성의 병사들이 실
전 경험과 맹훈련으로 일당백의 기상을 가졌다고 봅니다. 최대의
공격이 최상의 수비입니다."

패기 넘치는 현감의 말을 듣고 있던 조대곤이 문제점을 제시했
다. 전쟁에서 뼈가 자란 조대곤의 날카로운 지적이었다.

"그렇게 쉽게 생각할 문제가 아니다. 한번 공격을 받았던 적들은 그저 당하지만은 않을 것이란 말이다. 가령 진주성군을 의식해 곳곳에 매복하고 있다면 어떻게 대비할 것인가. 적은 속전속결도 잘하지만 경우에 따라서는 인내력도 아주 강한 집단이라는 걸 결코 잊어서는 안 될 일이다."

이를 묵묵히 듣고 있던 이광악이 중용을 택했다.

"우리 정예병 1천 명으로 일단 선진포에 접근해 봅시다. 병력이 어느 정도이며 어떤 작전으로 전투에 임하려는지 확인할 필요가 있다고 봅니다. 그때 회군을 하든지 병력을 늘이든지 다시 전술을 세워도 늦지 않으리라 여깁니다."

그러자 칠원현감이 대뜸 나섰다.

"회군이라니오? 왜놈들은 임기응변에 아주 능한 전쟁꾼들이란 것을 모르시는 모양입니다. 그러니 고성에서 적의 원병이 더 오기 전에 박살내야 합니다."

출정도 하기 전인데 서로 의견이 분분한 것을 보고 시민은 좌중을 안정시켰다.

"공격론과 관망론이 반반인데 전쟁이란 적과 대치해 봐야 상황 판단을 할 수 있을 것이오. 일단 선진포까지 출정하는 것을 원칙으로 삼고 준비를 서둘러 주시오."

다음날 진주성군이 선진에 설치한 군막 앞까지 진군했으나 노장파 장수들의 의견대로 적은 머리도 내밀지 않았다. 그러나 더 접근하지는 못했다. 적이 고슴도치처럼 옹크린 채 조총을 겨누고 있을 수도 있었기 때문이다. 전황이 아무런 변동이 없자 작전회의 끝에 서둘러 위장 퇴각을 했다.

한편 성 안에서도 왜장들이 모여 그들 나름대로의 작전회의를 열고 있었다.

"조선군이 우리 작전에 휘말려 퇴각하고 있습니다."

"퇴각을 한다고?"

"예, 소규모 병력으로 공격하는 척했으나 우리 조총의 반격을 겁내어 불안을 느낀 모양입니다."

"어찌 적의 의도를 손바닥 보듯 그렇게 훤히 판단하는가?"

젊은 장수의 속단을 주장이 힐책하듯 묻자 그는 당연하다는 듯 대답했다.

"조선 놈들은 여태까지 수비만 할 뿐 공격다운 공격은 하지도 않는 잡군 아닙디까? 개중엔 공격하는 척하다가도 우리 군대를 보면 도망치기가 바쁘기도 하고요. 오늘도 우리 앞에서 얼렁거리기만 하다가 바로 퇴각하지 않습니까."

"그렇게 자신 있는 판단인가?"

"두고 보십시오, 주장. 퇴각한 조선 놈들을 찾아 내일 아침에 진주성으로 추격하고 싶습니다. 허락해 주십시오."

"진주성군이라고 어떻게 믿는가?"

"이 근방에 진주성 아니면 어디에 그만한 병력이 있겠습니까?"

"음, 그건 옳은 판단인 것 같네. 진주성이라……, 그렇다면 나도 같이 출동할 것이니 만반의 준비를 갖추게."

"옛, 주장."

왜군의 두 장수가 공격을 위해 작전을 꾸미던 시각, 철군해 오던 시민은 사천현의 십수교를 건너와 낮은 언덕 아래에서 행군을 멈추게 했다. 그 언덕은 앞서 이순신과 수륙작전을 펼 때에도 이용한 곳이었다.

그런 다음 상급자 조대곤을 따로 만났다. 시민은 군사상의 문제가 있을 때는 반드시 상관에게 의견을 묻고 지시를 따르는 것을 불문율로 삼고 있었다.

"작전대로 이곳에 진을 칠까 합니다. 야영하기가 편하고 적이 의심하지 않을 만한 곳입니다."

시민의 설명을 듣자 조대곤은 병마절도사를 지낸 장군답게 언덕에 오르더니 주위를 죽 훑어보았다. 그러고는 시민을 향해 고개를 끄덕여 보였다.

"김 목사는 이 지역에서 전공을 이룬 장수답게 요충지를 기가 막히게 선택했네."

"바로 저 골짜기에 우리 군사가 진을 치고 있다는 사실을 적들은 전혀 눈치 채지 못할 것이니까요."

"그런데 목사, 적들이 정말 진주성 공격을 감행할 것인가 의문이 가네. 공격할 의향이 있었다면 오늘 같이 우리가 접근해도 반응이 없지 않던가."

조대곤은 매사에 의심이 많았지만 시민은 한번 세운 의지는 꺾지 않았다.

"왜적은 군량을 확보하기 위해 반드시 추적할 것이라 확신합니다. 이 지역은 곡식이 많이 생산되는 진주성이나 하동 방면으로 가는 길목이기 때문에 꼭 차단하고 있어야 합니다."

"옳은 말입니다. 전투란 병력과 병기가 필수적이긴 하지만 유리한 지역을 먼저 확보하는 것도 그에 못지않습니다."

군막을 꾸미고 있는 장병들을 돕고 있던 유숭인도 이들 옆으로 다가와 시민이 점찍은 매복지를 보고 감탄하며 말했다.

이튿날 아침에 다시 전진을 향해 출진한 시민은 십수교를 지나 5리쯤 되는 지역까지 전진했다.

이 무렵 왜군의 젊은 장수도 진주성을 향해 진격해 오다가 조선군과 마주치자 당황하는 모습이 역력했다. 조선군이 완전히 철수한 줄 알고 출진했는데 뜻밖에 조우하게 된 것이었다. 추격을 명분으로 나선 일이 이렇게 급변하자 젊은 장수는 김시민을 향해 고래고래 고함을 질렀다.

"하룻강아지 범 무서운 줄 모른다고, 도망가지 않고 감히 내 앞에 나타난 네 놈은 누군가?"

시민은 칼을 허공에다 내저으며 욕설을 퍼붓는 왜장에게 묘한 연민을 느꼈다. 남의 나라에 침공해 왔으면서도 양심은커녕 안방 행색을 하려 들었다. 이는 공포심으로부터 해방되려는 인간의 약점이라는 것을 시민은 잘 알고 있었다. 그래서 준열히 나무랐다.

"아무리 적이긴 하지만 상대편 장수에게 욕설부터 하다니, 그게 왜국의 사무라이가 가진 예절인가?"

"뭣이, 네 놈이!"

젊은 왜장은 시민의 충고를 듣자 이성을 잃어버린 듯 말 옆구리를 걷어찼다. 사정이 이렇게 급박해지자 시민도 칼을 뽑아들고 적장을 향해 돌진했다. 병졸들끼리 접전하기에 앞서 장수 단둘이서 결전을 벌이는 일촉즉발의 순간이었다.

"얏!"

시민의 칼이 하늘 높이 솟았다가 아래로 포물선을 그리면서 아침 햇살을 받아 번쩍했다. 그때 왜장이 마상에서 꼬꾸라지면서 단말마의 호흡을 내뿜었다.

"흐흡!"

순식간에 일어난 광경이었다. 관군은 시민이 적장을 죽이자 약속이나 한 듯 함성을 지르며 일제히 공격을 퍼부었다. 왜군이 뿔뿔이 흩어져 줄행랑을 치기 시작한 것도 거의 같은 순간이었다.

이날 전투는 진주성군의 일방적 승리였다. 왜군의 주장은 선진에 설치한 군막 안에 들어가자마자 움쩍달싹도 하지 않았다. 완전한 전의의 상실이었다.

조선군이 계속 군막을 포위하고 있을 때 조대곤이 시민에게 권유했다. 노병다운 예리한 지적이었다.

"적이 저렇게 숨어 있으니 공성하기가 쉽지 않을 것 같네."

"그것이 소관의 걱정입니다."

"포위를 풀어주면 어떨까?"

"그러면 고성으로 철수하겠지요."

남해안을 침공한 왜군은 주력 부대를 고성 본진에 두고 서로 긴밀히 연락을 취하고 있었다.

"정말 그럴 가능성이 있다면 포위를 풀도록 하지. 그러면 당분간 선진포는 주민들이 차지하게 될 테니 진주성에서도 신경 쓸 필요가 없지 않겠는가?"

"계속 포위하고 있으면 저들이 항복하지 않겠습니까?"

"아니라고 생각하네. 쥐도 막다른 골목에 들면 고양이에게 달려든다고 하지 않던가? 저놈들은 패배를 하면 할복까지 하면서 명예를 지키려는 족속들이다. 항복이란 어림도 없다."

"그렇다면 우리 군의 사기가 높을 때 포위를 풀겠습니다."

"그 대신에 진주성으로 복귀하면 병사를 더 늘려 고성 진출을 꾀해야 할 것이다."

"옳은 말씀입니다. 소관도 다음 전선은 고성으로 겨냥해 이 지역

의 왜적을 소탕하려고 합니다. 그러면 진주성 부근에는 왜적의 그
림자도 볼 수 없을 것입니다.”

11. 왜군들 진주성을 노리다

진주성으로 귀환한 병사들은 열렬한 환영을 받았다. 왜적이란
말만 들어도 공포감에 사로잡혔던 신병들에게 선진의 승전은 공포
로부터 해방되는 고무적인 일이기도 했다. 그래선지 병사를 재정비
하여 고성으로 진출한다니까 모든 병사가 참전을 원했다. 선진전투
에서 두 번째의 승리는 이렇게 군사들의 사기를 높이는데 결정적인
역할을 한 것이다.

이때 사천현에서 첩보가 들어왔다. 선진에 주둔하고 있던 왜군
이 밤을 통해 예상대로 고성으로 퇴각했다는 것이었다.

정보를 접한 시민은 즉시 출전병을 차출하라고 지시했더니 벌써

편성해 놓았다고 보고해 왔다. 병사들이 고성이나 선진으로 출진할 때 뒤꽁무니를 빼던 때와는 판이하게 달라진 현상이었다.

그런데 고성으로 출정하기 앞날 이광악과 김대명이 시민과의 면담을 요청했다. 그 내용은 전투에 있어 앞으로 시민의 지시만 받고 싶다는 것이었다. 진주성에는 목사 대행을 맡고 있는 김시민보다 상급자가 주재하고 있어 명령 계통이 불확실한 데 대해 불만이 많았던 모양이었다. 그래도 시민은 구관이 명관이라는 등 조대곤을 비호했으나 이들은 막무가내로 호응하지 않았다. 그래서 어쩔 수 없이 조대곤을 찾아갔다.

"이번 공격은 기습전을 펼칠까 합니다. 선진에서 장수를 잃고 놀란 적들이 고성으로 도주했으니 사기가 침체되어 있을 것이 분명합니다. 이럴 때는 기습하는 것이 마땅하다고 생각됩니다."

"옳게 보았다. 그러려면 지리에 밝고 기동력이 뛰어난 젊은 병사를 인솔하는 것이 좋을 것이다. 일발필중의 궁수도 반드시 투입시켜야 하고."

조대곤의 평가는 옳았다. 그러면서 나이든 자신은 체력관계로 참전할 수 없음을 솔직히 고백했다.

진주성의 정병 2천여 명은 왜군이 주둔하는 고성에서 고개 하나 너머 있는 영선현(永善縣)에 진을 쳤다. 그런 다음 시민은 이광악에게 명을 내렸다.

"왜적의 눈을 피하기 위해 이곳에서 휴식을 취할 것이오. 밤이 되면 대둔령(大屯嶺)을 넘을 것이니 모든 병사의 입에 수건을 두르라고 명해 주시오. 조그만 인기척이나 말소리도 내어선 절대로 안 될 것이오. 기습하기 위해서는 침묵을 지키는 것이 최선이라는 것을 주지시키시오."

"기병도 함께 행동합니까?"

이때 옆에서 듣고만 있던 김대명이 자신에게는 아무런 지시가 없자 속이 탄 모양이었다.

"아니오, 지금 같이 가면 말발굽소리와 울음소리로 적에게 노출될 가능성이 크오."

"그럼, 기병의 작전을 알려 주십시오."

김대명은 속전속결을 주로 하는 무인이기 때문에 말을 잘 운용했다. 그래서 5백기의 기병을 따로 내어주며 지시를 내렸다.

"적의 배후를 노리시오. 우리가 적진에 은밀히 침투해 혼란을 일으키면 적은 후방으로 뿔뿔이 흩어질 것이오. 그때가 기병이 나설 차례요."

"옛! 무슨 말씀인지 알아듣겠습니다."

자정이 되자 성안에 침투한 진주성군은 별안간 고함을 치며 전후좌우가 없이 닥치는 대로 참살극을 벌였다. 왜군은 한창 꿈속에서 헤매다가 불의의 습격을 받자 무기는 고사하고 옷도 제대로 챙겨 입지 못하고 달아나기 급급했다. 그러자 조선의 날쌘 기병이 도주하는 적의 후방에 접근해 삼대를 베듯 왜적의 목을 치며 뒤따르기 시작했다. 이렇게 진주성군은 김대명의 기병을 앞세워 진해성까지 바짝 추격을 해갔다.

날이 밝자 고성에서 도주한 왜군이 진해성의 왜군과 합세, 대오를 수습해서 반격을 가할 자세를 취했다. 그 적장은 평소태(平小泰)라는 자로 허세가 심한 편이었다. 다행히 시민은 평소태에 대한 이러한 정보를 갖고 있어 부하들을 보고 큰 목소리로 외치게 했다.

'평소태는 겁쟁이, 어디 어디 숨었나. 머리카락 한 올도 보이지
않는구나.'

'옷도 걸치지 않고 벌거숭이로 도망간 평소태! 그런 정신상태로
어찌 장수를 맡고 있느냐? 어디 우리 장수와 맞겨루어 보라. 모가
지가 댕강 날아갈 것이로세!'

평소태는 조선군의 야유에 약이 올라 씩씩거리며 성곽 위로 목
을 쑥 내밀었다. 그것을 확인한 조선군은 평소태의 모습을 보자 모
조리 퇴각해 버렸다. 유난히 튀어나온 눈이 마주 보는 사람들로 하
여금 섬뜩하게 했다.

그런데 성 밖에는 김대명이 혼자서 마상에 떡 버티고 있었다. 평
소태는 자기를 보고도 물러서지 않는 김대명을 보자 화가 머리끝까
지 나서 성문을 활짝 열고 나와 마상에서 고함을 쳤다.

"네 놈이 나와 상대가 된다고 버티고 섰느냐?"

"야, 이놈! 네 놈이 언제 나와 겨루어 본 적이 있느냐? 상대가 되
니 안 되니 멋대로 까불지 말고 한 판 붙어서 가려보자."

"좋다! 물러서지 말고 게 서라."

평소태는 씩씩거리며 말에 박차를 가한 후 김대명에게로 달려들
어 몇 합을 겨루었다. 그러다가 김대명이 짐짓 힘이 부친 듯 물러나
기 시작했다. 이에 자신이 생긴 평소태는 다짜고짜로 추격하다 매
복한 조선군에게 포위를 당하고 말았다. 진해성의 성곽 곳곳에서
훔쳐보고 있던 왜적은 꿈쩍도 하지 않았다.

이때 평소태의 등 뒤에서 우렁찬 목소리가 들렸다. 김시민이 퇴
로를 차단하고 서 있었다.

"평소태! 포위됐다. 반항할 생각은 그만 둬라. 항복하면 살려줄
것이다."

시민이 호령을 하며 칼집에서 칼을 스르르 뽑았다. 주위를 두리 번거려도 빠져나갈 틈이라고는 보이지 않자 평소태는 말 등에서 갑자기 덜렁 내렸다. 그리고는 비굴한 표정을 지으며 간청했다.

"정말 항복하면 살려주는 것이오?"

"조선국의 장수는 반드시 약속을 지킨다, 항복할 텐가?"

"좋소, 장군만 믿겠소."

평소태가 예상 외로 쉽게 항복하자 진해성에 웅거하고 있던 왜군은 창원성으로 총퇴각을 해버렸다. 시민은 이런 기회를 이용해 고성에서부터 강행군한 휘하 병사들에게 진해성을 접수하게 한 다음 회군령을 내렸다.

이때 생포한 평소태를 당시 한성판윤으로 재임 중인 김 수에게 압송했다. 김 수는 다시 의주(義州)의 행재소로 평소태를 보내 선조의 암울한 심정을 달래게 했다.

김성일도 선진포, 고성, 진해성 등 세 성을 탈환한 전과를 행재소에 보고했다. 그 전공으로 조정에서는 김시민을 문관의 정3품 당상관인 통정태부(通政大夫)로 특진시켰으며 정식으로 진주목사에 임명했다.

조정에서는 8월 7일에 경상도를 좌도 우도로 분리시켰다. 왜국이 침략의 시발점으로 택한 경상도는 전략상 지역이 넓은데다가 각 지역의 군사적 대치 상태가 아주 복잡했다. 그래서 감사 한 명으로는 업무 능력에 한계가 있다고 판단했다.

조정은 김성일을 좌감사로, 김 수는 한성판윤으로 잠시 임명했다가 다시 우감사로 임명했다. 경상도가 좌, 우도로 분리될 때 진주목 판관도 성수경(成守慶)으로 보임되었다. 성수경은 긍정적이고 순수한 무인 기질을 가진 자였다.

　세 성을 회복하고 진주성의 사기가 절정에 이르렀을 때였다. 당시 거창을 지키고 있던 의병장 김 면(金沔)은 금산(金山), 개령(開寧) 등지의 왜군과 일진일퇴를 거듭하다가 적의 병력이 증가하는 바람에 방어에 급급한 입장이 되었다. 이때 경상우감사로 임명된 김 수는 거창이 왜군에게 함락된다면 그 화살을 진주성으로 겨눌 것이라고 판단했다.

　"거창이 위급하니 지원 출동을 명한다. 한 시가 급하니 빠를수록 좋다."

　시민은 김 수의 이 명령은 아주 긍정적으로 받아들였다. 의병장 김 면이 격문(檄文)을 보내와 원병을 요청한 것도 거의 같은 시기였다. 거창은 삼남의 중간 지점에 위치하므로 군사상 요처에 해당되었다.

　"참전할 것이오. 우리 진주성은 당장 방어하기가 급하지 않으니 성 판관이 지키고 이 군수는 나와 함께 거창으로 갑시다."

　"병력은 어느 정도 동원할 것입니까?"

　"거창까지는 거리가 상당하오. 따라서 정예기병 1천 명으로 신속히 행군해야 할 것이오. 격문까지 보낸 걸 보아 전황이 위급한 모양이요. 거창은 농토가 넓은데다가 의병장 김 면의 집안은 대지주여서 그만한 준비는 하고 있다고 밝혔소."

　"그 말씀 이해가 됩니다. 가세가 약하다면 어떻게 그 많은 의병을 이끌 수 있겠습니까?"

　이광악의 말대로 의병의 사정이 그러했다. 의병은 군량을 감당하는 부농의 기치 아래 모여든 경우가 대부분이었다. 물론 나라를 위해 나선 의병도 많았지만 먹고 살기 위해 의병에 가담한 자 또한 적지 않았던 것이다. 왜란이 일어나고 관군이 연전연패하는 동안 의병이 나서서 전세를 반전시키고 있는 이유 중에 군량이 그만큼 큰 역할을 했다.

다음날 오후, 김 면의 병영에 도착한 시민은 의병 3천여 명의 대오가 관군보다도 더 당당한 것을 보고 내심 놀랐다. 그것은 김 면의 용병술이 탁월하다는 증거였다.

시민이 진주성군과 합동작전을 펼 김 면의 군대를 둘러보고 있었다. 이때 관내에 시찰 나갔던 김 면은 진주성군에서 구원군으로 왔다는 소식을 받고 급히 돌아왔다.

"멀리까지 와 주셔서 고맙소이다. 의병대장 김 면이요."

"예, 진주목사 김시민입니다."

"그 높은 명성을 전해 듣고 원병을 청하게 되었소이다."

"소장 역시 명망 높으신 대장을 뵙게 되어 영광입니다. 남명 조식 선생의 문인이라 하셔서 꼭 만나 뵙고 싶었습니다."

"제 스승을 잘 아시는지요?"

"12년 전에 소관의 숙부께서 진주목사로 재직하신 적이 있었습니다. 그때 숙부로부터 선생의 높으신 명성을 들었답니다. 소관이 진주판관으로 부임할 때부터 선생의 문인들을 만날 기회가 있을 것이라고 기대했습니다."

"기대만 하겠소이까? 큰 스승의 이름에 부끄러운 제자일 뿐이오. 하지만 인정해 주신 것만으로도 감사하외다. 사실 스승의 문인 중 의병으로 나선 합천의 정인홍(鄭仁弘) 대장과 의령의 곽재우(郭再祐) 대장 등 많은 제자들이 난에 참전하고 있소이다."

"정말 훌륭한 일입니다. 관군이 못한 일을 의병이 나서는 바람에

왜적이 무척 당황하고 있다고 합니다. 의병이 결사항전을 하리라고
는 전혀 생각하지 못했을 테니까요."

"국운이 누란의 위기에 처했는데 관과 민이 어디 따로 있겠소?
본인이 목사에게 구원을 청한 것처럼 말이오."

생전 처음 만났는데도 두 사람이 마치 오랜 지기처럼 대화가 된
것은 그들의 호방한 기질이 맞아 떨어졌기 때문이었다.

"의병이 진을 치고 있는 우척현(牛脊峴)은 어떤 곳입니까?"

"거창 북쪽에 있는 곳이오. 우리 본진이 있는 거창과 왜군이 주
둔하고 있는 지례(知禮)의 중간 지점이오."

"그럼, 지례에는 지금 왜군이 주둔하고 있습니까?"

"그렇소이다, 지례는 김천과 전주와 거창을 잇는 길목인데다가
호남지방의 침공을 노리는 왜적의 집결지라 볼 수 있지요."

왜국의 6번대 주장 고바야가와군이 지례 땅을 점령한 다음 전라
도 무주(茂州)까지 침입하여 호남지방의 진출을 꾀하고 있었고, 그
러기 위해 무주와 지례 등 두 지역을 왜군끼리 연결할 수 있도록 계
획을 세우고 있었다.

왜군은 먼저 지례에서 우척현으로 남하하여 거창까지 침입하려
고 했다. 이를 파악한 김 면군은 우척현에 2천여 명의 병력을 보내
방어태세를 취하고 있다가 접전을 펼친 끝에 왜적을 지례 쪽으로
되쫓아버렸다.

그런 후 탈환한 우척현 일대에 방어선을 유지하면서 중위장인
전 김해부사 서예원과 함께 지례의 왜군 진지에 화공을 가하자 왜
군은 김천으로 도주했다. 이렇게 사기가 오른 김 면군은 퇴각한 김
천의 왜군까지 공격할 계획을 세웠다.

그런데 무주에 주둔하고 있던 고바야가와군이 전라도의 침공이

여의치 않게 되자 그들의 후방인 지례에다 칼날을 들이댔다. 그 결과 의병에게 쫓겨 김천에 후퇴해 있던 왜군까지 합세하여 지례를 조선군에게서 도로 빼앗게 되었다.

그뿐만 아니라 보복전으로 우척현의 김 면군을 위협하기 시작했다. 그래서 병력과 화력에서 열세를 느낀 김 면이 진주성에 원병을 요청하게 된 것이었다.

김 면의 자세한 전황을 듣고 있던 시민이 질문을 했다.

"적이 그렇게 위협한다고 앉아서 기다리면 더 압박을 가해 올 것이 아니겠습니까?"

"물론이오. 우리 의병이 병력으로도 열세이지만 기동력이 약한 것 또한 결정적인 약점이지요. 왜장들은 이런 사정을 빤히 알고 있기 때문에 마음만 먹으면 언제든지 공격해 올 것이오."

"무주로 갔던 왜병과 금산에 주둔 중인 왜병이 합세해 지례를 함락시켰으니 다음 전투도 승전을 확신하고 있겠군요."

"하지만 적은 진주성군이 참전한 것을 모르고 있을 것이오. 그런데 진주성의 정예기병은 한번도 패배한 적이 없는 강한 군대가 아니겠소? 거기다 우리 3천 병사와 합세한다면 승산은 우리에게 있다고 확신하오."

김 면의 당당한 모습을 보자 시민은 총통에 대해서도 설명을 했다. 조선에서 만든 승자총통과 조총의 장점을 따서 제작한 총통 1백 정을 실전에 투입시킨다는 계획을 말하자 김 면은 시민의 손을 뜨겁게 잡고 놓을 줄을 몰랐다.

"공격할 시각은 언제입니까?"

휘하 군사들과 저녁을 먹고 난 다음 시민은 다시 김 면을 만났다.

"적이 먼저 공격해 올 것이오."

"그때까지 기다린다는 뜻입니까?"

"그렇소. 왜적이 우리를 공격하려면 사랑암(沙郞岩)이라는 곳을 반드시 지나야 하오. 그곳에 우리가 먼저 가서 매복하고 있다가 적이 지나가면 덮치는 것이지요. 놈들은 조총수가 많으나 기병이 갑자기 나타나면 장전할 기회를 잃고 대오가 무너져 버릴 것이오."

"그렇다면 왜군이 출동한다는 정보가 들어올 때까지 기다릴 수밖에 없겠습니다."

"그렇지요. 그래야 적의 움직임을 살필 수 있을 것이오."

김 면의 작전은 치밀했다. 왜군은 일렬횡대로 늘어서서 조총으로 공격하고 다시 장전하는 동안 활로 공격하는 방법이 주공격술이었다. 이 공격법은 같은 보병끼리거나 성을 공격할 때 위력적이었다. 그러나 기병 앞에서는 조총이 칼이나 창만도 못했다.

이 점을 잘 알고 있는 김 면은 거창의 기병 1천 명과 진주성의 기병 1천 명 등 2천여 명으로 왜적을 기습할 것이라고 시민에게 밝혔다. 왜군들이 사랑암 앞으로 지나가면 행렬의 중간을 공격해 반으로 갈라놓는 것이었다. 그런 다음 대열 앞쪽은 김 면이 공격해 전방에 잠복하고 있는 보병 2천여 명의 총통 사수와 궁수가 결판을 낸다는 것이었다. 그러면 시민은 차단한 대열 뒤쪽을 급작스레 밀어붙여 조총을 쏠 틈을 허용치 않겠다는 작전이었다. 그 밖의 세부적인 사항은 모두가 역전의 장수들인 만큼 그때그때의 사정에 따라 대처한다는 결론을 내리고 회의를 끝냈다.

땅거미가 짙게 깔려 사방을 분간하기 어려운 시각이었다. 이 무렵 정보를 수집하러 나갔던 병사가 긴급한 보고를 가지고 돌아왔다. 밤이 되면 고적감을 달래기 위해 평소에는 춤이나 노래로 밤을 지새우는 왜군이 이날은 초저녁부터 깊은 잠에 빠져 있다고 했다. 다음날 전투를 하기 위해 충분한 휴식을 하겠다는 것이었다.

"저놈들이 내일 공격할 모양이오. 그렇다면 우리도 눈을 좀 붙여야 되겠소. 충분한 수면도 전력의 비축이 아니겠소?"

"예, 그럽시다. 적이 빨리 마주치겠다니 잘 되었습니다."

9월 16일, 아침 일찍부터 출전 준비를 하고 있는 데 김 면이 급히 진주성군의 막사를 찾아왔다.

"적이 지례로 출발했다는 첩보가 들어왔다오. 어젯밤의 정보가 정확했소이다."

"그럼 선두에서 지휘해 주십시오. 사랑암에는 우리가 먼저 잠입해야 될 줄 압니다."

"어서 나를 따르시오. 적에게 발견되지 않는 지름길이 따로 있으니 그 길로 행군합시다."

사랑암 중간쯤에는 무성한 숲으로 우거진 곳이 있어 잠복하기가 제격이었다. 더구나 위치가 큰길보다 약간 높은 곳에 있어 왜군이 행군해 오면 훤히 조망할 수 있었다. 이런 지역은 고령(高靈) 출신인 김 면이 손바닥 보듯 읽고 있어 작전상 왜군보다 훨씬 유리한 입장이었다.

이곳에 막 도착한 양군은 약속이나 한 듯 수풀 속으로 모두 들어갔다. 외부에서 보기에는 여느 숲과 다를 바가 없었지만 그 속에는 살기가 어려 있었다.

정오 무렵이 되자 매복하고 있던 숲 속까지 웅성거리는 소리가 들렸다. 나지막한 언덕길을 따라 개미떼처럼 몰려오는 왜병들의 대열이 한눈에 들어왔다. 이를 지켜보고 있던 김 면이 의미심장한 눈빛으로 시민을 바라보았다.

"저기 중앙에 버티고 오는 자, 작은 키에 이마가 벗겨진 놈이 타찌바나 무네시게(立花宗茂)란 자요. 지난 전투에서 나와 마주친 자로 무술은 출중하나 지략은 그리 뛰어나지 않소."

"그럼, 주장 고바야가와는 나타나지 않았습니까?"

"아마 전라도 일로 신경이 날카롭게 곤두선 듯하오. 그곳을 공략해 군량을 책임져야 할 막중한 의무를 가진 자요. 이번 전투엔 불참한 것으로 미루어 내 짐작이 맞을 것이오."

"아쉽군요. 이번 기회에 사생결단을 내고 싶었는데……."

시민은 고바야가와를 자신의 손으로 사로잡고 싶었다. 시민은 십수교에서 적장을 죽일 때와 진해성에서 평소태를 생포할 때 왜장들의 무예나 군인정신이 그리 뛰어나지 않다고 여겼다. 김 면의 판단도 마찬가지였던 모양이었다.

"고바야가와는 아주 약삭빠른 놈이요. 그 자는 실전에 직접 나서지 않고 후방에서 지휘만 하는 몸 사림이 아주 심한 장수라고 정평이 나 있다오."

이러는 동안 5천여 명의 왜군 선발대가 숲 가까이 다가왔다. 대부분이 보졸로 구성된 왜군은 이번 전투를 통해 우척현을 차지해 버린다는 희망으로 가득 차 있었다. 전라도에서 철군한 병력이 거창군과 합세했으나 병력의 많고 적음이 승전의 결정적인 요인이 아님을 알지 못했던 것이었다. 이런 분위기를 감지한 김 면은 왜군이 계속 앞으로 진군하는 것을 보면서 시민에게 나직이 속삭였다.

"곧 적장 다찌바나가 우리 앞을 지나칠 것이오. 그러면 우리의 작전대로 기습을 단행합시다."

"알겠소."

시민은 김 면의 작전을 듣고 짧게 대답했다. 그러나 눈은 행군하는 왜군에게서 한 순간도 떼지 않았다. 이렇게 살벌한 시각이 한 순간 한 순간 지나면서 다찌바나가 눈앞에 다가왔다. 이를 보고 김 면이 엄숙하게 말했다.

"김 목사, 본인은 나라를 지키기 위해 궐기한 의병에 불과하오. 하지만 김 목사에게 나라에서 높은 벼슬을 내린 까닭은 바로 지금 같은 순간에 목숨을 바치라는 뜻이 아니겠소? 우리는 싸움터에서 죽을지언정 물러서서는 아니될 것이오."

"소장이 김 대장과 같이 전투에 임한 이상, 죽음을 불사할 것을 맹세합니다."

두 장수가 일전을 앞두고 비장한 각오를 주고받는 동안, 적장들이 바로 눈앞에 나타났다. 김 면은 시민을 향해 날카로운 시선으로 돌격하자는 신호를 보내고는 왜병을 향해 급히 말을 몰고 나가자 시민도 뒤따랐다.

이날 김 면의 손에는 칼날이 무지개를 수없이 그리며 번쩍였고, 시민이 쏘는 화살은 시위를 당기는 손이 보이지 않을 정도로 적진을 향해 날았다.

느닷없이 나타난 김 면군에게 뒤에서부터 쫓겨 갈팡질팡하던 왜병은 전방에 매복하고 있던 진주성 보병이 발사한 총통과 화살에 추풍낙엽처럼 무참히 쓰러져 갔다. 시민의 병사와 맞붙은 적장 다찌바나는 어느 틈에 후미로 돌아가 공격령을 내렸으나 반격은커녕 행군해 오던 길로 도로 밀려가는 형국이 되고 말았다. 말머리를 나란히 하고 분전하는 시민과 김 면의 합동작전은 왜적을 섬멸할 충분한 기회를 잡았다.

그러나 승승장구하던 조선군에게 제동이 걸렸다. 개령 본진에서 패잔병으로부터 전황을 보고 받은 왜장 타카하시 나오쓰구(高橋直次) 휘하 8백 명이 구원병을 이끌고 급히 내습해왔다. 이때 타카하시를 죽이기 위해 단기로 돌진하던 시민은 왜적이 쏜 조총을 맞고 왼쪽다리에 부상을 당했다. 순간 시민은 외마디 소리와 함께 말 등에서 떨어지려 했다. 이 광경을 목격한 김 면이 재빨리 달려와 부축하여 바쁘게 본진으로 후송시켰다. 부상한 다리에서는 피가 계속 흘러내렸다.

의인에게 치료를 받고 병상에 누워 있을 때 김 면이 침통한 얼굴로 들어왔다.

"장군, 나를 도우려다 이게 웬 변이오?"

"전장에서 부상은 예삿일이 아닙니까? 전투 결과는 어떻게 되었습니까?"

시민은 부상보다도 전선에 더 관심이 컸다.

"주장 다찌바나가 퇴각령을 내려 모두 후퇴했다오. 이번 전투에서 적의 손실이 너무 커 더 싸울 기분이 아니었을 것이오."

"다행입니다. 그래도 다찌바나의 목을 베지 못해 분이 풀리지 않습니다."

시민은 적장을 놓친 것이 억울해서 죽을 지경이었다. 김 면이 시민의 그런 마음을 헤아리고는 위로의 말을 남겼다.

"저놈들이 우리 강산을 떠나지 않는 한 기회가 얼마든지 있을 것이오."

김 면이 문병하러 왔다가 나가고 나자 이광악을 불렀다.

"우리 부대의 상황은 어떠하오?"

"기적 같소이다, 이십 명 정도가 경상을 입었을 뿐 전사자는 전무합니다."

"오! 정말 기적이외다, 기적. 그래, 대오를 잘 정돈해서 다음 출정에 차질이 없게 하시오."

"우리 진주성군은 부상만 걱정할 뿐 완전무결하게 대기하고 있습니다."

"고맙소. 얼른 가서 장병들을 안심시키시오. 보다시피 걷기가 불편할 뿐 가벼운 부상이니 곧 나을 것이오. 그러나 왜적이 다시 공격해 올 줄 모르니 그 전에 휴식을 충분히 취하라고 이르시오."

"예, 명을 전하고 다시 들르겠습니다."

격렬하게 치른 사랑암 전투는 왜군을 지레 밖으로 몰아내는 것으로 일단락되었다. 이 싸움에서 진주성 기병의 민첩한 전투능력이 압권이었다. 또한 왜국은 자신들만 보유하고 있다고 자만했던 조총이 총통이라는 명칭으로 조선군에서도 사용되고 있다는 사실에 아연실색했다. 그래선지 왜군은 전투할 생각보다는 오히려 조선군의 동향을 살피는 데 촉각을 곤두세우는 것 같았다.

이 무렵 경상좌도에서 임무를 수행하던 김성일이 우도감사로 전임되어 왔다. 우도 지역의 뜻있는 선비와 주민들이 조정에 상소를 내어 김성일이 우감사가 되기를 요구한 때문이었다.

다시 경상우도 감사로 임명된 김성일은 의병과 왜군과의 서로 뺏고 빼앗기는 전쟁의 양상이 아주 미묘한 거창으로 먼저 갔다. 그런데 우척현에 시민이 부상당해 있다는 뜻밖의 보고를 받게 되었다. 김성일은 화난 모습을 하고 젊은 군관에게 김시민을 불러오라는 명령을 내렸다. 진주성을 떠나지 말라고 한 자신의 명을 어기고 여기까지 와 있다는 말에 괘씸한 생각이 들었다.

얼마 후, 감영 앞에 가마 한 채가 멎자 시민이 부상당한 발을 절며 안으로 들어왔다.

"부상이 그렇게 심한가? 가마까지 타고 오다니."

김성일은 부상당한 시민을 보자 화가 조금은 풀렸다.

"왼쪽 장딴지에 처란이 스쳤답니다. 큰 부상은 아니니 곧 괜찮아질 것입니다."

"전장에서 장수의 부상은 군의 사기와 직결된다는 것을 명심하게. 그리고 진주성은 어떻게 하고 이곳에 와 있단 말인가?"

"상관의 명을 따랐습니다."

"상관의 명령?"

확고한 전략도 없이 군사를 마음대로 이동시키는 김 수의 용병술에 대해 김성일은 평소 비판적이었다.

"예, 하지만 전 감사의 명이 아니더라도 이번 전투에 참전한 것은 잘한 것이라 여깁니다."

"어째서 그런 말을 하는가?"

김성일은 얼굴을 찌푸리며 노골적으로 불쾌함을 드러내었다.

"김 대장의 격문에도 밝혔듯이 거창은 곡창지대인 전라도와 진주목을 내려다보는 군사적 요충지입니다. 거창이 무너지면 진주목도 온전할 수 없다는 것이 소관의 판단입니다. 따라서 우리 군사가 왜적을 선제공격하면 그들은 수비하기에 급급해 침략하려는 의지가 약해질 것입니다. 성동격서라고 간접적으로 진주성을 지키자는 의지로 출전했습니다."

시민의 자세한 설명이 끝나자 김성일은 고개를 끄덕이며 다시 명을 내렸다.

"듣고 보니 그 말은 맞네. 그러나 아직 왜적으로부터 공격을 받지 않은 진주성을 두고 관군과 의병의 집결지라고 주목하고 있다는

정보를 입수했네. 부상으로 거동하기가 불편하겠지만 급히 진주성
으로 복귀하게. 이곳은 내가 김 대장과 의논해서 방어하겠네.”

12. 피로써 세 성을 빼앗다

　9월 중순경, 부산포와 한성간의 병참 보급로가 차단되어 있는 것은 의병의 거점인 진주라고 판단했다. 조선의 전선에서 벌어지는 정보를 보고받는 자리에서였다. 도요토미는 온 얼굴을 씰룩거리면서 장수들에게 기필코 진주성을 괴멸시키라고 다그쳤다.

　본국의 명령만이 아니라 세 군데 성을 진주성군에게 빼앗긴 왜장들도 사태의 심각성을 깨닫고 급히 작전회의를 열었다,

　그 자리에는 호소가와 하시바 도고로(羽柴藤五郎), 키무라 시게지(木村重玆), 오오다 하지메요시(太田一吉) 등을 참전 장수로 삼은 다음 열띤 토론을 벌였다. 그 중에서도 주장으로 삼은 호소가와가 진

주성에 대한 의구심이 가장 깊었다.

"정보에 의하면 경상우도의 의병 주력이 진주성에 있는 것으로 보고 되었는데 사실인 것 같소."

그러자 하시바가 뜻을 같이 했다.

"나도 그렇게 보고를 받고 있으니 국지전으로 저들의 전력을 평가할 필요가 있을 것이오."

"우리 일본국의 주 작전대로 일거에 진주성을 쳐 뿌리를 뽑아버리면 될 텐데 국지전으로 시간만 끌겠다는 것입니까?"

키무라가 자신만만한 듯 큰소리를 쳤으나 하시바의 다음 말에 반박할 말이 없었다.

"정보에 의하면 진주목사는 결코 쉬운 상대가 아니다. 전라좌수사 이순신과 같이 니탕개의 난을 평정한 용장이다. 선진에서도 우리 수군이 전멸 직전까지 몰아가기도 했다. 감정적으로 섣불리 판단할 인물이 아니라는 뜻이다."

신중한 하시바의 지적에 회의장은 무거운 침묵이 흘러갔다. 이런 분위기를 날카로운 눈매로 주시하고 있던 호소가와가 주장으로서의 결론을 내렸다.

"타이코 전하의 명이니 따를 수밖에 없질 않소? 그러니 일단 진주성으로 서진하도록 하오."

왜군이 노리는 진주성은 진주목에 있는 성으로써 경상우도의 주성이다.

고려시대부터 외란을 막기 위해 세워진 성으로 내성과 외성으로 둘러싸여 있었다. 내성에는 구북문과 서문, 외성에는 신북문, 동문 신성, 동문옹성이 있다. 북쪽으로는 대사지(大寺池)가 넓게 펼쳐져 있어 마치 해자를 파놓은 듯했다. 남쪽으로는 남강이 흘러 자연적으로 해자의 역할을 하고 있었다.

특히 내성의 앞은 대사지 중에서도 펄이 깊어 인마도 건너가기가 힘들었다. 서문과 촉석루 사이는 높고도 가파른 경사가 병풍처럼 둘러져 있어 개미도 기어오르기 힘들다고 하여 내성을 촉성성(矗石城)이라고도 했다.

그리고 곡식의 대단위 생산지인 호남지방으로 가려면 진주성을 비껴 갈 수는 없었다. 그래서 천혜의 요새인 진주성은 남도의 으뜸 성이라고 불렀다.

이런 진주성으로 출진을 한 호소가와는 본국에 아름다운 아내 다마코를 두고 온 일로 늘 걱정이 많았다. 속전속결로 조선을 항복시켜 하루라도 빨리 본국으로 돌아가고 싶은 마음이 간절했다. 호소가와는 수시로 본국에 부하를 파견해서 자기 집이 폭파되었는지를 점검했다. 그런가 하면 타마코에게 시도 지어 보냈다.

'흔들리지 말라, 나의 희원(姬垣)의 여랑화(女郎花
남산(男山)에서 바람이 불어와도'

호소가와가 말한 남산은 물론 여방수 도요토미를 가리키는 것이었다. 이에 타마꼬도 시로써 답을 했는데 남편의 시를 담담하게 받아들이는 정도로 비쳤지만 실제로는 아름다운 미모가 질곡처럼 자신을 옭매고 있음을 말했다.

'흔들리지 않을 게요, 이원(垣)의 여랑
남산에서 바람이 불어와도'

이원은 울타리에 갇힌 타마꼬 자신을 말했다. 남편의 울타리나 화약의 울타리나 매한가지로 이러한 환경에서 벗어나고 싶은 심정을 나타내었다.

조선 전선에 참전한 이후 늘 초조하기만 하던 호소가와의 독촉으로 왜군의 전투 준비는 신속했다. 어떤 일을 두고 결정이 나면 즉각 실행하는 침략군의 속성이 여지없이 나타났다.

9월 24일, 열 명의 막하 장수가 거느린 대군이 김해성을 떠나 진주성을 향해 서진하기 시작했다.

병력은 주장 호소가와 군 휘하 3천 5백 명을 필두로 다음과 같았다. 하시바 군 휘하 5천 명. 키무라 군 휘하 3천 5백 명. 그 외에도 오오다 장군과 주장 호소가와의 동생 겐바노조(玄蕃之允), 왜국의 이름 있는 장수들이 이끈 연합군 5천 명을 포함하여 약 2만여 명이 참전했다.

한편, 앞서 세 성을 확보했을 때 시민과 같이 참전했던 유숭인이 함안군수에서 경상우병사로 승진했다. 유숭인은 진주성을 떠나면서 시민에게 그동안의 고마움을 전했다.

"김 목사. 패전지장으로 있다가 경상우병사로 영전되어 가니 목사 보기에 민망할 따름이오. 그러나 조정의 명이니 따를 수밖에 없구려. 내 우병사로서 목사의 어떠한 요청도 다 들어 줄 테니 염려 말고 부탁하시오."

"고맙소이다, 우병사 영감. 그러나 진주성에서 동고동락하던 일은 잊지 마시오."

"고맙소, 김 목사의 깊은 정을 잊지 않을 것이오."

이렇게 진주성을 떠났던 유숭인이 창원성을 지키고 있었다. 유숭인은 왜군의 대병력이 진주성을 공격하기 위해 출진했다는 첩보를 받고 곧 창원 동쪽의 노현(露峴)에 2천여 병력으로 진을 쳤다. 영산 전투에서 신세를 진 김시민을 위해 진주성을 지키겠다는 일념과 군량이 풍부한 전라도를 온전히 보호하려면 진주성의 방어가 무엇보다도 중요하다고 판단했다.

그러나 유숭인은 왜군의 대병력을 보는 순간 싸워 보지도 못하고 노현에서 철수해버렸다. 다시 창원성에 입성해 전투태세를 취했다. 하지만 추격전을 편친 적에게 대항하다가 전사자 8백 5십여 명이나 내며 전의가 완전히 상실되었다. 사정이 이처럼 급박하게 변하자 유숭인은 창원성을 포기하고 함안으로 도주했다.

10월 2일이 되자 왜적은 왜적대로 창원성을 점령한 여세를 몰아 다시 함안으로 창을 겨누었다. 그 결과 함안의 여섯 고을 병사들이 궤멸되었는데 그 수가 무려 1천여 명이나 되었다.

더 이상 발붙일 곳이 없게 된 유숭인은 남은 군사 1천여 명을 이끌고 할 수 없이 진주성을 향해 도주하기 시작했다. 왜군은 왜군대로 저항해 오는 조선의 소규모 병력을 빗자루처럼 쓸어버리며 계속 진주성을 향해 주검의 그림자처럼 다가왔다.

이 소문을 입수한 감사 김성일은 사태가 무척 긴박하다는 것을 직감하고 거창에서 진주성이 가까운 단성현(丹城縣)으로 급히 내려와 전투태세를 갖추었다.

그리고 곤양군수 이광악 외에 판관 성수경, 전 만호인 최덕량(崔德良)과 권관 이찬종(李纘宗) 등을 새로 천거하여 3천 8백여 명의 병력으로 결전 태세를 갖추라고 지시했다.

또한 성의 외곽 지역에는 의령 의병장 곽재우(郭再祐)가 급히 파견한 선봉장 심대승(沈大升) 군과, 고성현령 조응도(曹凝道)와 의병장 최강(崔堈) 군과 정유경(鄭惟敬) 및 이 눌(李訥) 군의 지원을 요청했다.

전라감사와 좌·우의병장에게도 급히 지원을 요청했다. 전라우의병장 최경회(崔慶會)가 의병 2천여 명을 거느리고 지원 태세를 갖추었다. 이들은 무주와 금산지역의 6번대장 고바야가와 하고 싸운 뒤 남원에 집결하고 있던 중이었다. 전라 감사 권 율(權慄)은 9월 22일에 근왕군을 이끌고 북상한 다음이라 참전하지 못했다.

진주성에서는 왜국의 대병력이 진격해 오자 시민은 부하 장수들을 불러 모았다. 큰 전투에 앞서 상호간의 결의가 어느 때보다 중요하다고 생각했다.

"본관이 전장에 전전하면서 주로 공격하는 입장이었다. 바꿔 말하면 수성을 해본 경험이 없다는 뜻이다. 공격은 전술상 중단할 수도 있고 물러날 수 있다. 그렇지만 방어란 물러설 곳이 없는 싸움이다. 왜적의 병력이 우리 진주성군보다 무려 다섯 배도 넘는다는 정보를 입수했다. 아무리 성 안에서 싸우지만 불리한 전투인 것만은 사실이다. 우리들은 지금 선택의 여지가 없다. 오직 이 진주성에서 목숨을 바칠 각오로 싸우자."

시민이 결연한 자세로 훈시를 마치자 이광악이 눈시울을 붉히며 결의를 다짐했다.

"장군, 우리 진주성군은 일당백으로 반드시 수성을 할 것이니 안심하고 싸웁시다."

"고맙소이다, 다른 장수들도 이 군수와 같은 마음을 가지고 있으리라 믿고 있소이다. 지금 성을 지킬 구역을 발표하겠으니 군을 즉시 인솔하여 빈틈없이 지켜주시오."

시민이 공개한 담당 구역은 철저한 수비책으로 다음과 같았다. 목사 자신은 중위장을 맡아 진주성에서 가장 허술한 동문의 북격대(北隔臺)를 지키기로 했다. 판관 성수경에게 동문의 옹성(甕城)을 지키게 하고, 전 만호 최덕량과 군관 이 눌은 외성의 북문을, 율포권관 이찬종은 지형적으로 왜적이 공격하기 힘든 남문에 배치했다. 이광악과 군관 윤사복(尹思復), 함창현감 강덕룡(姜德龍)은 왜적의 공격 정도에 따라 유동적으로 수비하게 했다.

이렇게 각 장수들에게 병력 3천 8백 명을 나누어 적소적처에 배치하고 나자 시민은 서씨 부인을 찾아갔다.

"부인, 부탁한 것들은 다 준비되었소?"

"예, 동문과 북문 사이사이에 가마솥과 물통, 그리고 땔감을 벌써 마련해 두었습니다."

"부인들에게 남장을 시키는 것에 무리는 없었는지요?"

"처음엔 좀 거북해 했으나 왜적이 진주성으로 쳐들어온다니까 솔선해서 입더이다. 그래선지 우리 진주성 안에는 남정네들만 보이고 여자들 모습은 보이지 않는다고 우스갯소리까지 한답니다."

서씨 부인은 남정네의 옷을 서슴없이 입던 부인들을 생각하며 감동을 감추지 못했다. 성을 지키기 위해서 남자의 바지저고리를 아무 거리낌 없이 입던 부인들의 모습에서 깊은 애국심을 느낀 것이었다. 부인에게 맡긴 일이 마무리 된 것을 확인한 시민은 다시 김시약을 찾았다. 큰 돌을 실어 나르는 작업장에서 시약이 그것을 지휘하느라 땀을 뻘뻘 흘리고 있었다.

"아우, 수고가 많네, 돌은 어느 정도 모았는가?"

"성 안팎에 있는 돌이란 돌은 모두 다 갖다 놓았답니다. 집채만 한 돌무더기가 수십 개도 넘습니다."

"허수아비도 준비되었는가?"

"예, 형님. 짚으로 만들었는데 이 정도면 되겠습니다. 걸칠 옷이 모자랐지만 최대한 사람 모습으로 변장시켰지요."

시약을 따라간 곳에는 5백여 개나 되는 허수아비들이 모여 있었다. 금방이라도 입을 열어 말을 할 듯 그럴싸한 모습이었다.

"호오, 정말 사람 같구나. 왜적들이 틀림없이 속아 조총이나 화살을 마구 쏘아대겠다. 안 그런가? 아우."

"그럼요. 허수아비 속에 대나무를 꽂아 두었기에 엎드려 흔들면 이게 사람이 아니고 무엇이겠습니까?"

김시약은 앞에 눕혀 놓은 허수아비를 바로 세워 흔들자 짚단으로 만든 팔이 너울거리며 마치 사람이 움직이는 듯했다.

"잘 만들었다. 이 허수아비가 왜놈들의 화살을 많이 모아줄 것이다. 그러니 노인들께 사용법을 잘 설명해 드리게."

"이를 말씀입니까? 노인들이 얼마나 열심인지 젊은이들마저 감탄할 정도입니다."

"그래, 백성들까지 성을 구하기 위해 이토록 애를 쓰니 어떤 일이 있어도 진주성을 지켜야 한다."

진주성의 방어를 위해 갖은 수단을 동원한 시민은 수성할 계획이 세워지자 촉석루로 올라갔다. 그곳에 본진을 설치하여 모든 군무를 총괄했다.

한편, 함안성을 함락시키고 진주를 향해 진군하던 왜군은 세 방향으로 군사를 갈랐다. 그 중 선봉 기마부대가 말티고개(馬峴)에 진을 치고 있다가 합천에서 출동한 초계가장 정언충(鄭彦忠)과 삼가영장 윤 탁(尹鐸) 등이 이끄는 의병 3백여 명과 맞부딪쳤다.

"어디서 나타난 졸개들인가? 우리 일본군이 무서운 줄 모르니 잡병임에 틀림없군."

주장 호소가와 휘하의 젊은 장수가 큰소리로 위협을 하자 정언충이 대갈했다.

"무섭다니? 우리는 의병장 정인홍 대장 휘하의 의병이다. 남의 나라를 뭣 때문에 돌아다니며 패악질을 일삼느냐? 대항하면 이 칼이 가만있지 않을 것이다. 썩 물러가라."

"뭐라? 네놈이 일본도의 맛을 아직 모르고 하는 소리구나. 내가 이 칼날로 내리칠 것이니 기다려라."

중과부적이었다. 정탐하러 나온 정인홍 군은 진주성을 함락시키려고 출정한 대병력의 맞수가 될 수 없었다. 단 한번의 접전에서 참패를 당한 의병은 합천으로 퇴각하고 말았다.

왜군의 또 다른 1천여 기병은 미륵벼루를 지나 진주 동쪽에 있는 수정봉(水晶峰)에 올라 진주성을 정탐만 하고 되돌아갔다.

그런 다음 대열을 재편했다. 김시민이 지키는 동문신성은 호소가와가, 성수경이 지키는 동문 옹성은 하시바가, 최덕량과 이 눌이 지키는 구북문은 키무라가, 이광악이 지키는 신북문은 호소가와가 겨냥한 3개조로 편성했다. 각 조마다 2개 부대가 각각 3천 3백 명의 병력으로 총 여섯 부대로 나누었다. 그 여섯 부대가 번갈아 4시간씩 공성한다는 것이다. 이런 방법으로 하루 종일 공격하면 진주성 군은 기진맥진하게 되고 만다. 한 조가 공격할 때 남은 한 조는 휴식을 취한다면 승부는 뻔하다고 왜적은 생각했다.

이것은 병력의 절대적 우세를 믿는 전으로 공격력의 분산을 초래하고 있었다. 하지만 그것을 헤아리지 못한 호소가와는 하시바의 작전에 손을 들었다.

"조그만 전투에서 몇 차례 승전했다고 성주가 으스대는 모양인데 이번에는 마음대로 안 될 것이오. 그러나 키무라 장군의 방법대로 대군을 한꺼번에 투입시키는 모험은 전투의 추이를 지켜보며 결정할 것이오."

키무라는 주장이 자신의 뜻에 따르지 않자 서운한 듯 말했다. 그렇다고 두 상관의 주장을 반대할 입장도 아니었다.

"주장의 뜻이 그러시다면 어쩔 수 없소이다. 다만 병력면에서 열세인 조선군이 스스로 무너질 것을 대비해 부근에 도사리고 있는 의병들을 철저히 감시해야 될 것이외다."

"좋소이다. 소장도 주장과 하시바 장군의 뜻에 따르겠소이다."

키무라와 같이 역시 육전에 강한 오오다는 호소가와의 파상공격을 일단은 동조했다.

이날 회의에서 용장 키무라의 작전은 들을 필요도 없이 무시되었다. 이런 분위기에 키무라는 은근히 화가 났으나 세 장수가 서로 동조하자 참여할 수밖에 없었다. 그러나 미구에 나타날 결론은 부정적인 것이었다.

이를 본 시민은 아주 민첩한 첩보병을 불러 산봉우리를 가리키며 말했다.

"저들이 넘어간 저 산 너머에 왜군이 집결해 있을 것이다. 그 숫자가 얼마나 될지 조심해서 정탐하라. 혹시 매복하고 있을지 모르니 잘 살펴야 될 것이다."

"하오나 말티고개에 웅성거리고 있는 적들은 어떻게 합니까?"

명을 받은 첩보병이 당장 눈에 보이는 왜적이 염려스러워 묻자 시민은 왜병의 작전을 마치 다 알고 있는 듯 말했다.

"진주성을 공격하려면 동문과 북문을 선택할 것이다. 따라서 말티고개에 진을 친 적은 우리 동문을 표적삼고 있다. 방금 동쪽 산을 넘어간 적들은 미륵벼루 방향으로 침공할 모양이다. 그래서 그 거리를 셈하기 위해 왔다 갔다 한 것일 뿐 당장 공격은 없을 것이다. 저 산 봉우리 넘어 본진이 집결하고 있을 터, 살피고 오라.”

“옛.”

시민의 예감은 적중했다. 적정을 살피기 위해 정탐을 갔다 온 첩보에 의하면 진주 동쪽 10리 지점에 있는 임연대(臨淵臺) 부근에 많은 왜군이 진을 치고 있음이 확인되었다. 시민은 이 보고를 받자 엄명을 내렸다.

“모든 성문을 달혔는지 확인하라. 적들이 언제 들이닥칠지 모르니 전투 준비에 만전을 기하라.”

이때 남강 변을 끼고 한 무리의 병사가 몰려오더니 그 중 말을 탄 장수가 성 아래까지 달려왔다. 유숭인이었다. 영산 전투에서 패하여 진주성에 일신을 의탁한 적이 있었는데 다시 같은 모양으로 찾게 되자 그 위신이 말이 아니었다.

하지만 마지막 남은 충절을 진주성에 바치기로 하고 시민을 찾았던 것이다. 그런데 북격대 밖에 도착한 유숭인은 예상치도 않은 일에 난감해졌다. 성문은 유숭인을 향해 굳게 입을 다물고 있었다. 다급해진 유숭인이 외쳤다.

“김 목사, 내 우병사 유숭인이오. 지금 부하 천여 명을 인솔하고 왔으니 성문을 어서 여시오. 적군의 침공이 시급한 상황이니 한시가 급하오.”

어느 틈에 나타났는지 왜군의 대부대가 성문이 열리는 것을 노리고 있었다. 그러니 1천여 명의 병사는 물론 유숭인 혼자라도 입성이 불가능한 일이었다. 이렇게 어려운 사항에 직면하자 시민은 판관 성수경과 이광악을 보고 물었다.

"우병사와 휘하 병사의 목숨이 달린 문제요. 이럴 때 정말 판단하기가 어렵소."

"우병사가 입성하면 진주성의 주장을 바꾸는 입장이 됩니다. 진주성을 통솔하는 데는 목사의 지도력만으로도 충분합니다. 하오니 상관을 불러들여 혼란을 가중시키지 마십시오."

이광악은 우병사에 대한 인식이 진주성에 의탁할 때부터 좋지 않았다. 부하를 모두 죽이고 혼자서 목숨을 부지한 것이 상관답지 못한 처사라고 불만이 많았었다. 성수경도 입성할 수 없다는 다른 이유를 들었다.

"지금 육중한 성문을 연다는 것은 관군 천여 명과 적의 기병을 같이 불러들이는 것과 다름없습니다."

성수경도 이 상황을 정확히 분석하고 있었다. 그래서 시민은 진주성을 지켜야 하는 책임자로서 단호한 결정을 내렸다.

"상관의 명을 거역하기가 마음에 걸리지만 어쩔 수 없구나."

시민이 탄식을 했다. 그때 성 위에서 망을 보고 있던 군관 한 명이 급히 달려왔다.

"목사, 관군 한 부대가 이제 막 성 아래에 도착했습니다. 우리 성에 병사가 모자라니 받아들이면 유리할 것 같습니다."

"성문은 열 수 없다. 내가 그들에게 뜻을 밝힐 테니 모두 본 위치로 돌아가라."

군관에게 명을 내리고 다시 성루에 나간 시민은 유숭인 외에 사천현감 정득설과 가배량 권관 주대청(朱大淸) 등도 4백여 명의 병사를 이끌고 진주성에 구원하러 온 것을 보았다. 그러나 이들도 성문을 열 수 없다는 것을 알게 되었는지 유숭인 휘하 1천여 병사와 연합한 1천 4백여 명의 병사로 전열을 가다듬고 있었다.

이때 옥봉천(玉峰川) 건너편에는 왜장 키무라와 오오다가 선발로 나선 겐바노조와 함께 병졸들을 앞세우고 북격대로 다가오고 있었다. 겐바노조는 친형 호소가와를 닮아 잔인한 성격을 가졌다.

이렇게 성 밖에 아군을 두고 예상하지 않은 전투가 벌어지게 되자 시민은 유숭인과 여러 병사들을 보고 소리를 질렀다.

"보다시피 적군이 밀려오고 있소이다. 그러니 성문을 여는 것은 적을 불러들이는 것이나 다름없소이다. 우병사께서는 정 현감과 주 권관이 거느린 장병들과 함께 바깥에서 수성해 주시오."

"지당한 판단이오. 성문을 열어 달라고 한 것은 상황 판단을 잘 못한 것이었소. 그 대신 이곳에서 왜적의 숨통을 끊어 놓을 테니 전해 주시오."

유숭인은 병마절도사다웠다. 대군을 이끈 왜군과 대치하고 있으면서도 결코 물러설 태도가 아니었다. 오히려 성문을 열지 않은 시민의 명철한 선택에 깊은 신뢰를 보내었다. 유숭인은 왜군을 향해 칼을 높이 휘둘렀다.

"공격하라! 왜놈이란 왜놈들을 한 놈도 남김 없이 우리 손으로 죽여 없애야 한다!"

전투는 의외로 끈질겼다. 왜군과 전투 경험이 있는 유숭인은 병사들을 조총의 사정거리에 쉽게 내놓지 않았다. 그런가 하면 조총을 쏘려고 장전을 하는 왜군의 대열을 향해 집중적으로 화살을 쏘았다. 이러니 네 곱 다섯 곱으로 포위를 하고도 왜군의 전사자가 많았다.

하지만 병력과 화력의 열세에 포위까지 당한 조선군은 종일 저항하다가 최후의 순간을 맞았다. 유숭인은 잔병 2백여 명에게 왜국 본진을 향해 돌격을 명했으나 오히려 해자까지 밀려와 떼죽음을 당하는 결과만 초래했다.

이때 겐바노조는 성 위에서 주시하고 있는 진주성군을 향해 눈길을 보냈다. 진주성군에게 그들의 잔혹성을 보여주려고 조선의 지원군을 짐승 잡듯 도륙을 냈다.

성루에서 이 광경을 내려다보고 있던 시민의 눈에서도 불이 튀었다. 특히 유숭인의 목이 겐바노조의 칼끝에 매달려 있는 것을 본 시민의 눈에서는 피눈물이 흘렀다. 이광악도 온몸을 부르르 떨며 소리쳤다.

"우병사, 용서하시오. 원수를 내가 반드시 갚아 주겠소."

이광악은 유숭인을 성안으로 받아들일 수 없다고 강렬하게 주장했던 것에 죄책감을 느끼며 눈물을 흘렸다.

우병사 유숭인 군을 비롯한 지원군 1,400명을 격파하자 왜군은 서전을 승전으로 치렀다고 함성을 지르며 본진에 합류했다. 시민은 유숭인과 여러 장병들의 처참한 죽음을 보았기에 성안에 있는 병사와 성민들에게 눈물로 호소했다.

"왜적의 침략으로 이 땅에 적의 발길이 닿지 않은 곳이 없소이다. 우리 진주성은 이때까지 평온을 유지해 왔지만 오늘 보았다시피 언제 함몰될지 모를 위기에 처해 있소. 우리는 죽을 각오로 싸우면 반드시 승리할 수 있을 것이오. 그러기 위해 우리는 그 동안 만반의 준비를 해 왔소. 그 점을 놈들에게 꼭 보여줘야 하오."

훈령를 내린 시민은 군관 6십여 명을 선발하여 교대로 성안을 순찰케 하면서 경계를 엄하게 하라는 명령을 내렸다. 시민도 역시 경내를 수시로 순찰하면서 임전태세를 점검했다.

성곽 주위에도 군막(軍幕)을 쳐 성 위에 준비해 둔 돌과 가마솥 등 공격용 무기를 보이지 않게 하고 군사의 움직임도 보여주지 않았다. 수정봉에 올라가서 성을 내려다보는 왜군의 눈을 속이기 위한 수단이었다. 그러면서도 많은 용대기를 높이 세워 군영이 일사불란하게 움직인다는 것을 과시하게 했다. 김시약과 노인들이 이 용대기를 들고 있었다.

각 성문을 지키고 있는 참군과 권관 등도 모두 불러 작전 지시를 다시 내렸다.

"오늘 밤이라도 적이 대거 몰려올 수 있다. 따라서 무기가 열세인 우리는 총알 한 발이나 화살 한 촉도 아껴야 한다. 적이 사정거리 안에 들어오면 사격을 해야지 지레 겁을 먹고 마구 발사하면 오래 버틸 수 없을 것이다. 이 점을 군사들에게 일러 처란 하나 화살 한 촉도 헛되이 낭비하지 않도록 하라."

시민의 명이 떨어지자 판관 성수경이 덧붙여 지시를 내렸다.

"총통의 실탄 만들기보다 화살 만드는 시간이 훨씬 오래 걸리는 것을 제장들은 잘 알 것이다. 접근전이 벌어질 경우 활은 쏘는 시간이 총보다 짧으니 한 발에 한 놈씩 죽여야 한다. 그렇잖으면 자신이 죽는다는 것을 명심토록 하라."

10월 5일, 진주성 전투 첫날이었다. 유승인 군과 일전을 벌여 서전을 승리로 장식한 겐바노조 일행은 이날 진주성 주위의 정세를 염탐하는 정도로 하루를 보냈다. 밤이 되자 왜장들은 모든 정보를 분석해 공성을 위한 전략회의를 벌였다.

호소가와와 막하에 있던 모사(謀士) 마쓰이 야스유리(松井康之)와 아리요시 타테유키(有吉立行), 요네다 코레마사(米田是政).

하시바와 노신(老臣) 시마 야자이몬(島彌左衛門)과 그의 아우 마타자에몬(又左衛門), 미야키 신타로(宮木新太郎), 타마이 히코스케(玉井彦介).

키무라와 그의 모사 키무라 소자에몬(木村左衛門), 오자키 나가
유키(大崎長行).

이들은 모두 일본 내전 때 여러 전장을 휩쓸고 다닌 맹장들이다.
진주성을 함락시켜야 군량 조달을 위한 거점을 확보할 수 있다는
심각한 회의였다.

"성곽에 기만 잔뜩 세워놓았지 조선군사는 얼마 안 되는 모양인
데 성의 기운은 뜨겁게 느껴지오."

하시바가 화두를 열자 호소가와가 염려스러운 듯 말했다.

"위장일 수도 있지 않겠소?"

"알 수 없지요, 주장. 그러니 우리 작전대로 저 성문부터 공격하
도록 하오."

하시바가 가리키는 성문은 시민이 지키는 북문이었다. 성문 중
에서 가장 취약한 곳을 시민이 선택한 것이었다.

"옳은 판단입니다, 우리 일본군이 조선을 공성한 이후 한 번도
실수한 적이 없는 것을 저들도 알 것이오."

호소가와의 말을 듣자 키무라와 오오다가 같이 북격대를 내려다
보며 의미 있는 미소를 지었다. 단 한번이면 괴멸시킬 수 있다는 자
신만만한 미소였다.

회의 결과는 김해성에서 결의한 대로 수행한다는 것이었다. 무
기도 조총을 비롯하여 칼이나 창, 활을 동원하기로 했다. 특히 신형
무기인 조총 4천여 자루는 뛰어난 사격수를 선발하여 쏘게 했다.

새로운 공격용 무기로 선택한 것은 죽패(竹牌)와 운제(雲梯), 산대
(山臺) 등이었다.

죽패는 대를 촘촘히 엮어 만들었는데 표면이 미끄러운 것을 이
용해 조선군의 화살을 막고 성을 기어오르는 사다리로도 쓰기 위한

것이었다. 왜국은 대가 많은 곳이라서 그 활용도를 아주 잘 알고 있었는데 마침 진주 인근에 대가 많이 자라고 있는 것을 이용했다.

다음은 운제를 선택했다. 구름같이 높은 사다리라고 부르는 운제의 특징은 바퀴까지 달려 성에 접근하기 쉬웠다. 육중한 성문을 열기 위해 어렵게 공격하지 않더라도 쉽게 성을 넘을 수 있는 기구였다.

산대는 성을 아래로 내려다 볼 수 있게 만든 것인데. 앞부분이 내리달이문처럼 열릴 수 있어 성곽에 걸쳐놓고 건널 수도 있었다. 큰 나무를 사용하기 때문에 제작하기가 쉽지 않다는 것이 결점이긴 하여도 제작만 한다면 수성군에게 있어 공포의 무기가 될 것이었다. 왜국은 내전에서 이미 그 성능을 수차례 확인한 바 있었기 때문이다.

13. 진주성을 지키자

각 성문과 성민들에게 은밀히 지시해둔 작전에 아무 차질이 없는지 밤새워 순시하다가 새벽녘에야 촉석루의 넓은 마루에 다리를 쭉 펴고 주저앉았다.

시민의 뇌리에 깊이 박힌 영상이 순시 내내 따라다녔다. 이틀 전 성밖에서 죽음을 초월한 유숭인의 당당한 뒷모습이었다. 영산에서 참패를 당하고 진주성에 왔을 때와는 전혀 다른 모습이었다. 성문을 열어 줄 수 없었던 그 절박한 상황을 재빨리 직감한 유숭인이 백전불굴의 투혼을 불러 왜적과 장렬히 맞서 싸우는 것을 보았다.

시민은 유숭인이 겐바노조에게 살해당하던 광경이 떠오르자 눈에서 확 불꽃이 일어났다.

"잠시라도 눈을 붙여야지요. 밤새 너무 무리하셨습니다."

언제 왔는지 이광악이 시민의 곁에 나란히 앉으며 말했다. 그도 무척 초췌한 모습을 하고 있었다.

"잠시라니요? 내 밤새 우병사 생각을 하고 있었다오."

"그렇군요. 소관도 그 일로 잠을 이룰 수 없었습니다. 어째도 그 놈에게 보복하고 말 것입니다."

"북문에는 아무 이상이 없었소?"

"현재까지는 그렇습니다. 그런데 우병사와 우리 관군이 당한 엄청난 광경을 목격하고도 우리 군사나 성민들의 기세가 꺾이지 않는 것이 이상합니다."

"그게 왜군의 실수였다고 봅니다. 우리 조선군을 포로로 잡지 않고 참혹하게 도륙을 낸 것이 오히려 우리 군과 성민에게 죽기로 각오하고 싸울 명분을 준 것이오."

"예, 그렇기도 하지만 목사께서 진주목에 부임한 이후 수차례 전투를 치르고도 패배한 사실이 없다는 것이 우리 성민들에게 대단한 믿음을 준 것입니다."

"그런가요?"

이광악으로부터 처음 듣는 그 말이 무거운 무게로 시민의 두 어깨를 짓눌렀다. 그러니 기필코 진주성을 사수해야 한다는 결의가 뜨겁게 가슴 속에서 일어났다.

"용장 밑에 약졸이 없다는 말을 많이 하지 않습니까? 그 말이 우리 진주성의 분위기를 대변하고 있소이다."

"지나친 비약이오. 그것은 병가에서 흔히 쓰는 문구일 뿐, 그 이상도 이하도 아니오. 다만 확고한 것은 진주성을 죽음으로써 사수한다는 나의 흔들리지 않는 이 믿음이 군관민들에게 전해져서 우리가 하나가 되기를 바랄 뿐이오."

왜국은 몇 년 동안 내란을 치르느라 동족끼리 살상하던 피 냄새가 아직도 온몸에서 진하게 풍겼다. 그러니 타민족인 조선 사람들을 잔혹하게 살육하면서도 그것을 쾌감으로 느끼는 족속과 지금 대치하고 있다. 생각하면 심장이 얼어붙는 일이 아닐 수 없다.

이때 첩자로 나섰던 병사 한 명이 촉석루로 올라왔다.

"왜적의 움직임은 어떤가?"

"예, 날도 새기 전에 적의 각 진영에서 불을 지피는 광경이 눈에 들어 왔습니다."

"이 시각에 아침을 지어 먹는다?"

이광악이 의아스러운 얼굴을 하며 시민을 바라보았다.

"아침 일찍부터 공격할 것인가 보오. 그러려면 이 시간에 배를 채워야 하지 않겠소?"

"조선군의 기습 정도는 두려워하지 않는 것 같았습니다."

첩자도 자기 나름대로의 판단을 했다.

"적은 진주성에서 기습이 없을 것을 알고 안심하고 있네. 요 며칠 우리 성을 정탐하여 우리가 성문을 함부로 열지 않을 것이라 판단을 한 것 같네."

"그런 것 같습니다."

첩자가 떠나자 시민은 이광악에게 일렀다.

"적이 오늘부터 접전해 올 것이오. 그러니 옹성으로 가서 판관에게 지시하시오. 적에게 노출되지 않도록 성곽에 몸을 숨기라 하시오. 성에 병사가 없는 듯 위장할 필요가 있소. 그러면 적은 성에서 계략을 꾸미는 줄 알고 쉽게 공격해 오지 않을 것이오."

"예, 그렇게 전하겠소이다."

첩자에 이어 이광악도 옹성으로 떠나자 시민은 구 북문을 지키는 최덕량과 이 놀에게 갔다.

"조금 전에 첩자의 보고가 있었다. 아마 아침 일찍부터 침공하려는지 밤부터 만반의 준비를 한 모양이다. 여기는 북격대와 옹성보다 수성하기가 유리하지만 적의 병력이 우리보다 월등하니 안심할 수가 없다. 경계를 단단히 하라."

"여부가 있겠습니까? 다만 남문 쪽은 가파른 절벽이라 적이 공격하기 어렵겠지만 그래도 방어가 허술하다고 여겨집니다."

"이찬종과 창을 쓰는 부대가 있으니 믿을 수 있다."

"그렇다면 안심하겠습니다. 소관도 북문을 지키는데 목숨을 아끼지 않을 것입니다."

"고맙다. 공격하는 적은 물러날 수 있는 기회가 있으나 수성하는 우리에게는 선택의 여지가 없다. 그 점 깊이 명심하라."

"옛! 명을 따르겠습니다."

10월 6일의 동쪽 하늘이 서서히 붉게 타오르고 있었다.

동이 트고 한식경이 지나자 대탄(大灘) 쪽에서 왜군이 3개 부대로 나누어 흙먼지를 일으키며 동문 가까이 다가왔다. 그 수도 엄청나 개미떼 같기도 했는데 천여 명의 조총수들은 진주성의 동문 건너편에 있는 순천당산(順天堂山)에 결진하여 성안을 내려다보았다. 또 다른 일대는 개경원(開慶院)에서 동문 밖을 지나 봉명루(鳳鳴樓) 앞까지 열을 지어 결진했다. 나머지 일대는 순천당산을 넘어 봉명루의 왜군과 합류해 옥봉천을 따라 길게 대오를 맞추었다.

이렇게 진을 친 왜군은 가파른 절벽으로 이루어진 남강 변과 서장대를 제외한 동문과 북문에 각각 1만여 병력으로 완전히 포위하여 군사적 위용을 과시했다.

　진주성과 왜군과의 첫 대치는 전대미문의 심리전으로 그 모양새가 기기묘묘했다.

　금빛이 번쩍이는 둥근 부채를 깃대 위에 꽂아 들고 흔드는 무리, 뿔이 달린 가면을 써서 마치 들소 같은 형상을 한 무리, 한 손에는 우산을 들고 다른 한 손에는 번쩍번쩍 빛나는 칼을 휘두르는 무리, 수탉의 꼬리깃털을 듬성듬성 끼운 관을 쓰고 머리를 마구 흔드는 무리, 기마병이 말을 옆으로 삐딱하게 걷게 하는 무리, 헝클어진 머리칼을 바람에 이리저리 휘날리며 귀신의 탈을 쓴 무리 등이 요란스럽게 우쭐거렸다. 또 다른 왜병은 기폭과 기장이 넓고 긴 울긋불긋한 깃발을 들고 흔드는데 수도 헤아릴 수 없을 정도였다.

　이렇게 보는 사람으로 하여금 정신이 어지러울 정도로 한동안 야단법석을 떨던 적이 갑자기 행동을 멈추었다. 진주성에서 몇몇 병사가 이러한 행동을 보며 얼이 빠져 있는 모습을 보자 성수경은 한심한 생각이 들었다. 그래서 수성군을 향해 엄명을 내렸다.

　"적이 괴상한 꼴을 하고 나타난 것은 우리 병사의 정신을 어지럽히려는 속임수다. 그것도 모르고 정신을 못 차리는 병사가 있다. 그런 정신력으로 어떻게 성을 막으려고 하는가? 앞으로 이런 병사가 내 눈에 발견되면 가만 두지 않을 것이니 정신 차려라."

　성수경이 일갈의 훈시를 내리자 시민도 수성하는 방법을 명했다.

　"호전성을 띤 적의 소란은 전투에 앞서 벌이는 그들의 수법이다. 그러고 나면 곧 공격을 하는데 적이 우리 성에 가까이 접근할 때까지 절대로 사격해서는 안 된다. 아무 반응을 하지 말고 사정거리 안에 들어올 때까지 기다려라. 총통 한 방과 활 한 촉이 적의 심장을 정확하게 꿰뚫어야지 남발하면 수성하기가 어려워진다. 각별히 명심하길 바란다."

시민의 명령이 끝나자마자 검은 군복을 입은 왜장 여섯 명이 쌍견마를 타고 작전을 지휘하기 시작했다. 그 중에는 흰색 승복을 입은 여자도 역시 쌍견마를 탔는데 많은 종자를 거느리고 왜장들의 앞에 서서 명령을 기다리고 있었다.

첫 전투는 순천당산에 포진하고 있던 1천여 명의 조총수들이 진주성을 향해여 일제히 발사하는 것으로 시작되었다. 총성의 위력은 대단해 마치 우레 소리와 같았으며 성중의 조선군은 그 소리에 압도당할 정도였다. 진주성에 주둔하고 있는 병사 중에 총통을 쏘아 본 경험이 있는 자가 5백여 명이 있었으나 사격수가 전사하면 보충으로 둔 병사일 뿐 총통은 170여 자루에 불과했다.

그러나 적 1천여 명이 동시에 발사하는 소리는 성중의 조선군에게 위협이 되고도 남았다. 성안에는 1천여 명이 쏜 처란이 우박처럼 쏟아졌다. 이런 중에 시민은 특히 동문을 지키는 병사들에게 명을 내렸다.

"적이 마구잡이로 총을 쏘는 것은 전투하기 전에 우리 병사들을 주눅 들게 하려는 계략이다. 그러니 적이 많은 화력을 소모하도록 그냥 숨어 있으면 된다. 공격령을 내릴 때까지 기다려라."

이때 성수경이 다른 방법을 제의했다.

"장군, 우리도 공격하는 시늉이라도 내야 되지 않겠습니까? 조총 소리에 우리 군사의 사기가 떨어질까 걱정입니다."

"좋은 생각이다. 그러나 성안에 떨어진 처란은 사람을 죽일 위력은 없는 것이다. 그런데도 마구 발사를 하는 것은 우리를 겁주는 것이다."

"그러면 시간만 끌 우려가 있지 않습니까?"

"우리는 군량이 넉넉하니 급한 쪽은 우리가 아니다. 적이 우리 사정거리로 접근할 때까지 기다리는 것이 승리하는 길이다."

"어떤 작전인지 알겠습니다, 장군."

성수경은 설명을 듣자마자 성곽 안에 쌓여 있는 돌과 가마솥에 눈길을 보냈다.

순천당산에 웅거하고 있던 조총수의 공격이 뜸해졌다. 일단 조총으로 선공해 조선군의 기를 꺾었다고 판단한 왜군은 진주성의 북문과 동문 앞에 약 1백 보 거리를 두고 일렬로 정렬했다. 그런데 이들은 민가의 대문짝이나 판자를 모두 철거해 맨 선두에 도열한 병사들 앞에 나란히 세웠다. 이 작전은 명궁인 왜장 하시바의 지시에 의한 것이었다.

"조선국은 옛날부터 명궁을 많이 배출한 나라다. 그런데 우리 병사들은 방패를 사용하는 능력이 약하니 진주성군의 활 공격에 속수무책일 것이다. 그러니 민가의 대문짝이나 판자를 구해 방패로 삼아라. 아무리 화살이 강해도 과녁을 뚫지는 못하는 법이다."

"성군이 응전도 하지 않는데 우리는 방패로 대치만 일삼고 있을 것입니까? 계속 맹공을 퍼부어야 합니다."

성질이 급한 오오다가 두 주먹을 꾹 쥐고 공중에 휘두르며 공격을 외치자 호소가와가 하시바의 주장에 동의를 했다.

"장군의 작전에 따르겠소. 성문을 열고 밖으로 나오지 않는 한 저놈들이 쓸 수 있는 무기는 활뿐이오. 그러니 방패를 앞세워 슬슬 다가가면 어떻게 대항하려는지 알 수 있을 게요."

이때 호소가와의 뒤에 시립하고 있던 겐바노조가 친형과 하시바의 주장을 두둔하고 나섰다.

"진주성의 주장은 아직 우리 군에게 한번도 패배한 적이 없는 명장이라 합니다. 그런데도 진주성에서 아직 대항이 없는 것을 보면 우리가 성 가까이 접근해 오도록 유도하고 있다고 생각됩니다. 그러니 방패가 반드시 필요하다고 여깁니다."

"그럼 두 분 장군과 겐바노조의 말에 따르겠소. 빨리 판자를 모으러 보냅시다."

오오다는 용장이긴 해도 지혜로운 작전이 나타나면 쉽게 받아들이는 장점이 있었다.

방패가 필요하다는 작전 회의가 있은 직후 진주성 부근의 민가는 대문이 죄다 뜯겨 나갔다. 그러니 대문이 뜯겨 나간 민가는 큰 입을 쩍쩍 벌리고 있어 마치 유령 마을처럼 보였다.

한편 성에서 왜군의 진영을 관찰하던 시민은 이광악과 성수경을 불렀다.

"적은 우리가 화살로 공격할 것이라 생각하고 문짝을 뜯어서 방패로 삼으려 하는 모양이오. 자 이럴 때는 어떻게 하면 좋을지 묘안들을 찾아보시오."

"우리는 성안에 있으니 급할 게 없다고 생각합니다. 그러니 저놈들이 행동하는 것을 좀더 관망하고 그때 맞춰 응전하면 될 것이라 여깁니다."

이광악이 먼저 제안을 하자 심수경이 판관답게 다른 작전을 제시했다.

"소장의 생각은 다릅니다. 지금 우리 병사들은 적의 우레 같은 조총소리를 듣고 기세가 상당히 꺾여 있는 실정입니다. 이럴 때 적이 공격해 온다면 물리치기가 힘들 것입니다. 그러니 우리 병사들의 사기도 올릴 겸 비격진천뢰(飛擊震天雷)를 몇 발만 발포하면 적의 방패고 뭐고 모두 작살이 날 것입니다.”

“활보다 포를 이용한다? 그것 참 좋은 생각이다.”

“예, 그러면 적의 의도를 일단은 꺾어놓게 될 것입니다.”

“좋다, 당장 실행하라.”

비격진천뢰는 화포공 이장손(李長孫)이 발명한 폭탄으로 대완구(大腕口)에 의해 발사되는 화포였다. 선조 때 만들어진 이 폭탄은 화포 중에 가장 컸으며 파괴력도 대단했다.

성수경의 제안이 승낙되자 이광악이 자신의 판단이 적절치 못했음을 솔직히 밝혔다.

“소관의 판단이 소극적이었소이다. 그 대신 제가 급히 북문으로 가서 비격진천뢰로 공격하도록 할 테니 때맞춰 모든 성곽에서 일제히 발사하도록 합시다.”

“좋소. 우리가 이쪽에서 용대기를 높이 흔들면 그것을 신호로 발포하시오. 화포로 공격을 받으면 아마 적들이 대경실색할 것이오.”

이렇게 진주성에서 공격의 방책을 논의하고 있을 때 응전이 없는 진주성을 향해 왜군 여럿이 판자 방패 앞에 나와 희한한 야유를 보내기 시작했다. 바지를 반쯤 내려 엉덩이를 흔드는 자, 맨가슴을 드러내어 놓고 고릴라처럼 주먹으로 치는 자, 두 병사가 나와 왜국의 씨름인 스모를 한다고 서로 겨루고 있는 자, 게다가 여자까지 나와 왜국 고유의 춤을 추는 자 등 그 작태가 실로 가관이었다. 이를 유심히 보고 있던 시민의 입에서 단호한 명이 떨어졌다.

“표적은 저것들이다. 북문에서 기를 흔들거든 일발필중의 솜씨를 그대로 발휘하라.”

급히 신북문으로 간 이광악도 구북문의 최덕량과 이 눌에게 발포 명령을 전달했다.

"여기는 적과의 거리가 조금 더 머니 발포할 화약을 더 많이 사용하더라도 틀림없이 명중을 시켜야 하네."

"몇 발이나 쏩니까?"

"정확하게 단 한 방이면 되네. 저놈들에게 방패가 필요없다는 것을 보여 주려는 것이다."

이광악의 명이 떨어지자 이 눌이 포수를 불렀다.

"저기 방패 친 곳까지 비격진천뢰를 날려야 한다. 가능한가?"

"충분하고말고요."

"그렇다면 단 일발에 명중시켜야 한다."

"알겠습니다."

이광악의 지시를 받은 포수는 재빠른 솜씨로 장전을 끝냈다. 성수경도 평소 명사수로 지정해 둔 포수들에게 장전을 시켜놓고 북격대에서 기가 흔들리는 것을 기다리고 있었다. 그때까지도 왜적들의 요란스러운 몸짓은 진주성에서 어떤 일을 벌일 것인지도 모르고 더욱 요란을 떨었다.

북격대에서 노란 용대기를 높이 흔들자 동문에서도 붉은 용대기가 흔들렸고 거의 동시에 세 발의 포성이 천지를 울렸다. 그와 함께 왜군이 둘러친 방패는 물론 요란을 피우던 야유꾼들도 하늘 높이 치솟았다가 땅바닥에 그대로 고꾸라졌다.

순간 왜군의 본진은 혼란에 빠졌다. 고작 화살이나 피하려고 대문짝을 뜯어와 방패로 삼았는데 뜻밖에도 엄청난 굉음을 내며 폭탄이 터진 것이었다. 화력도 왜군이 가진 포와는 비교할 수 없을 정도였다.

호소가와는 주장으로서 급명을 내렸다.

"공격 진영을 적의 사정거리에 들지 않게 뒤로 물려라. 조총수는 적이 성곽에 얼씬도 못하게 계속 발사를 하라."

이날의 접전은 왜군의 집중 사격과 조선군이 기습적으로 비격진천뢰를 쏘는 정도로 하루를 보냈다. 시민은 그때까지 총통 1백 7십 자루는 일절 사용하지 못하게 했다.

그런데 왜군이 하루 종일 조총사격만 간헐적으로 하면서 별다른 공격을 하지 않았다. 그 이유는 이러했다.

진주목이 대읍(大邑)으로써 많은 골동품이 있을 것이라 생각하고 관가나 민가를 뒤져 전리품을 챙기기 시작한 것이었다. 왜군 중에는 전리품을 전문적으로 탈취하는 부대가 있었다. 이들은 도자기는 물론 막사발까지 있는 대로 챙겼다. 특히 막사발은 왜국의 영주들이 아주 선호하는 찻잔으로 귀중품 대접을 받았다. 그 외에도 가구와 서화, 장신구는 물론 심지어 의복까지도 남기지 않고 거둬들였다. 그리고 도자기를 굽는 도공과 베를 능숙하게 짜는 여인들은 포로로 잡아 갔다.

해질 무렵이 되자 요란하던 총성이 잠시 멈추었다. 그 대신 어느 한 곳에서 호각소리가 났다. 그러자 다른 적진에서도 이에 호응하여 호각을 불더니 순식간에 하늘이 쩡쩡 울리도록 고함을 질러댔다. 이렇게 하기를 몇 차례 반복하더니 다시 총을 쏘는 소리가 밤새도록 끊이지 않았다.

성 안에 있는 조선군의 신경을 날카롭게 만들어 잠을 설치게 하려는 심리전을 편 것이었다.

군막이 있는 곳에서도 초가지붕을 걷어내 밤새 태웠다. 조선 사람이 잠잘 곳마저 없애버린다는 것을 보여주기 위한 또 하나의 심리전이었다.

왜적이 저지르는 이런 짓거리를 차디찬 눈길로 바라보던 시민에게 급보가 들어왔다. 의병장 곽재우가 보낸 전령이 서장대를 통해 비밀리에 입성했다는 것이었다.

"장군께서 오늘 밤에 선봉장 심대승과 의병 2백 명을 지원한다고 저를 보냈습니다. 장소는 향교의 뒷산을 선택했으며 호각을 불 테니 어떤 방법으로든 호응해 달라고 하셨습니다."

"수고했다. 곽 장군에게 가서 통보대로 할 것이니 계속 응원해 달라고 전하라."

"예, 그렇게 전해 드리겠습니다."

전령이 떠나고 나자 시민은 성안의 병사와 성민들에게 곽 장군이 응원군으로 온다는 사실을 알려 사기를 돋우고 있었다. 그 순간 향교 뒷산에서 횃불이 하나 둘씩 나타나더니 곧 대낮처럼 밝게 번졌고 호각소리와 함께 뭇사람들의 목소리가 들려왔다.

"홍의장군의 대군이 진주성을 지키러 온다. 너희들은 죽을 각오가 돼 있지 않으면 부모와 처자가 있는 집으로 돌아가라."

이 소리를 들은 왜군들은 크게 놀란 나머지 오금도 펴지 못한 채 밤새도록 공포에 휩싸였다.

곽재우는 지난 7월에 의령(宜寧)과 현풍(玄風), 그리고 영산 등지에서 왜군과 맞붙어 모두 승리한 사실을 왜군들은 잘 알고 있었다. 그래선지 왜적들은 홍의장군이란 이름만 들어도 전의를 잃고 주눅이 들어 버렸다.

곽재우의 원병이 왜군을 교란하고 있을 즈음, 고성에서 의병장 최강과 이 달(李達)이 원병을 거느리고 망진산(望晉山)에 나타났다. 망진산은 남강 건너편에 있는 산으로 진주성과 왜군이 진을 치고 있는 광경을 한눈에 살필 수 있는 위치에 있었다. 이 산에서 최 강은 왜적에게 대군이 온 줄로 착각하게 하려고 한 사람이 횃불을 다섯 개씩 들게 하여 전후좌우로 진퇴를 거듭하게 했다. 그 뿐만 아니라 북을 올리고 함성도 질렀다. 이달은 두골평(頭骨坪)에 운집해 있는 왜군의 배후를 기습하여 진주성 병사들에게 사기를 북돋아 주는 역할을 했다.

왜군은 심대승이 나타난 시각에 망진산에도 원군이 나타나자 바짝 긴장된 나머지 전략회의를 열었다.

"생각도 안한 의병들이 출몰해 우리 병사들을 혼란에 빠뜨리고 있소이다. 왜 이 지경이 되었소?"

회의를 소집한 주장 호소가와가 제장들을 돌아보며 불만을 터뜨렸다. 그러자 키무라가 한심스럽다는 표정을 하며 나섰다.

"저희만 모르는 게 아니라 주장도 몰랐던 사실이 아닙니까?"

"그래서 내가 답답해서 묻질 않는가?"

이렇게 두 장수의 언성이 높아지려 하자 하시바가 극구 만류하려 들었다.

"우리끼리 이럴 게 아니오. 날이 새거든 확인해 보도록 하지요."

"무얼 말씀이오?"

호소가와가 계속 불만스럽게 물었다. 키무라의 반항이 아주 언짢았던 모양이었다. 이를 알아차린 키무라는 호소가와를 향해 정중히 대답했다. 주장에게 도전적으로 대항한 것은 군의 기강 상 항명도 될 수 있다는 것이 꺼림칙했다.

"장군, 의병들일 것입니다. 병력도 얼마 되지 않으면서 횃불로 허장성세를 하여 우리를 현혹되게 하려는 것으로 봅니다."

키무라의 의견에 제장들이 크게 고개를 끄덕이자 호소가와도 수

궁하는 태도를 취했다.

"그것이 옳은 판단인 것 같다. 그러니 크게 걱정할 일이 아니라는 뜻으로 받아들이겠다."

왜군의 진영에서 회의를 하던 시각, 전투상황을 자세히 보고하기 위해 진주성에서 보낸 전령이 김성일에게 도착했다. 장전(長箭)도 보충해 달라고 요청했는데 김성일은 보고서의 내용을 읽고 고민에 빠졌다.

진주성은 남강 변만 빼고 나면 다른 모든 문이 왜군에게 포위당한 상태였다. 이런 진주성은 사람 하나가 빠져 나오려 해도 쉬운 일이 아닌데 장전을 운반하는 것은 거의 불가능에 가까웠다. 장전은 사정거리가 긴 활로 현 전투에는 필수적인 무기였다.

김성일은 궁여지책으로 한 가지 방법은 생각했으나 과연 신청자가 있을지 걱정이 앞섰다. 하도 왜적에게 잔혹하게 살육을 당하는 판이라 병사들의 공포심이 이만저만이 아니었다.

그래서 상금을 크게 걸고서라도 운반자를 모집하려는데 다행히도 영리(營吏) 하경해(河景海)가 나섰다. 더구나 그는 상금을 마다하고 나라를 구하기 위해 활을 운반하겠다는 결의를 보였다.

"전시에 나라를 구해야지 나라가 없으면 상금이 무슨 소용입니까? 그러니 장전을 많이 주십시오. 제가 빠른 시간 안에 진주성으로 운반하겠습니다."

"오! 고마운 말이로다. 여기 장전 1백여 부를 준비시켰으니 빨리 진주성으로 가져가게. 자네는 원래 수군 출신이니 남강을 이용하는 것이 안전할 것이다."

"알겠습니다. 그리고 소관은 김시민 목사 휘하에서 일하고 싶습니다. 허락해 주십시오.”

“그리하게. 진주성은 지금 단 한 명의 병력도 아쉽네.”

“옛! 고맙습니다. 진주성에서 승전하면 바로 감영으로 복귀할 것
을 약속드리겠습니다.”

“좋아, 우리 산하에서 왜적이 모두 물러가도 자네는 김시민에게
아주 필요한 사람이 될 것으로 믿네. 굳이 복귀하지 않아도 되니 조
심해서 가게.”

하경해가 밤이 되자 남강의 상류에 있는 단성에서 물살을 타고
내려와 대사지(大寺池)가 넓고 긴 서장대 밑에 배를 세웠다. 서장대
는 진주성에서 가장 높고 경사가 급한 곳이라 왜군이 눈여겨 보지
않는 곳이었다.

이렇게 하경해가 장전 1백여 부를 가지고 오자 시민이 성 밑까지
와서 그를 맞았다.

“어려운 시기에 위험을 무릅쓰고 정말 큰일을 했네. 이로써 진주
성에 장전이 보충되었으니 전력이 크게 향상될 것이네.”

“부족합니다만 감사께 요청했더니 진주성에서 목사를 도우라고
허락해 주셨습니다. 저를 영리로 받아 주십시오.”

“오, 그래! 장전에다가 영리 업무까지 봐 주겠다니 정말 고맙기
한이 없네.”

하경해가 무기를 옮기는 위험한 일을 자청하면서 상금도 받지
않았다는 것은 진주성을 지키려는 병사들의 의지에도 크나큰 힘이
되었다. 가뭄 때문에 강물이 줄어들자 하경해가 수군으로 할 일이
없게 되었지만 그 대신에 본진의 중요한 업무를 맡기는 등 깊은 신
뢰를 보내었다.

14. 진주성의 기개는 높다

10월 7일, 호각소리와 총소리, 함성으로 밤을 새운 조선군과 왜군은 지루한 신경전으로 새벽을 맞았다. 이날은 진주성 전투 사흘째 되는 날이었다.

전투란 시작할 때부터 기세에 밀리면 승기를 잡기가 어렵다. 마침 여러 의병들의 출동으로 왜군에게 심리적으로 상당한 타격을 주었다. 진주성군도 적이 언제 어느 때 공성을 해 올지 몰라 거의 뜬 눈으로 밤을 새웠다.

그러니 병력이 모자라는 조선군은 밤새 지칠 대로 지쳐 있었다. 그런 상황에 내성에서는 서씨 부인이 부녀자들과 어울려 병사들이 쉽게 먹을 수 있는 비빔밥을 만들어서 나르는가 하면 부상병들을 간호하느라 무진 애를 쓰고 있었다. 시민은 이런 광경을 유심히 관찰하다 말고 각 성문의 책임자들을 불렀다. 잠시 뜸하던 조총소리가 다시 요란스럽게 울리기 시작했다.

"적이 쏘는 저 총소리는 우리 군을 공격하자는 뜻보다 자신들의 공포심을 불러일으키려는데 불과하오. 왜냐하면 우리 군의 피해는 경미한데도 저토록 화력을 허비하고 있으니 병법에도 어긋나는 것이오."

"어젯밤에 원군의 참전으로 적이 몹시 당황했을 줄로 압니다. 횃불이 요란스럽게 움직이는 것과 우리 병사와 원군들의 함성을 왜놈들은 보고 들었습니다. 그런데도 밤이라서 원군의 병력을 헤아릴 수가 없었으니 밤새 조총만 쏘아댄 것 아닐까요?"

성수경의 말에 최덕량도 같은 견해를 밝혔다.

"그렇습니다. 지금도 적이 우리 성을 공격하고 있지만 의병이 배후에 나타날 것을 우려하고 있을 것입니다. 그래서 오늘도 큰 공격은 없이 우리 동향만 살필 것으로 추측합니다만."

이광악의 제의를 시민은 흔쾌히 받아들였다.

"옳은 생각이오. 그러니 수성한다고 뜬눈을 샌 우리 병사들을 교대로 쉬도록 하시오. 병사가 피곤하면 전투력이 떨어지기 마련이오."

회의를 마치자 가마 옆에다 장작을 직접 나르고 있는 김시약이 있는 곳으로 갔다.

"수고가 많네, 아우. 모든 준비는 되었겠지?"

"예, 형님이 지시한 대로 했습니다. 그런데 부녀자들이 전투에 나서겠다고 단합을 했답니다."

"부녀자들이? 그건 안 된다. 아무리 전쟁 중이라지만 어떻게 여인을 전투에 개입시킨단 말인가?"

“어림없었습니다. 왜적은 여자들도 앞장서서 지원하고 있는데 우리 조선 여성들은 무엇 때문에 숨어 있어야 하느냐고 오히려 따지고 들었습니다.”

‘음, 대단한 충성심이구나’

시민은 부녀자들이 직접 전투에 나서려는 것이 적이 놀랍고 대견스러워 혼잣말을 하자 김시약이 덧붙였다.

“형님, 그건 충성심만은 아닙니다. 부녀자들이 나서려는 이유는 남편이나 자식을 보호하려는 지극한 모성애 때문인가 봅니다.”

“그렇고 말고, 부녀자들이 할 수 있는 것에만 가담시키게. 단, 그 이상의 일은 들어주지도 요구하지도 말고 아우가 옆에서 최대한으로 보호해 주게.”

“염려 마십시오, 형님.”

시민이 성안의 각 진영을 점검하고 촉석루로 돌아왔을 때에도 조총소리가 요란했고 장편전도 간간히 성안으로 쏘아 보냈다. 그러면서 이날은 각 성루마다 소규모의 전투가 산발적으로 일어났다.

왜적의 일군은 회의에서 결정한 대로 의병을 정탐하러 나갔다. 그러나 적의 눈에는 그림자도 발견하지 못하자 아무도 없는 민가를 노략질하고 난 다음 집들을 모조리 불태워 버렸다. 의병이 은둔할 곳을 없앤다는 것이었다.

또 일군은 장죽을 베어다 둥글게 묶거나 혹은 가로로 엮기 시작했다. 솔가지도 무진장 잘라 와서 막사 밖에 수두룩이 쌓아 두었다. 큰 나무도 베어 나르기도 했는데 과연 무엇에 쓰려는지 성안의 병사들은 의아한 눈으로 바라보고 있을 뿐이었다.

민심을 동요시키기 위해 포로들 중 아이들을 앞세워 나무막대기를 두드리면서 성벽 주위를 돌아다니게 했다. 그 속에는 키가 애들만도 못한 난쟁이들이 아이들 사이에서 칼을 들고 설치고 다녔다. 아이들로 하여금 크게 소리치도록 위협을 가하고 있는 모습이 눈에 띠었다. 조선군이 자기 나라 어린이를 향해 함부로 활을 쏘지 못할 것이라는 야비한 수단이었다. 그러니까 아이들은 겁에 질린 소리로 이렇게 외쳤다.

"한성이 이미 함락되었고 8도가 무너졌는데 새장 같은 진주성을 어찌 지키려는가? 빨리 항복하는 것이 좋을 것이다. 그렇지 않으면 오늘 저녁에 개산 아비가 와서 너희 세 장수의 목을 잘라 깃대 끝에 꽂을 것이다."

개산 아비라고 불리는 개산보(介山甫)는 김해 사람으로 임진란 초부터 왜군에게 붙어 책사 노릇을 해 온 자였다. 세 장수란 김시민과 이광악, 성수경 등을 두고 한 말로 어떻게 정보가 새었는지 개산보는 이들의 이름까지도 왜군에게 고자질하고 있었다. 그런데 진주성의 장병들은 이런 욕을 듣자 크게 분노하여 시민에게 몰려왔다.

"저 놈들이 우리 아이들에게 강제로 시킨 소리를 듣고만 있어야 됩니까? 우리도 같이 욕을 퍼붓게 허락하십시오."

이런 요구를 시민은 냉정하게 거절했다.

"그래 봤자 무슨 소용인가? 적은 우리가 그렇게 대거리해 올 것을 기대하고 있는 술책임을 모르는가? 기다려 보아라. 나에게도 묘안이 있으니까."

시민은 진주성을 혼란시키려는 적의 의도에 서슴없이 걸려들고 있는 장병들에게서 실망감을 느꼈다. 그래도 달려온 장병들의 충정을 가상히 여겨 시민은 왜군보다 한 차원 높은 방법을 생각하고 있다고 달래어 보냈다.

이날 밤, 시민은 늙수그레한 악공을 수소문해 불렀다. 악공은 경상우도에서 이름이 날 정도로 기예가 뛰어난 악공이었다.

"우리 성안의 장병들에게는 위안이 되고 적에게는 심경이 착잡해지는 가락으로 어떤 것이 가장 적절하겠소?"

"태평가가 좋을 것으로 생각되옵니다."

"태평가?"

시민은 전란 중에 태평가를 들먹이는 악공의 속내가 얼른 이해되지 않아 되물었다. 태평가는 원래 남녀 병창이었다. 시민도 그 정도는 알고 있었으나 이런 판국에 남녀 병창을 어떻게 할 것인지도 의아스러웠다.

"소리꾼이 없어도 할 수 있소이다. 태평가는 연주하기에 따라 그 맛이 다르지요. 우리 쪽에서는 왜놈들이 아무리 공격을 해도 그저 태평스럽다고 들릴 것이옵니다. 반면에 왜놈들에게는 향수병이 걸릴 정도로 애틋하게 들릴 것이니 작전치고는 꽤 괜찮겠지요."

"그럼 남녀 병창은 어떻게 다루지요?"

"예, 남자는 거문고로 여자는 대금으로 다루어 보겠습니다. 그중 대금은 소인이 불 것이외다."

"그럼 거문고 탄주자를 찾을 수 있겠소이까?"

"마침 소인의 제자가 이 성안에 살고 있소이다. 지금이라도 당장 부를 수 있지요."

"그럼 바로 불러 태평가의 한가로움을 연주해 주시오."

악공의 연락을 받고 온 거문고 탄주자는 생각보다 젊었다. 시민은 그들을 성루에 올라가 태평가를 연주케 했다.

한밤 중 태평가가 성루를 타고 나가 성안은 물론 왜군의 진영에까지 퍼졌다. 그러자 이제껏 요란스럽던 조총소리와 함성이 뚝 끊겠다. 여유롭고 평화로운 태평가의 가락이 나무판자 뒤에 숨어서 눈망울만 굴리고 있는 젊은 왜군들의 마음을 크게 흔들었다.

그들은 도요토미의 명령에 의해 침략군으로 끌려왔을 뿐, 고향의 부모 형제들과 처자가 몹시 그리운 처지였다. 대금의 애절한 가락 때문에 심약해진 왜병들 중 눈물을 흘리는 자도 있었다.

이때 진주의 기생을 잡아다 놓고 술잔을 비우고 있던 오오다는 하시바가 거문고와 대금 소리를 듣고 눈을 스르르 감자 옆에 세워둔 칼을 집어 들었다. 이를 보고 놀란 하세가와가 다급히 물었다.

"어쩌려고 칼을 드는가?"

"저 음침한 소리를 듣고 공격하지 않는 놈들을 모조리 베어버려야지요."

그러면서 하시바를 뚫어지게 바라보다가 잽싸게 군막을 빠져나갔다.

태평가에 취해 전의를 잃고 있는 왜군의 진열에 오오다는 칼을 휘두르며 나타났다. 그리고 오오다가 휘두르는 칼을 멀거니 바라볼 뿐 크게 놀라지 않는 병사들을 보고 외쳤다.

"무얼 하고 있는 게냐? 당장 총을 쏘아 저 소리가 들리지 않게 하란 말이야. 이놈들아!"

한데 왜병들은 총을 쏘려는 자세만 취할 뿐 아무도 발사하지 않았다. 이런 모습을 보고 있던 오오다가 뱁새눈을 모로 세우고 먼저 눈에 띄는 병졸부터 목을 베기 시작했다. 그때 뒤따라 나온 하시바가 오오다의 앞을 가로 막았다.

"왜 이러는가? 왼종일 전투에만 몰두해 있던 병사에게는 반드시 휴식이 필요하다. 지금 우리에게 조총의 실탄이 그리 넉넉한 상태가 아니다. 그러니 저 소리를 핑계로 처란도 아낄 겸 우리 병사도 쉬게 하면 안 될 게 뭐냐? 심금을 울리는 가락은 국경이 따로 있을 수 없다."

"국경이 없다 했소이까?"

"분명히 없다고 했다. 저 소리를 듣고 적의를 느낄 사람은 아무도 없다는 뜻이다. 칼로써 명령만 내리려고 하지 말고 어서 거두어라."

하시바는 왜국의 민속음악에 대해 깊은 조예가 있는 장수로 조선의 가락에도 심취할 수 있는 정서를 가지고 있었다. 그러나 오오다는 칼이 모든 것을 해결한다는 사무라이 기질을 그대로 가진 자였다.

이날 성루에서 태평가가 울려 퍼지는 동안 조선군과 왜군 사이에는 얼마동안이기는 했지만 기이한 고요가 흘러갔다.

10월 8일, 전투 나흘째였다. 태평가가 멈춘 이후부터 밤새 성안에다 조총을 쏘아대던 왜적은 문득 총성을 멈추고 총공격의 대열을 편성했다.

성안에서도 왜군이 본격적으로 공성할 것을 예견하고 회의를 열었다. 시민은 전장의 양상이 그때그때에 따라 변하므로 수시로 작전회의를 열었다. 먼동이 터오는 고요한 시각이었다.

"오늘은 적이 대규모로 들이닥칠 것이 분명하다. 적이 판단하기로 우리 성안의 병력도 확실히 헤아릴 수가 없고 우리가 가진 화력도 확인되지 않은 채 시간만 보낼 수 없지 않겠습니까?"

이왕 치를 전투라면 빨리 일전을 벌여 보고 싶은 성수경의 결의에 찬 말이었다. 시민은 눈길을 이광악에게 보내며 물었다.

"이 군수의 판단도 그렇소이까?"

"미심쩍은 것이 있습니다."

“미심쩍한 것이라?”

“예, 어제 많은 대를 베어와 마을 곳곳에 쌓아 둔 것이 목격되었는데 공성할 사다리로 쓰기에는 너무 많아 어디에 사용할 것인지 짐작이 안 갑니다.”

이광악이 말을 하는 순간 성수경도 그 일이 마음에 켕기고 있었던지 거들고 나섰다.

“소관도 같은 생각이었습니다. 죽창을 쓰기보다 저놈들은 칼을 즐겨 쓰니 그것도 아닐 것이고, 화살용으로 어림도 없고…….”

“큰 나무를 베어 오는 것은 못 보았소이까?”

시민은 두 군수를 보고 다시 물었다.

“그야 운제나 산대를 만들 요량이겠지요.”

성수경이 무과에 급제한 판관답게 그 용도를 대답하자 시민이 다시 말했다.

“소나무 가지도 잔뜩 모아놓고 있다.”

“예, 그것으로 해자(垓字)를 메우려고 할 것입니다. 그 외에는 아무리 궁리해 봐도 용도가 떠오르지가 않습니다.”

다시 성수경이 대답하자 이광악도 고개를 끄덕였다.

“옳게 본 것 같네, 판관. 그래서 솔가지를 태워 버릴 화약 봉지를 준비해 뒀으니 별로 문제될 게 없다네.”

이광악도 적을 상대할 계획을 밝히자 시민은 다시 긴 대의 사용법에 의문을 보냈다.

“그럼, 역시 장죽이 문제군. 적이 어떤 용도로 사용하는지 잘 살펴보도록 하시오.”

회의를 마쳤을 때 날이 훤히 밝아 있었다. 그때 북문에서 최 권관이 부리나케 쫓아왔다.

"적이 밤새 성 밑에까지 육박해 왔습니다."

"뭐, 성 밑까지?"

시민은 보고를 받자마자 성곽으로 쫓아 나갔다. 과연 야음을 틈타 동문 앞에도 왜적이 해자 바로 앞에까지 접근해 있었다.

"어떻게 해야 합니까?"

전황을 보고하러 왔던 최 권관이 당황해하며 묻자 시민이 단호히 명령했다.

"각 성문은 전투 준비하라고 알려라. 그리고 성문을 비워놓지 말고 빨리 돌아가라. 적이 공격해 오면 죽음을 각오하고 싸울 뿐. 아무런 해답이 없다."

왜적의 공격을 직감한 시민은 총지휘를 하기 위해 촉석루의 본진으로 향했다. 거기에 대기하고 있던 김시약에게 지시를 내렸다.

"부녀자들에게 가서 지금 바로 불을 지피라고 하라. 다음은 아우가 조직한 성민들을 동원하여 각 성문에 배치하도록 하라. 특히 나이가 많지 않은 남자들로 구성하되 관군과 힘을 합쳐야 될 것이다."

"예."

"급하다, 빨리 알리고 아우도 성민들을 동원하라."

"알겠습니다, 형님."

사태가 급박하게 돌아가고 있다는 것을 짐작한 김시약이 내성 안으로 달려가자 시민은 구북문으로 말을 몰았다

왜군은 동문에서 북문 앞까지 살기를 띤 진을 쳤다. 태평가가 끝나는 순간부터 밤새 쏘던 조총 소리도 일시에 멈췄다. 총공격을 하기 위한 침묵이었다.

변한 것이 있다면 밤새 제작한 죽패로 장막을 쳐 활로는 공격을

할 수가 없었다. 대로 촘촘히 엮은 죽패는 대껍질의 미끄러운 성질을 이용한 방패였다. 대가 많이 자라는 왜국은 대를 전투에서도 아주 적절히 활용했다.

다음은 무려 수백 개도 넘는 운제를 만들었다. 개중에는 죽패같이 촘촘히 엮어서 만든 것도 있는데 폭이 여섯 자 정도로 웬만한 남자의 키보다도 컸다. 그 위에다가 멍석을 비늘처럼 얽어매 기어올라도 미끄러지지 않게 했다. 발이 미끄러지면 전투력이 떨어진다는 데서 고안한 것이었다.

스무 자가 넘는 산대도 만들었는데 운제와 같이 바퀴까지 달아 끌 수 있게 했다. 이 산대를 이용해 성안을 내려다보면서 공격하면 진주성은 속수무책으로 당할 수밖에 없으리라는 압성지계(壓城之計)였다.

전날 장죽과 거목을 모아둔 이유가 모두 이렇게 나타났다. 솔가지도 예상대로 해자에 가득 메워 마음 놓고 건너다닐 수 있게 했다.

시민은 북문 앞에 즐비하게 세워둔 산대를 가리키며 비격진천뢰의 사수들에게 물었다. 앞부분이 내리닫이문처럼 열릴 수 있어 성곽에 걸쳐놓고 건널 수도 있어 위협적이었다.

"우리 포탄이 파괴할 수 있는 거리가 되는가?"

"옛! 사정거리 안에 충분히 듭니다."

"좋아. 저 산대 속으로 적이 올라가거든 움직이기도 전에 파괴하라. 적의 사기를 초전부터 꺾으려면 산대를 못 쓰게 하는 방법이 가장 좋을 것이다."

"옛! 그렇다면 저희들은 포로 돌아가 장전부터 하겠습니다. 왜놈들이 우리 진천뢰의 위력 앞에는 꼼짝하지 못할 것입니다."

"믿는다, 진주성의 운명이 너희들의 손에 달렸다."

5명의 사수가 포대가 있는 곳으로 돌아가자 다시 현자총통(玄字

銃筒)를 다루는 사수 모두를 불렀다. 비격진천뢰에 비해 소형이긴 했으나 6척도 넘는 차대전(次大箭)을 발사하는 포였다.

"저기 대로 엮어 만든 운제가 보이느냐?"

"예, 처음 보는 무긴데 사다리로 이용할 모양이지요?"

"그래, 운제라는 것인데 저것을 슬슬 밀고와 성 밑에 붙여 놓고 사다리로 사용할 모양이다. 성에 접근하지 못하도록 현자총통으로 공격할 수 있을 것이다."

"그럼요, 뒤따라오는 놈들도 공중에 날아가 버릴 것입니다."

"좋아, 아무튼 성에 운제를 붙이지 못하도록 미리미리 파괴해 버려라."

다시 질려포(蒺藜砲) 사수들을 불렀다. 언제 공격해 올지 알 수 없지만 각 부대에 적절한 명을 내렸다.

"전투에 임할 각오가 되었는가?"

"예, 공격령만 내리십시오."

"그럼, 전 사수는 현장으로 돌아가 성 아래를 향해 발포하라. 포탄은 아낄 필요가 없다."

"성곽과 해자 사이에다 발사해야 되지 않습니까?"

"당연하다, 마름쇠는 미리 뿌려야 제 기능을 다 할 수 있다."

"예, 바로 발사하겠습니다."

질려, 마름쇠라고도 불리는 이 무기는 끝이 송곳 같은 네 가닥의 쇠꼬챙이가 어떤 모양으로 뿌려 놓아도 한 끝은 위로 치솟게 되어 있다. 왜군이 접근하다 밟으면 한 발자국도 걸을 수 없고, 뽑아버리기도 힘든 공포의 무기였다.

그 외에도 총통 사격수 170명에게 일발필살을 명하는 등 성안의 전투 상황을 모두 점검한 다음 북격대로 갔다. 이곳은 전투시에만 총지휘대로 삼았다.

성 주위에 질려포가 수없이 발사되었다. 마름쇠를 마구 뿌려 놓아 적의 공격을 둔화시키려는 작전이었다. 이를 이해하지 못한 적은 자기들에게 아무런 피해도 주지 못하고 포성만 엄벙한 포격을 보고 비웃기 시작했다.

질려포의 포연이 서서히 사라지자 양군 사이에 무거운 침묵이 흘러가는 것도 잠시였다.

'와! 와! 와!'

왜적의 중군에서 붉은 기가 좌우로 흔들리는 것을 신호로 3천여 명의 왜군이 일제히 함성을 지르며 북문을 향해 물밀 듯 공격해 왔다.

이를 지켜보고 있던 이광악은 준비해둔 화약 봉지를 장전에 매달아 해자에 채워 놓은 솔가지를 향해 쏘라고 지시를 했다. 그러자 왜적은 그 화력 때문에 겁에 질려 모두 뒤로 물러섰다. 하경해가 가지고 온 장전이 이때 아주 긴요하게 사용되었다.

이런 광경을 보자 왜장들은 신경질적으로 명령을 내렸다.

"공격하라, 공격! 물러서는 놈은 이 칼이 용서치 않으리라."

전진하면 화력으로 견디기 힘들고 후퇴하면 무서운 장수들의 칼날이 두렵고, 왜적은 진퇴양난이 되어 버렸다. 이때 방패를 둘러친 운제와 산대가 성을 향해 움직이기 시작했다. 죽패를 가진 병사들을 성벽까지 접근시키려는 작전이었다.

이렇게 엄폐물을 앞세우고 왜군이 총공격을 하자 시민은 비격진천뢰가 포진하고 있는 곳을 향해 칼을 빼들었다. 이를 확인한 포사수는 미리 장전해 놓았던 심지에 불을 붙였다.

'쾅! 쾅! 쾅!'

천둥 같은 굉음이 천지를 진동했다. 순간 앞으로 밀려오던 왜군이 멈칫했다. 가장 기대를 걸었던 산대 다섯 대가 포 한 발씩을 맞고 산산조각이 나버린 것이다. 이를 목격한 진주성의 병사들이 환호성을 지르자 왜장 오오다가 뒤에 서서 독전을 했다.

"이놈들! 왜 멈춰 서는 거야? 한 발이라도 물러서는 놈이 있으면 이 칼에 목이 날아갈 것이다. 진격하라, 진격!"

오오다의 명이 떨어지자 왜군은 다시 함성을 지르며 성 밑으로 다가서기 시작했다. 그런데 공격하는 왜적의 동작이 굼뜬 것이 진주성이 아니라 오오다의 명을 거역할 수 없어 마지못한 움직임 같았다. 이를 주의 깊게 관찰하고 있던 시민은 동문과 북문에다 적이 더 접근해 올 때까지 공격하지 말라는 신호를 보냈다.

왜적의 선두는 죽패를 앞세우고 해자를 지나 성 밑까지 바짝 다가서자 다시 시민의 칼끝이 하늘을 향해 높이 치솟았다.

"발포하라, 발포!"

현자총통이 정확하게 해자를 건너 온 왜군들 속에서 폭발하자 시체가 하늘을 향해 튀었다. 마름쇠를 밟은 왜군들은 단말마의 소리를 지르며 나뒹굴기 시작했다. 쇠못 같은 침이 발바닥에 꽂혀 뽑히지도 않고 고통도 고통이거니와 걸을 수조차 없는 자가 속출했다. 그런데도 왜군은 줄기차게 운제를 메고 와 성에 오르려고 기를 썼다.

이때 처음으로 총통 1백 7십 자루가 불을 뿜기 시작했다. 왜적들은 자기들만이 조총을 가졌다고 자랑했는데 뜻밖에 총통으로 공격을 받자 속절없이 나둥그러졌다.

그래도 워낙 병력이 우세한 왜적은 죽패와 운제를 성에다 걸치고 거미처럼 기어오르기 시작했다. 다시 시민은 아우에게도 신호를 보냈다. 관군이 총통이나 활로 공격을 차단하고 있었지만 김시약이 조직한 민병도 따로 할 일이 있었다.

"때가 왔습니다. 돌을 운반하실 분은 여기 대기했다가 돌을 모두 투척하고 나면 준비한 것을 재빨리 갖다 날라야 합니다. 우리도 관군 못지않은 전공을 세웁시다."

"평소에 훈련하던 대로 하면 될 게 아니겠소?"

민병 중 전체의 귀감이 되는 노인네가 물었다.

"지당하신 말씀입니다. 자, 여러분! 자기 위치로 돌아가십시오. 시간이 급박합니다."

김시약은 다시 부녀자들이 모여 있는 곳으로 가서 평소 지시한 내용을 다시 확인했다. 이렇게 민병들과 부녀자들을 담당할 위치에 배치시켜 놓고 성 위로 올라갔다.

성을 지키는 병사들은 아주 힘든 전투를 벌이고 있었다. 수많은 적이 성 바로 아래에 접근해 기어오르고 있는데 총통이나 활로 공격하기가 힘들었다. 성 아래에서 기어오르는 적을 쏘려면 겨냥을 해야 하는데 그때 몸이 성 위로 노출되었다. 이를 성밖에 운집해 있는 조총수들의 표적이 되기 때문에 피해자가 속출했다. 이런 광경을 보고 시약이 다급하게 외쳤다.

"조총을 쏘는 적으로부터 우리를 엄호해 주시오. 그 사이 우리 민병은 돌을 던지고 뜨거운 물을 성 아래에 부어 사다리로 기어오르는 적을 막겠소이다."

"그 참 기막힌 전술이오. 이렇게 성민들이 도와주니 우리 병사들에게 얼마나 힘이 되는지 모르오."

아비규환이 따로 없었다. 죽패나 운제로 성을 기어오르는데 맨 위에 오르던 자가 돌을 맞고 떨어지면 뒤따라 오르던 자들도 줄줄이 쓸어버렸다. 또 떨어지다 보면 마름쇠에 꽂히는 자도 수두룩해 피범벅이 되어 버렸다.

부녀들이 수비하는 지역은 더욱 처참했다. 태운 짚단을 둘러쓴 자는 조금 낫긴 했으나 팔팔 끓는 물을 뒤집어쓴 왜군은 사람이라 기보다 마치 악귀를 보는 듯했다.

수성을 위해 성민이 펼친 위장전도 적의 공격을 막는데 크게 기여했다. 짚으로 만든 허수아비는 왜적의 화살을 얼마나 맞았는지 고슴도치 같았다. 적의 화살을 얻는데 큰 몫을 한 허수아비는 김시약의 솜씨가 얼마나 정교했는가를 충분히 보여준 일이었다.

산대를 파괴하기 위해 농기구도 동원되었다. 산대는 앞에 달린 내리닫이문이 열리면서 성곽에 걸쳐져 다리 역할을 했고 그 속에 있던 왜적이 성을 넘게 하도록 고안한 병기였다. 이런 산대의 내리닫이문을 긴 자루가 달린 도끼와 낫으로 찍어서 파괴시켜 버렸다. 왜군이 크게 기대했던 산대가 이렇게 비격진천뢰와 농기구 등으로 파괴당하자 심리적으로 상당히 위축되어 버렸다.

이날은 북문과 옹성을 여섯 번대가 한 부대씩 간단없이 공격했다. 이런 공격에 진주성군은 지칠 대로 지쳤지만 왜적은 휴식을 취해가면서 공격했다. 그토록 치열하게 벌어진 공방전은 해가 산을 넘고 사위가 어둑해져서야 소강상태에 빠졌다.

왜적들은 본격적인 첫 전투에서 승리할 것을 확신했지만 생각조차도 할 수 없었던 조선군의 작전과 전투력에 혀를 내둘렀다. 특히 키무라와 오오다처럼 총공격을 내세우던 두 장수를 두고 호소가와는 쓴소리를 했다.

"두 장군은 들어 보라, 움직이는 산대를 끌고 가 진주성보다 높은 곳에서 공격하면 성을 넘는 것은 식은 죽 먹기라고 했다. 그런데 성 아래 저 많은 아군의 전사자를 두고 오늘의 전투를 어떻게 설명할 것인가?”

“그것은 소장이 여쭙고 싶은 말입니다.”

키무라가 결과를 두고 따지자 하시바가 호소가와를 두둔하듯이 이날의 전투를 평가했다.

“주장의 잘못으로 보면 안 된다. 사실 우리가 조선의 성을 공격해 번번이 승리하지 않았던가? 그런데 오늘같이 돌과 뜨거운 물 등 전혀 예상치 않던 수비를 아직 한번도 당한 적이 없었으니 별 수가 있었나.”

오오다도 심각한 표정을 하며 키무라를 비호했다.

“사실 따지고 보면 우리도 모두 같은 입장입니다. 자신을 가지고 투입시킨 산대가 포탄 한 발에 파괴되는 꼴을 당한 적이 한번도 없었지 않았습니까?”

“그렇다면 키무라 장군은 앞으로 어떻게 공격하는 것이 최선이라고 판단하는가?”

하시바뿐만 아니라 오오다까지 키무라를 비호하고 나서니까 주장으로서 권위가 서지 않는지 위압적으로 물었다.

“목재로 만든 산대는 적의 포에 엄두를 못 내니 흙으로 성보다 높은 산대를 쌓는 것이 유리할 줄로 믿소이다.”

“토산대를 만들자는 것인가?”

“그렇소이다. 밤을 이용해 진주성 안이 훤히 보이는 정도까지 흙을 쌓아올리는 것이지요. 토산대 둘레를 목판으로 가로막아 그 속에서 우리 사격수가 조총을 쏘면 공성하기가 어렵지 않을 것이오.”

“그럴듯한 계획이군.”

“바퀴달린 산대도 계속 제작해 공성을 해야 할 것이오. 우리 군사가 높은 곳에서 공격을 하려들면 조선군은 그걸 막느라 자연히 성 밑을 지키는데 소홀해 질 것이오. 그때 성을 넘을 수 있는 기회가 생기리라 여기오. 왜 성동격서라고 고사도 있지 않소이까?”

하시바의 성격대로 용의주도한 방책을 늘어놓자 호소가와는 키무라에게 동의하는지 물었다.

“평소 총공격하는 것이 장수의 주장이었는데 하시바 장수의 계획이 어떤가?”

“성동격서라? 그 고사가 마음에 듭니다. 역시 높은 위치에서 조총으로 공격하면 조선 놈들의 행동이 산대에만 축소될 것이오. 그럼 운제로 성을 넘기가 용이해지겠군요.”

“그렇다면 하시바 장군의 계획대로 산대와 토산대를 밤새 만들고 내일 아침 일찍부터 공세를 취하도록 하라. 조선 놈들에게 틈을 많이 주면 더 강하게 반격해 올 것을 미연에 막아야 한다.”

왜장 넷이 밤늦게까지 작전회의를 마치고 나서 끌려온 조선의 기생을 불러다 술잔을 기울이고 있을 때였다.

고성의 임시현령 조응도와 진주의 복병장 정유경이 5백여 명의 군사를 이끌고 남강 밖에 있는 진현(晉峴) 고개 위에 나타났다. 이들은 각자 십자형 횃불을 들고 호각을 부니 성중에서도 호응하여 큰 종을 울리고 역시 호각과 함성을 질렀다.

갑자기 일어난 소란스러운 소리를 듣고 깜짝 놀란 왜장들은 마시던 술잔을 내팽개치고 군막으로 빠져나왔다.

“웬 소란들이냐?”

“장군, 원군이 또 나타났다고 합니다.”

“원군?”

“옛!”

“조선 놈의 원군은 왜 밤중에만 나타난단 말이냐?”

　오오다는 신경질적인 소리를 지르다가 원군을 목격한 진현 아래
에 부하들을 보내 도로를 차단하라는 명을 내렸다. 그러나 신출귀
몰한 원군들은 어디로 사라졌는지 그림자도 보이지 않았다.

15. 진주성은 남도의 으뜸 성이다

의병들이 무시로 원정하여 진주성의 사기는 날로 높아갔다. 반면에 왜군의 사정은 진종일 파상적인 공성에도 불구하고 사상자만 내자 초조한 빛을 띠기 시작했다. 그래서 왜의 진영에서는 술자리를 걷어치우고 호소가와가 심각하게 말문을 열었다.

"의병들을 막으려면 별동부대를 선발해 토벌하러 나서야 하겠소이다."

"당연하외다. 그래야 함부로 진주성 근처에 출몰하지 못할 것 아니겠소?"

키무라가 동조의 뜻을 밝히자 오오다가 더욱 강하게 나왔다.

“진주성 주위의 잡군을 모두 제거해 버려야 합니다. 함부로 원군을 보내면 얼마나 끔찍한 결과를 낳는가를 똑똑히 보여줄 필요가 있습니다.”

“그럼 의견이 일치된 것으로 보고 내일 아침 일찍 출병시킵시다. 빠를수록 효과가 클 것이오.”

조선군에게 강한 공격을 늘 주장하던 키무라가 이제는 속전을 주장했다. 그러자 하시바가 좌중을 훑어보며 물었다.

“어느 부대를 파견하겠소?”

키무라가 나섰다. 그가 이끄는 부대는 진주성에 침입한 왜군 중에 가장 강력했다.

“소장 휘하에 기습을 전담하는 부대가 있소이다. 그러니 이 문제는 소장이 맡도록 해 주시오.”

“좋소, 급히 서둘러 주시오.”

호소가와가 키무라의 의견을 듣고 쾌히 승낙했다.

10월 9일은 전투를 벌인지 닷새째 되는 날이었다.

키무라 휘하 병사 2천여 명이 둘로 나누어 한 부대는 모사인 소자에몬과 다른 한 부대는 오자키가 진두지휘하여 본진을 떠났다.

반나절이 지날 무렵이었다. 왜장 소자에몬이 거느린 1천여 병사가 단계와 단성현에 나타났다. 그들은 구원병에 대한 보복전이라 온 마을을 분탕질하고 방화까지 했다.

이 무렵 전라 우의병장 최경회가 경상우도 관찰사 김성일로부터 진주성의 구원 요청을 받고 출전을 서두르자 우의병진의 일부가 반대를 하고 나섰다.

“대장님, 우리 지역을 비워 놓고 진주성으로 행군하는 것이 유리한 판단입니까?"

그 말에 오히려 최경회가 단호하게 명령했다.

"호남도 우리 땅이요, 영남도 우리 땅이다. 의병이 되어 어찌 멀고 가까움을 헤아려 영남을 구원하지 않겠는가? 아무 소리하지 말고 나를 따르라."

진주목을 구하기 위해 밤낮을 가리지 않고 달려온 최경회는 단성현까지 왔다가 뜻밖에 소자에몬에게 포위되어 고전을 면치 못하고 있었다. 그때 의병장 김준민(金俊民)과 정인홍 등의 명으로 중위장 정방준(鄭邦俊)이 정예병 5백여 명을 이끌고 나타나 왜군의 배후를 무찔러 단숨에 격퇴시켜 버렸다.

하동군 곤명의 살천 방면으로 진출해 노략질을 일삼던 오자키와 1천여 왜군도 한후장 정기룡(鄭起龍)과 조경형(曺敬亨) 군에게 걸려 패배함으로써 초라한 몰골로 본진에 돌아왔다.

두 장수로부터 원정 갔던 전말을 보고 받자 화가 머리끝까지 치민 키무라는 명했다.

"네놈들은 자결할 기회를 주겠다. 패배라는 불명예로 사느니 무사로서 명예롭게 죽는 은혜를 내리겠다."

"장수, 지금은 한창 전투 중인데 자중지란을 일으키면 되겠는가? 지금은 내전이 아니라 조선과 싸우는 것이다. 끈질진 조선놈들과 싸우다 패했다고 자결로 해결하려들면 어디 우리 장수가 몇이나 살아남겠는가. 두 장수가 명예회복할 수 있도록 기회를 주게."

두 장수가 할복할 자세를 취하는 것을 보고 하시바가 간곡히 말렸다. 이 말을 들은 키무라는 며칠간의 전투에서 많은 장수가 전사한 것이 마음에 걸려 한발 물러섰지만 군령만은 엄격했다.

"좋습니다. 하명하신 것을 받아들이겠습니다. 그러나 소자에몬과 오자키는 들어라. 너희들은 이 시간부터 죽은 목숨이나 다름없다. 다만 일본국의 사무라이답게 전공을 세워라. 그것이 스스로 목숨을 구하는 길이다.”

“핫!”

“핫!”

소자에몬과 오자키는 간신히 목숨을 부지했으나 참담한 모습으로 막사를 빠져나왔다. 그런데 두 왜장은 과연 키무라의 명령대로 큰 전공을 세울 수 있을지 자신이 서지 않았다. 병력이나 화력이 월등한데도 진주성과 그 주변의 원군에게 이길 수 없다는 것이 도무지 믿어지지 않았다. 진주목은 남명 조 식이 문인들에게 병법도 가르쳐 어떤 지역보다도 지식이 높다는 것을 그들은 알 리가 없었다.

이렇게 두 장수가 동병상련하는 입장이 되어 각자의 진영으로 돌아가고 있었다.

북문 쪽에서 혼란이 일어났다. 최경회가 구원병 2천여 명을 거느리고 와서 성안의 병사들과 호응하기 시작한 것이다. 왜적은 키무라와 소자에몬의 패배도 패배거니와 진주성 북문을 공격하던 중 구원병으로 온 최경회 군까지 상대해야 하는 어려운 전투를 치를 수밖에 없었다.

그래도 왜군은 진주성을 기어코 함락시키기 위해 흙을 날라다 토산대를 만드는데 주력했다. 밤새 대병력이 쌓은 토산대는 기초가 튼튼해 비격진천뢰로 무너질 정도가 아니었다.

또한 죽패와 운제로 성에 기어오르기 위해 안간힘을 쏟고 있었다. 산대에서도 성을 내려다보면서 조총을 발사해 일대 격전을 벌였다. 돌, 물 등으로 방어하는 조선군의 저항을 최대한 위축시키기 위해 맹공을 퍼부었다.

한편 복병장 정유경이 원병 3백여 명을 진현에서 사천으로 이동시켜 적을 견제하고 있었는데 첩자로부터 정보가 들어왔다.

"왜군들이 산대로 진주성 안을 공격하고 있어 아군의 피해가 크다고 합니다."

"알고 있네."

"그런데 남강을 건너온 왜놈들이 진현에서 방화와 약탈은 물론 큰 나무와 긴 대를 마구 벌채하고 있습니다, 산대나 운제를 제작하기 위한 것으로 보입니다."

"제작하자마자 파괴 되니까 괜히 나무만 잘려 나가는 판이군."

"몽땅 잡아 죽입시다."

"그럴 정도로 병력이 안 된단 말인가?"

"예, 사오십 명 정도 될까 말까 합니다."

"무기는?"

"칼밖에 차고 있지 않았습니다."

"수고했네. 자네 말대로 함세."

정유경은 첩자를 보내고 난 다음, 군영으로 가 정병 20명을 뽑고 자신도 그 속에 포함시켰다. 그때 칼솜씨가 절륜한 부하가 물었다.

"나무 베러 온 왜놈들이 몇 명이나 된다고 합니까?"

"사오십 명 정도라네."

"그렇다면 장군까지 가실 필요가 있겠습니까? 우리만 가도 모조리 없애버릴 텐데요."

"왜장 오오다가 이곳을 주시하고 있네. 그런데 내가 나타나 부하들을 모조리 죽인다면 엄청나게 흥분할 걸세. 그놈은 워낙 흥분을 잘하는 성질이라서 그걸 노리는 것이지."

강변에 나타난 왜적들은 노역이나 하는 잡군에 지나지 않았다. 그러니 정유경과 정예군은 이들을 나무 베듯이 목을 베어버린 다음 오오다의 반응을 살폈다. 진주성에 대한 관심을 다른 곳으로 분산시키려는 것이었다.

한편 이런 광경을 멀리서 바라보고 있던 오오다는 급히 군사 2백 명을 차출하여 추격하기 시작했다. 그런데 정유경이 그런 광경을 목격하고도 빨리 피하지 않고 늑장을 부리자 마음이 조급해진 부하가 채근했다. 남강은 물이 많이 줄어 말을 타고 얼마든지 건널 수 있었다.

"왜놈들이 쫓아옵니다. 빨리 피해야 합니다."

"가만있어, 생각이 있네."

"생각이라니요?"

"이곳에 왜 왔나? 적을 교란시킬 목적이 아니던가?"

"그렇긴 합니다만……."

"왜놈들에게 추격되지 않을 만큼 이리저리 끌고 다니면서 거목을 더 이상 벌채할 수 없도록 해야지."

"그렇게 하면 놈들은 산대도 더 이상 만들 수가 없겠습니다. 우리 의병이 방해하니 말입니다."

"내 목적이 바로 그것이네."

구원군은 이렇게 추격군을 끌고 다니다가 그들이 포기하고 돌아가자 본진으로 되돌아갔다.

추격에 실패하고 돌아온 지휘관으로부터 강변에서의 사건을 듣게 된 오오다는 다른 장수들을 찾아갔다. 땅거미로 사위가 벌써 어두워졌다.

"나무와 대를 꺾으러 갔던 부하들이 전멸 당했습니다. 산대나 운제로 공성하는 것도 적이 방어하는 방법이 탁월해 무용지물일 수밖에 없습니다."

"다른 방법이 없을까?"

하시바가 침울한 표정을 하고 반응을 기다렸다. 호소가와도 마찬가지였다. 하지만 키무라는 오오다보다도 진주성 전투에 관해 더 강력한 공격을 주장했다.

"총공격하는 것 외에 다른 방법이 없습니다. 우리 일본군이 병력이나 화력이 적보다 우세하면서도 산대와 운제에 너무 기대했던 것이 작전상 실패라고 여깁니다."

"적의 방어하는 수단도 생각하지 않고 공격만 하다 보니 병력의 손실이 많았던 것은 사실이다. 그렇지만 적이 열세이면서도 이렇게 잘 싸울 줄은 몰랐다. 그 점은 우리가 인정할 수밖에 없는 사실이 아닌가?"

호소가와가 5일간의 전투에서 패배만 자초한 것을 주장으로서 변명조로 말했다. 파상적인 공세만 취하다 보니 집중력이 떨어지고 공격력만 분산시키는 결과를 초래한 것이었다. 그런데 오오다가 자신과 어울리지 않는 제안을 했다.

"오늘도 우리 산대나 운제 등이 마구 파괴되었으니 적들도 승리감에 젖어 있을 것입니다. 그러니 밤을 도와 위장 퇴각하는 작전을 쓰면 어떻겠습니까? 성문을 열 수 있는 최상의 방법이 되리라 여깁니다."

"위장술에 진주목사가 속아 넘어갈 거라고 믿는가?"

호소가와가 강한 의구심을 내비쳤다. 그러자 하시바가 오오다를 두둔하고 나섰다.

"그러니까 작전 아닙니까? 우리가 갖가지 방법을 구사해 보았지만 성공한 확률은 예상 밖이었소이다. 그러니 오오다 장수의 의견대로 한번 시도해 보았으면 하오이다."

"글쎄? 진주목사는 첫날 우리가 진주성에 육박했을 때 자기 상관이 와도 성문을 열지 않는 냉정한 장수였다. 우리가 퇴각했다고 당장 성문을 열 것인지 믿어지지가 않는군."

절묘한 작전으로 김시민에게 매번 당하기만 하던 호소가와가 만약 오오다의 밀계까지 탄로 난다면 주장으로서의 망신을 감당할 수 없다. 그것이 호소가와의 고뇌였다. 그런데 오오다는 호소가와가 김시민을 너무 과대평가하는데 대해 은근히 반발심이 일어났다.

"그때는 우리가 성 앞까지 접근하고 있었고 한낮이었으니 아무리 상관이라도 성문을 열 수가 없었습니다. 그 정도도 모르면 무슨 성주라 하겠습니까?"

그래도 호소가와는 더욱 냉정을 기했다.

"김시민과 이순신, 조선의 두 장수는 우리 왜군과의 전투에 강한 육군과 수군 장수다. 10년 전에 여진족의 추장 니탕개의 난도 두 장군이 진압하러 갔다고 하지 않았던가?"

호소가와가 또 설명을 길게 하려니까 키무라가 막고 나섰다.

"다 말씀하신 일 아닙니까? 그런데 1차와 2차 니탕개 난을 평정한 개선장군 신 립은 우리 일본군에게 밀려 물에 빠져 죽어야 했소이다. 우리는 여진족 같은 오랑캐와는 다르지요. 김시민을 진주성과 함께 없애버리는 것은 우리만이 할 수 있는 일입니다."

조선의 역사를 들먹이며 두 장수가 엇박자를 놓자 하시바가 만류하는 입장에 섰다.

"왜, 이러는 거요? 문제는 위장 퇴각이냐, 아니면 현 전선에서 그대로 대치하느냐 하는 것이오. 옆에서 수수방관하지 말고 키무라 장수도 한 말하게?"

"소장은 오오다 장수의 작전을 동의합니다. 저들이 우리가 퇴각하는 것으로 믿을 수도 있지 않겠습니까? 우리와 싸운다고 전쟁에 신물이 나 있으니까요."

"장수들의 뜻이 그렇다면 각 진에 알려 공격을 멈추게 하시오. 그러면 적이 우리 진영을 관찰하느라 신경을 많이 쓸 것이오. 그래야 위장 퇴각의 효과가 확연히 나타날 게 아니겠소."

"주장, 시각은 언제쯤이 좋겠소이까?"

오오다가 자신의 주장이 관철되자 아주 퇴각 시각까지 확정 지으려 들었다. 호소가와는 그 물음을 짧게 대답했다.

"오늘 자정이다."

왜군의 조총소리가 일순간 멎자 진주성 안에서는 긴장된 순간이 죽음처럼 지나갔다. 왜군이 공성을 멈추는 것은 뒤이어 다른 작전을 폈기 때문에 초조히 기다릴 수밖에 없었다. 이때 시민은 각 성문의 장수들을 급히 불러 모았다.

"왜 공격을 멈췄는지 알 것 같소?"

"낮에 정유경이 벌목하던 왜놈들을 죽이고 물러갔다는 첩보를 듣고 있습니다만 그 일로 충격을 받은 것이 아닐까요?"

성수경이 의견을 말하자 시민이 반문했다.

"전쟁에서 그만한 병력을 잃기가 예삿일인데 그 정도로 충격이 컸겠는가?"

"산대와 운제를 계속 제작하려면 재료가 있어야 하는데 그 작전의 실패로 차질이 생긴 것은 아닐까요?"

판관이 다시 부연 설명하자 옆에서 듣고 있던 이광악이 주먹으로 탁자를 탁 쳤다.

"상당히 근거가 있는 판단이네. 왜적의 공격용 기구를 우리 비격진천뢰가 여지없이 파괴해 버렸으니 새롭게 공성할 방법이 떠오르지 않는 모양이네. 그래서 일단 공격을 멈추고 다른 공격을 연구하는 것이 아닐까?"

"그럼, 산대나 운제는 더 이상 사용하지 않을 것 같고 과연 무슨 작전을 펼까?"

시민이 제관들을 보고 거듭 질문을 하자 북문을 지키는 최덕설이 심각하게 말했다.

"성문을 부수려고 하지 않겠습니까? 성벽을 넘지 않고는 그 방법밖에 없는 줄로 압니다."

"가능한 일이다. 이제부터 성문에 주력하도록 하라."

이때 최덕량과 같이 구북문을 지키고 있는 이 눌이 조심스럽게 의견을 내놓았다.

"혹시 퇴각하려는 것이 아닌지요? 왜적도 병력이나 무기의 손실이 엄청났습니다."

"퇴각이라고?"

모두 외쳤다. 정말 바라고 바라던 것이었다.

"그래, 가능성은 낮지만 왜군의 총 쏘는 소리가 어쩐지 힘이 풀어져 있는 듯 들렸다오. 겁 없이 짖는 개소리와 겁먹은 개소리가 다르지 않던가요?"

어안이 벙벙해 있는 제장의 모습을 보고 성수경이 여유를 보이자 이광악이 발끈했다.

"그럴까요? 내 생각으로는 악랄하기로 소문난 왜놈들이 절대로 그냥 물러서지 않을 것이오. 절대로 말이오”

“그렇다면 일단 회의는 이쯤에서 끝냅시다. 아무래도 왜적의 동태부터 알아야 대응할 방법이 있을 것이오.”

이날 회의는 적이 퇴각하는지 뒤쫓지 않기로 했다. 행여 성문을 열게 하려는 왜적의 꼼수라면 병력의 열세를 감당하지 못할 것이다. 또한 총공세를 감행해 오더라도 진주성을 무덤으로 생각하고 목숨을 바치기로 결의했다.

그날 밤 왜군에게 포로로 잡혀 있던 한 소년이 신북문 밖에 비밀히 나타났다. 왜군이 거짓 퇴각하기 위해 성문 앞 진영을 비운 틈을 잽싸게 노린 것이었다.

“누구냐?”

성곽에서 보초 선 병사가 외쳤다.

“이곳 민가에 사는 아이입니다.”

“그래? 어떻게 여기까지 왔는가?”

“지금 왜놈들이 거짓으로 퇴각하기 위해 막사를 비우고 있어요. 아버지가 빨리 알리라고 보냈습니다.”

“거짓이라고?”

“예, 사실은 내일 새벽부터 진주성을 총공격할 것인데 먼저 퇴각하는 듯 거짓을 꾸미고 있어요.”

“그런데 네가 어떻게 왜놈들의 말을 알아들었느냐? 아직 어린 나이인데도 말이다.”

“제 아버지가 왜놈들에게 잡혀 있으면서 저를 보냈습니다.”

“아버지가?”

“도자기를 굽는 도공이거든요. 이전부터 왜인들을 만날 기회가 있어 서로 말이 통했습니다.”

“알겠네. 아버지께 빨리 돌아가거라. 잡히면 죽는다.”

“예, 가서 알렸다고 말씀드려야 합니다.”

“고맙다.”

소년이 몸을 움츠리고 오던 길로 다시 돌아가자 보초는 곧바로 촉석루를 향해 달려왔다.

“무슨 일인가?”

시민은 가쁜 숨을 몰아쉬는 보초를 보고 물었다. 그래도 보초는 얼른 말문이 트이지 않는지 목을 몇 번 움츠렸다 폈다 하다가 간신히 말했다.

“내, 내일 새벽에 왜놈들이 총공격을 해 온답니다.”

“뭐? 누가 그러더냐?”

“예, 성 밖에 웬 소년이 왜놈 몰래 와서 전언을 했습니다.”

보초가 밝힌 소년의 보고를 듣고 시민은 다시 긴급회의를 열었는데 내용은 조금 전 회의 때와 별반 다를 게 없었다. 다만 무기가 부족해 최대한 절약하는 쪽으로 논의가 됐다. 특히 시간이 급박하므로 밤을 지새우는 한이 있어도 시약이 맡은 돌과 물, 짚단을 최대한 확보해야 했다.

자정이 가까운 시각이 되자 소년의 말대로 왜군이 퇴각하는 일이 벌어졌다. 이것을 목격한 동문의 위병이 전후 사정을 몰랐기 때문에 급히 보고를 올렸다.

“왜적이 퇴각해 버렸습니다. 성 밑에 죽치고 있던 적도 모두 사라지고 텅텅 비워 놓았습니다.”

“알고 있다, 적의 막사도 역시 비웠던가?”

이미 파악하고 있는 일이기는 해도 더 확실한 정황을 알기 위해 물었다.

"횃불을 환히 밝혀 놓고 있었지만 거리가 멀어서 잘 보이지 않았습니다."

왜장 오오다의 주장대로 이들은 우마차에 군용자재들을 잔뜩 실은 다음 거짓으로 퇴각하는 모습을 보였다. 이는 조선군을 방심하게 만들어 성 밖으로 끌어내려는 수작이었다. 이를 미리 알게 된 시민은 성곽에서 퇴각하는 왜군의 동향을 살피다가 은밀히 명했다.

"적이 위장 퇴각하는 것이니 속지 마라. 저렇게 불을 밝히고 퇴각하는 이유는 우리 더러 철군을 보게 하려는 계략이다. 그러니 아무 반응도 보이지 말고 적의 행동을 모르는 체하라. 야음을 틈타 다시 기어들어올 것이다."

이어 이광악을 불렀다.

"오늘 밤에는 공격이 없을 것이오. 각 성문에 가서 모든 병사들에게 수면을 취하게 하시오."

시민은 진주성의 전 성민들에게도 잠을 자게 했다. 거짓 철수를 한답시고 밤새 지쳐 있는 적과 대결할 때는 우리 병사들의 휴식이 무엇보다 중요하다고 판단했다.

위장 퇴각을 주도한 오오다는 진주성에서 아무런 반응이 나타나지 않자 세 장군 보기가 민망스러웠다.

"진주목사는 귀신같은 놈입니다."

"그럴 수밖에 없었던 일이었다. 명분도 서지 않는 퇴각령을 목사가 어떻게 믿었겠는가?"

하시바가 오오다의 실수를 감싸듯 말하자 호소가와도 문제로 삼지 않았다. 결국 모두가 똑같은 처지였다.

"작전이 빗나갔을 뿐 전투에 패배한 것은 아니다. 새벽에 총공격
할 수 있도록 병사들을 전투대형으로 재배치하라."

"예, 즉시 실시하겠습니다."

소년이 전해준 정보대로 왜군이 밤새 퇴각하는 시늉만 내다 다
시 진용을 배치하느라 잠을 잘 시간은 거의 없었다. 시민이 노린
간접적인 공격을 왜장들은 전혀 눈치 채지 못하고 자국 병사들에게
피로만 쌓아 주고 있었다.

아무튼 이날 밤은 총소리 한 발도 없이 무섭도록 고요한 정적이
흘렀다.

축석루에서 시민은 이광악과 성수경하고 밤을 새우고 있었다.
성을 지켜야 할 책임을 지고 있는 몸으로써 잠을 청할 수가 없었다.
이때 시약도 곁에서 행동을 같이 했다. 형이 노심초사하고 있는데
잠이나 자고 있을 시약이 아니었다.

시민은 이렇게 고즈넉한 분위기 속에서 시약을 불렀다.

"아우."

"예, 형님."

"여기 이 군수와 김 판관이 아우의 지혜와 통솔력에 깊은 감동을
받고 있는 모양이네."

"무슨 그런 말씀을 하십니까? 아우는 그저 시키는 일만 하고 있
을 뿐입니다."

시약이 겸손하게 말을 하자 이광악이 거들었다.

"김시약 장군, 내가 꼭 그대를 장군이라고 부르고 싶네."

"아, 아니, 장군이라니요? 당치도 않은 말씀입니다. 괜히 그런 말
듣다가 관명을 함부로 사용한다고 혼쭐이 날 수 있으니 어서 거두

어 주십시오."

김시약은 장군이라는 말을 듣고는 귀밑까지 벌겋게 달아오르며 손사래를 쳤다. 그러자 시민이 차분하게 일렀다.

"아우, 이 군수의 말은 우리끼리 부르는 표현이네. 관군도 아니면서 관군보다 군무에 대해 더 열정이니 장군보다 더한 이름으로도 부르고 싶은 우리의 심정이네. 그리고 언젠가 아우에게도 그런 날이 올지 모르니 미리 들어두게."

시민의 정이 어린 말에 시약은 가슴이 벅찼다. 언제나 희로애락을 같이 해주던 시민의 깊은 우애는 서자라는 질곡마저도 걷어가게 했다. 시약은 이런 시민을 위해서라면 목숨이라도 내어 놓을 각오가 되어 있었다.

긴장된 시간이 죽음처럼 흘러가던 중에 시민이 다시 아우를 불렀다.

"아우, 아까 보니까 돌을 거의 다 사용한 모양이던데 더 구할 데가 없더냐?"

"성밖에 던진 것을 다시 주워오기 전에는 남은 것이 별로 없습니다."

"그래?"

시민은 암담한 표정을 하며 다른 장수들을 훑어보았으나 그들역시 어쩔 수 없다는 얼굴이었다. 전쟁에서 무기가 모자라는 것은 죽음을 의미한다. 그때 시약이 어떤 묘안이 생겼는지 시민을 보고물었다.

"형님, 돌처럼 단단한 것이면 됩니까?"

"현실적으로 그런 것을 가릴 입장이 아니지 않는가?"

"그럼, 기와집의 지붕을 몽땅 거두면 어떨지요?"

"기와를?"

시민과 제장들은 돌 대신 기와라는 기발한 묘책을 듣고 너무 놀라워했다.

"예, 형님. 다 헐어 내면 상당한 수량이 될 것입니다."

"아우는 과연 장군이군. 그런 데까지 생각이 미치니 말이다."

"형님께서 늘 제게 하시던 말씀입니다."

"무슨 말을?"

"진리는 늘 가까운데 있다고요."

돌 문제는 촉석루나 공관의 기와는 진주성의 권위를 위해 그냥 두기로 하고 성안에 있는 여염집 기와를 걷어내는 것으로 결론을 내렸다.

10월 10일, 전투 엿새째가 되던 날이었다.

인시 경에 왜는 병력을 양분하여 1번대는 동문 쪽의 새로 쌓은 성벽에 육박해 왔다. 북문 쪽으로 간 일군도 성을 향해 전진을 계속했다.

진주성의 동문과 북문이 총공격의 목표가 되어 촌각을 다투고 있을 때 시민은 모든 성민에게 엄명을 내렸다.

"적의 움직임과 첩보에 의하면 오늘의 전투가 최후의 일전이 될 것이다. 적을 물리치기 위해 열심히 싸우되 목숨을 아껴라. 내 한 목숨이 적의 여섯 명과 같다는 것을 명심해야 한다. 그리고 무기도 내 목숨과 같은 것이니 절대로 낭비해서는 안 된다."

'둥, 둥, 둥, 둥, 둥, 둥……'

왜군의 둔탁한 북소리를 신호로 총공격이 시작되었다. 성 아래는 물론 해자와 성호에도 며칠 동안 쌓인 왜군의 시체가 즐비해 쾌쾌한 냄새를 풍기고 있었다. 이런 처참한 주검 사이로 죽패를 앞세운 적이 운제를 끌고 뒤따라오는 왜군의 방패 역할을 하며 개미떼처럼 몰려들었다.

이들은 성을 기어오르기 위해 희한한 꼴을 꾸몄다. 제사 지낼 때 사용하는 보궤(   )를 머리 위에 쓰고 있는 자, 망석을 잘라 머리에 동여맨 자, 짚이나 풀로 엮은 관을 쓴 자 등 성 위에서 내리쏟는 돌이나 뜨거운 물을 막으려고 별의별 꾀를 다 내고 있었다.

또 어떤 왜군은 조선군을 속이려고 운제에다 허수아비를 만들어 성에 접근시켰다. 어두컴컴한 시간을 이용해 조선군의 공격을 유도한 후 주력은 성벽을 기어오르려고 시도했다. 해자 건너편에서는 사격병 1천여 명이 조총을 빗발같이 퍼부어 조선군의 방어태세를 무너뜨리기 위해 갖은 수단을 동원했다. 그 뒤로 칼을 하늘에다 높이 쳐든 왜장들이 말을 어지럽게 몰고 다니며 독전에 독전을 거듭하고 있었다.

이렇게 전황이 일촉즉발의 순간에 처했는데도 북격대에서 지휘하던 시민은 공격령을 내리지 않았다. 적이 성에 더 접근해 올 때까지 총 한 발 화살 한 촉도 낭비하지 않겠다는 일념이었다.

운명의 시간이 왔다. 호소가와의 총공격령이 내린 것이다.

"성을 돌파하라! 우리 일본군에게 무너지지 않을 성은 조선 어디에도 없다. 성을 돌파하라!"

호소가와의 공격령이 떨어지자마자 노도와 같은 공세로 물밀 듯 몰려 왔다. 이를 숨죽이고 노려보던 시민은 적이 성을 기어오르기 시작하자 비로소 명령을 내렸다.

"공격하라! 적 한 명도 살려 보내서는 안 된다. 공격하라!"

북격대에서 모든 화력을 총동원해 공격을 퍼부었다. 옹성을 지

키던 판관 성수경도 북격대와 공격 수위에 맞춰 비격진천뢰와 질려
포를 번갈아 발사했다.

왜군의 공격은 아주 치열했다. 반면에 수성군도 공격 못지않게
목숨을 걸고 싸웠다. 운제와 산대를 앞세우고 다가오는 왜적의 무
리는 현자총통의 표적이 되어 제 기능을 다하지 못했다. 죽패로 성
을 기어오르는 적에게도 기와와 뜨거운 물은 물론 짚단에다 불을
붙여 성 아래로 내리 쏟는 바람에 왜군은 성곽을 밟을 엄두도 내지
못했다. 성 아래엔 산더미같이 쌓여가는 이미 식은 시체 위에 뜨거
운 시체가 포개져 차마 눈뜨고는 볼 수 없는 지경이 되었다.

이렇게 진주성을 향한 돌격전이 무위로 돌아가자 왜의 진영에서
후퇴하라는 명령이 내려졌다.

북문으로 침공한 왜군은 호소가와의 지시대로 야음을 틈타 성
바로 아래까지 은밀히 접근해 있었다. 그런데 동문 쪽의 공성이 주
춤해지자 호소가와는 오직 북문 하나라도 열기 위해 성문을 집중적
으로 공격했다.

어느 순간 이 작전이 성공하는 듯했다. 왜적은 성문을 집중 공격
하면서도 산대를 성벽 가까이 끌어대고 총공세를 취했는데 그 중
하나가 성 위에 다리를 걸치게 되자 조선군이 모두 놀라 물러서 버
린 것이다.

이렇게 성곽을 넘어온 왜군이 차례로 성을 오르려 하자 최덕량
과 이 눌 및 윤사복이 죽음을 각오하고 항전했다. 이를 목격한 병사
들은 물러서다 말고 긴 도끼로 산대의 다리를 찍어 내렸다. 하시바
의 마지막 공격이 수포로 돌아가는 순간이었다.

먹구름이 낀 하늘에서 비가 내리기 시작했다. 진주성 부근의 광경은 지옥 바로 그것이었다. 게다가 내리는 비 때문에 그런 광경이 더욱 처절해 보였다. 총성도 함성도 죽은 듯이 멎은 시간, 왜장들이 침울한 표정을 하고 회의를 열었다.

"아! 지독한 놈들이오. 어떻게 병사들뿐만 아니라 민간까지도 똘똘 뭉쳐 진주목사의 작전에 하나 될 수가 있단 말이오."

호소가와가 싸늘한 날씨에도 불구하고 얼굴이 벌겋게 달아올라 말하자 하시바가 덧붙였다.

"우리가 오랜 세월을 전장에서 전전했지만 이렇게 패전해 보긴 처음이오. 이제 다른 묘책이 없겠소이까?"

"한 가지 방법이 있긴 하오만 가능할지 예단할 수가 없습니다."

키무라가 자신의 계책에 반신반의하는 투로 말하자 호소가와가 급히 물었다.

"어떤 묘책인가?"

"진주성의 본진이 촉석루에 자리 잡은 듯합니다. 그러니 그곳을 기습하면 성중에 혼란이 일어날 것이라 여겨집니다."

"뭐요, 촉석루?"

"예."

"거기를 어떻게 침투합니까?"

옆에서 다른 장군들의 의견을 듣고만 있던 오오다가 가능성을 알고 싶었다.

"그래서 기습해야 한다고 하지 않았소이까?"

"아무리 기습이라지만 촉석루는 깎아지른 듯한 절벽 위에 있소. 그러니 오르기도 전에 모두 추락할 것인데 가능하겠소이까? 촉석루의 촉(矗) 자는 몹시 가파르다는 뜻이오."

오오다가 계속 불가능할 것이라는 생각을 내세우자 키무라가 버럭 역정을 내었다.

"장군이 주장한 총공격이 어떻게 되었소? 전쟁에서는 때로 기상천외한 작전이 성공한 예가 많으니 시도해 보자는 것이지요."

"좋다, 그렇게라도 해 보자. 지금 우리 사정이 이것저것 가릴 형편이 아니다. 또 만약 성공한다면 진주성 공격이 예상외로 쉽게 끝날 수도 있을 것이다."

호소가와는 키무라의 주장대로 기습에 능란한 사무라이 10명을 차출했다. 이들은 칼을 쓰는 솜씨가 절륜해 자객으로 일본 천지에서도 소문난 자들이었다. 또한 이 작전을 성공시키기 위해 성을 향해 조총으로 격렬한 공격을 했다. 조선군의 관심을 총소리에 집중시켜 놓기 위한 계략이었다.

진주성에서는 왜군이 성 가까이 접근해 오지 않고 공허한 조총만 마구 쏘아대자 시민이 작전회의를 열었다.

"적이 왜 요란스럽게 화력을 낭비하는지 그 이유를 알겠소?"

"무슨 꿍꿍이가 있는 모양이오. 그러려면 우리 병사를 계속 성안에다가 그대로 묶어 둘 필요가 있으니 말이오."

이광악의 짐작에 최덕량이 반대 의견을 내놓았다."

"소관은 그리 생각하지 않습니다. 왜놈들은 기습하는 재미로 전쟁을 벌이는 줄 알고 있소이다. 하마터면 우리 북문을 잃을 뻔했지 않습니까?"

"그럼, 기습한다고 보면 어디를 겨냥할까?"

"서장대나 남문 쪽이라고 봅니다."

성수경이 기습할 후보지를 들먹이자 시민이 직감적으로 한 곳을 지정했다.

"아닐세. 촉석루를 선택했을 것이네. 우리 본부가 거기 있는데도 전투할 때는 오히려 방어가 더 허술했다네. 적은 그걸 노릴지 모르지 않는가?"

성이란 어느 곳이건 한 틈이라도 적에게 뚫리면 함락당할 수밖에 없었다. 왜란이 부산포에서 시작되면서부터 현재까지 조선이 한 번도 수성에 성공하지 못한 것이 그 때문이었다.

"촉석루 그 절벽을 무슨 수로 기어오르겠습니까?"

이광악이 믿을 수 없다는 투로 시민을 바라보았다.

"두고 봅시다, 궁하면 통한다고 왜적들이 별의별 꾀를 다 내고 있으니……, 아무튼 촉석루를 경계해야 할 것이오."

시민은 함창현감을 하다 진주 주부로 부임한 강덕능(姜德能)으로 하여금 촉석루 주위의 강변을 경계케 했다. 그런데 강변을 따라 침투해 오던 사무라이 10명은 기습 작전이 미리 감지된 것으로 알고 도로 본진으로 돌아가 그 사실을 보고했다.

"도저히 촉석루에 접근할 수 없었소이다. 벼랑이 너무 가파르고 놈들이 어떻게 눈치 챘는지 단단히 대비까지 하고 있었소이다."

"그런데 왜 돌아왔는가?"

키무라가 자신의 복안이 무위로 돌아가자 고함을 지르며 부하들을 다그쳤다.

"사실을 보고해야 되지 않겠소이까?"

"사실을? 이놈들아, 내가 너희 열 놈을 보낸 것은 어떻게든지 적중을 열고 들어가라는 것이었지 밀탐이나 하라고 보낸 줄 아느냐? 여봐라! 이놈들 목을 쳐라."

왜병 10명이 키무라의 명령대로 단칼에 사라져 버렸다. 이때 항상 앞장서기를 좋아하는 주장 호소가와의 친 동생인 겐바노조가 흥분된 얼굴을 하고 나섰다.

"소장에게 진두지휘할 권한을 주시오. 열 번 찍어 안 넘어가는 나무가 있소이까?"

그의 주장에 제장들은 아무도 반응을 나타내지 않았다. 어떤 작전도 모두 허사로 돌아가 버린 이상 다른 묘안이 나타나지 않는 상황이었다. 그래도 호소가와가 걱정스럽게 말했다.

"어떻게 싸우려는 것인가?"

"이광악이 지휘하는 신북문이 목표입니다. 우리 군과 마주보는 바로 저 성입니다. 산대로 쓰려던 큰 나무로 벽력거(霹靂車)를 만들어 돌을 날려 보내면 성문을 부수기가 어렵지 않을 것입니다."

"벽력거라니?"

"예, 옛날 중국에서 성을 파괴할 때 사용하던 무깁니다."

"아, 그래? 그런데 돌의 무게 때문에 해자를 건너는데 어렵지는 않을까?"

호소가와가 염려스러운 듯 물었다.

"바퀴를 넓고 크게 만들면 해자에 빠질 염려는 없을 것입니다."

그래도 호소가와가 염려스러운 마음이 가시지 않는지 다시 물었다. 계속된 작전의 실패로 몹시 초조해 있었다.

"한 곳만 공격하면 지역이 좁아 오히려 맹공을 받을 텐데."

"그 대신 방어하는 성곽도 좁아 불편하기는 서로 마찬가집니다."

젠바노조의 치밀한 계산을 키무라가 크게 수긍하며 자원하고 나섰다.

"기막힌 작전이외다. 소장도 합세하게 허락해 주시오."

진주성 전투에서 예상 밖의 고전을 거듭하던 왜군은 젠바노조의 주장대로 모든 병사가 북격대를 공격하기로 결정했다. 그러나 만약 그 공격이 실패로 끝난다면 퇴각해야 한다는 결정도 했다.

이때 시민은 왜군의 움직임을 주시하다가 겐바노조가 벽력거를 제작하는 것이 목격되자 진주성의 모든 군민에게 명을 내렸다.

"적이 또다시 공격 준비를 하고 있다. 그러나 거듭된 패전으로 사기가 몹시 떨어져 있다. 군이란 사기로 이루어진 단체, 승리는 우리 진주성의 것이 될 테니 마지막까지 용감히 싸우자."

점차 사위(四圍)는 밝았으나 짙은 구름이 갑자기 뇌성과 폭우로 변해 천지가 캄캄할 정도였다. 이런 날씨 속에서 조선군과 왜군이 동문 앞에서 일대 접전을 벌였다. 왜병들은 거미처럼 성을 기어오르려고 기를 썼다. 하지만 이 공격은 위장된 작전이었다.

그런데 진주성에서는 무기가 거의 고갈돼 위기일발의 상태에 놓여 있었다. 만약 김시약이 밤새 기왓장을 준비해 놓지 않았더라면 어떤 결과가 났을지 모를 일이었다.

오전 10시경이 되자 겐바노조가 최후의 공격을 하기 위해 벽력거를 끌고 나왔다. 진주성의 최대 위기가 눈앞에 닥치는 듯했다.

성문 앞으로 향해 오던 벽력거가 때마침 쏟아진 폭우로 말미암아 앞도 뒤도 구르지 못하고 펄 속에 묻혀 .버렸다. 펄의 찰진 성질을 예상치 못한 겐바노조의 결정적 실수였다. 이렇게 벽력거로 공격하려던 계획이 수포로 돌아가자 겐바노조는 입장이 처량해졌다.

이때 성벽을 넘기 위해 운제마다 왜군들이 줄줄이 기어오르고 있었다. 그런데 그 무게로 사다리가 부러져 땅바닥에 내동댕이쳐졌다. 이를 목격한 겐바노조는 운제가 있는 성 밑으로 달려가며 외쳤다.

"내가 성 위로 넘어가기 전에 아무도 사다리에 올라가지 마라. 만약 올라가는 놈이 있으면 목이 날아갈 것이다."

겐바노조는 성 위에 올라갈 때까지 엄호하라고 명을 내린 다음 운제로 과감하게 기어오르기 시작했다. 입에는 일본도를 물고 있었다. 그러자 왜군의 무리에서는 함성이 일어났다.

이렇게 겐바노조가 성벽을 넘으려는 순간, 이광악이 재빨리 대우전을 재어 겐바노조의 심장을 노렸다. 화살 끝에서 유숭인의 모습이 떠올랐다. 드디어 겐바노조에게 참살당한 유숭인의 복수를 할 기회가 온 것이다.

이광악이 쏜 화살이 정확하게 가슴을 꿰뚫자 겐바노조는 입에 문 칼을 떨어뜨리고 허둥대다가 성 아래로 떨어져 즉사해 버렸다.

진주성 전투의 주장 호소가와는 친동생의 죽음으로 눈에서 불이 튀었으나 어쩔 수 없이 동생의 시신을 수습하고 전군에게 퇴각 명령을 내렸다.

진주성은 너무도 완벽했다.

호소가와는 퇴각하면서 장수들의 시체를 골라 자루에 넣어 짊어지게 하고 전사자들은 가능한 한 수거하여 민가에 집어넣고 불태워 버렸다. 조선군에게 전사자의 수를 알려주고 싶지 않는 그의 마지막 자존심이었다. 그런 다음 진주성을 몇 번이고 되돌아보며 울면서 떠나갔다.

이렇게 피비린내 나는 6일 간의 진주성 전투는 엄청난 인명을 앗아간 것으로 그 막을 내렸다.

한편 진주성군은 왜적이 퇴각한 것을 알아차리고 추격전을 벌이려 했으나 시민이 허락하지 않았다. 왜군의 행보가 아직은 확실치 않은데다가 원병도 없으며 무기까지 바닥난 상태에서 추격한다는 것은 무모한 일이었다.

또한 진주성의 병사들과 성민이 지칠 대로 지쳐 있는 상태였다. 만약 왜군이 좀 더 공격을 했더라면 진주성을 지킬 수 없었을지도 몰랐다.

이광악의 얼굴이 벌겋게 달아올랐다. 왜적을 그냥 퇴각시키는 것이 몹시 분한 모양이었다.

"목사, 곤양군 병사들을 이끌고 추격하고 싶소이다. 저놈들이 제 마음대로 퇴각하는데 진주성에서 추격을 하지 않으면 우리의 약점을 노출시킬 수가 있소이다. 그러니 이 참에 본때를 보여주어야 될 줄 아오."

"추격하시오. 그러나 너무 멀리는 따라가지 마시오. 왜군이 반격해오면 우리에게 결코 유리하지 않을 것이오."

"알고 있소이다, 그럼."

시민의 허락을 받고 휘하 1백여 명으로 소촌역(김村驛)까지 추격한 이광악은 퇴각하는 왜군의 후미에 키무라와 오오다가 방어하고 있는 것을 보았다. 게다가 갑자기 쏟아진 폭풍우로 더 이상 추격을 하지 못하고 왜군 3십여 급의 목을 베고 성으로 되돌아 왔다.

왜군은 퇴각이 얼마나 급했든지 포로로 잡아놓은 도공과 길쌈잡는 부녀자, 서당에서 글을 배우는 어린아이들은 물론 골동품과 생활용품 등을 그대로 놓아두고 도주했다.

이렇게 도주하는 왜군을 쫓아 김준민은 함안까지, 최 강과 이 달도 반성까지 추격전을 벌여 2십여 명을 베었다는 보고가 들어왔다.

16. 큰 별로 뜨다

촉석루 처마 끝에서 떨어지는 늦가을의 빗물은 번갯불에 비칠 때마다 핏물이 흘러내리는 것처럼 보였다. 시민은 순간 움찔하고 몸을 떨었다. 전장에서 수많은 적이 죽어 넘어지는 것을 보고도 눈 깜짝하지 않았던 자신이 빗물을 핏물로 착각할 정도로 심약해진 것에 씁쓸했다.

하늘마저 사람이 사람을 죽이는 싸움을 벌하려는지 세차게 뇌성을 울렸다. 성 밖에서는 시체 썩는 냄새가 가을비에 묻어와 정신을 혼란스럽게 했다.

이광악이 전황 파악이 시급하다고 말하고 나갔지만 시민은 꼼짝

하지 않고 그대로 앉아 있었다. 혼자서 이 승전의 허와 실에 대해 곰곰이 생각해 보고 싶었다. 그것은 진주목사 김시민의 챙겨야 할 몫이었던 것이다.

관군의 여섯 배에 가까운 적이 신형 무기로 공격해 오는 것을 상대하기가 쉽지 않았다. 그래서 선택한 전법이 위장술이었다. 그리고 성안에 주거하고 있는 성민 남녀를 전투에 참가시켜 군민이 하나가 되게 한 것이 승전에 큰 몫을 했다.

하지만 성민들을 관군으로서 보호하지는 못할망정 전투에 참전시킨 것이 마음에 걸리기도 했다. 아무리 적과의 생사를 겨루는 전쟁이라지만 무관은 무관으로서 지킬 본분이 있었다. 이렇게 승전의 기쁨보다도 혼자 자책을 하고 있는 중에 판관 성수경이 찾아왔다.

"적이 완전히 퇴각했다는 첩보가 들어왔습니다."

"알고 있다, 이 군수가 방금 다녀갔다."

"아, 그랬습니까? 퇴각하는 적의 목을 3십 급이나 베었다니 대단한 전과입니다."

"그렇긴 하지만 앞으로가 문제다."

"무슨 말씀이신지요?"

"미구에 도요토미의 보복이 단행될 것이다. 그 성정으로 보아 가만히 있지 않을 것인즉 그때도 우리 진주성은 온전할 수 있을까?"

"……."

성수경은 시민의 말에 전율을 느꼈다. 도요토미라면 얼마든지 그럴 수 있을 것이라 생각되었다.

왜군이 조선 침략에서 가장 취약했던 부분이 군량의 문제였다. 특히 침략의 발판으로 삼았던 경상우도에서 쌀 한 톨도 조달하지 못한 것은 의병 때문이었다. 대체로 의병이 참전한 지역에서 양곡

이 많이 생산되었다. 그러나 계속된 흉년으로 조선의 백성까지 식량난에 허덕이고 있는 실정이었다. 따라서 양곡의 여유가 있는 전라도를 침공하려면 진주성을 먼저 확보해야 하는데 그 전투에서 철저히 패전하고 말았다.

어떻거나 도요토미는 반드시 올 것이다. 진주성의 참패를 씻기 위해서, 그리고 조선의 곡창 전라도를 손에 넣기 위해서 그는 반드시 재침해 올 것이다.

시민은 성수경과 미구에 닥칠 일에 대해 의견을 나누는 중에 이광악이 다시 나타났다.

"서둘러 주십시오, 목사. 빨리 전황을 파악해 보고해야 합니다."

이광악은 시민과 함께 승전의 기쁨을 빨리 누리고 싶었다. 이렇게 이광악이 전황 파악을 힘주어 말할 때 시민은 얼굴을 찌푸렸다. 성루에서 내려다본 것만으로도 처참한데 그 주검의 한가운데로 들어가는 것이 어쩐지 선뜻 내키지 않았다. 그래도 시민은 이광악, 성수경 등을 비롯한 장졸들과 성문을 활짝 열고 나섰다.

왜군 1만여 명이 진주성 전투에서 목숨을 잃었다. 침략군 절반이 희생된 셈이었다.

돌을 맞아 머리가 깨어진 시체, 뜨거운 물이나 기름에 데어 피부가 물러빠진 시체, 짚불에 그슬려 모습마저 확인할 수 없는 시체들이 엉켜 있었다. 또한 해자에 둥둥 떠다니는 시체와 포탄에 맞아 살점이 튀어 형체를 알아볼 수 없는 시체등 지옥도를 방불케 하는 장면이었다.

이러한 전투가 자신의 지휘 하에서 이루어진 결과라고 생각하자 시민은 형언할 수 없는 죄책감에 사로잡혔다.

그런데 전사자 속에 왜국의 여자들도 끼여 있는 것을 보자 시민은 심한 현기증이 일어났다. 전쟁에서 이기기 위해서라면 여자도 최전선에 내세우는 왜국의 용의주도함에 몸서리까지 쳐졌다.

그때 시체를 조사하던 병졸 하나가 엎어져 죽어 있는 여자의 몸통을 발로 걷어붙이다가 화급히 뒤로 물러섰다. 시월이라 그리 춥지는 않았으나 걸쳐 입은 옷은 유방과 음부 등 알몸이 훤히 보이는 그물 같은 천이었다.

왜국은 이런 살벌한 전쟁 중에도 여성의 육감적인 나체를 무기로 삼았다. 유별나게 방방한 가슴, 거웃으로 둘러싸인 음부로 성안의 조선군을 혼란스럽게 하려던 한 여인의 정략적인 교태, 그러나 이는 뇌살 작전이 아니라 공포요 허망일 뿐이었다.

시민은 옆에 아무렇게나 버려져 있는 가마니를 가리키며 병사에게 일렀다.

"덮어라, 아무리 적이라지만 여인을 알몸으로 그냥 둬서는 안 될 일이다."

"성안의 우리 병사들과 성민들에게 효수할 필요가 있지 않을까요? 왜놈들은 여자까지 홀랑 벗겨가면서 악랄하게 싸운다고요."

병사는 왜적의 간악함을 알리기 위해 이 여인의 시체를 표본으로 삼으려고 했다. 시민은 그러려는 병사를 아무 말도 하지 않고 빤히 바라보았다.

'병사는 승자의 권리를 누리려고 하는구나. 그런데 나는 지옥의 한가운데 서서 섬처럼 외롭구나. 이것이 내가 그토록 얻으려고 했던 승전의 몫인가? 그리고 내가 내린 군령에 의해 이렇게도 많은 목숨이 무참히 사라졌는데……, 나는 온전할 것인가?

시민은 역한 냄새에 거부감을 느끼며 몸을 비틀거렸다. 그 순간이었다.

'타양'

가까운 거리에서 한 발의 조총소리가 들렸고 시민의 몸이 기우뚱하며 단말마의 비명을 질렀다.

"아! 아! 이게 무슨 일이냐?"

시민은 왼손으로 이마를 짚으며 옆에 섰던 이광악에게 쓰러질 듯 기대었다. 왼쪽 관자놀이를 누르고 있는 손바닥에서 붉은 피가 흘러 나왔다.

"어! 목사께서 총을 맞았다, 총을……."

전황을 파악하러 나왔던 성수경과 장졸들이 경악을 금치 못하고 달려왔다. 겨우 정신을 가다듬은 시민이 간신히 말했다.

"생명에는 별 지장이 없다. 그러니 걱정하지 마라. 그리고 전쟁에서 이겼다고 너무 들떠서도 안 될 것이다. 평소 조직대로 움직이도록 하라. 적은 아직도 가까이에 있다."

시민은 진주성의 안전을 생각하며 부탁을 하다가 그만 정신을 잃고 말았다.

이런 광경을 성 위에서 바라보고 있던 시약이 화급히 쫓아 나왔다. 그리고는 이미 숨이 끊어진 왜병의 목을 단칼에 베어 버렸다.

김시민에게 총을 쏜 왜병의 이름은 저격수 요시다께(吉武)였다. 왜국의 내전에서 부모를 잃은 요시다께는 호소가와의 문중에서 자라고 그의 주선으로 결혼까지 했다. 전쟁 때마다 그림자처럼 따라다닌 그는 정확한 저격술로 호소가와의 위급한 목숨을 몇 차례나 구한 적이 있었다.

그날 아침도 공성에 나섰던 요시다께는 장전을 하기 위해 돌아섰다가 시약이 쏜 장전을 등 한가운데에 맞았다. 장전은 시약이 동문을 공격하는 왜적을 막기 위해 시민으로부터 받은 것이었다. 시약의 활 쏘는 실력은 웬만한 명궁에 못지않았다.

요시다께가 부상당했다는 말을 듣고 호소가와는 병동을 찾아갔다. 그러나 거동하기에도 불편한 몸이 되어 그는 엎드려 있었다. 요시다께도 자신의 목숨이 경각에 달렸다고 체념하고 있던 중이라 호소가와에게 요청했다.

"그동안 소인을 보살펴 주신 은혜를 잊지 않고 있습니다. 하여 죽을 때까지 장군을 모시고 살까 했는데 이렇게……."

요시다께는 심한 기침을 하며 말을 잇지 못하자 호소가와가 바깥을 향해 버럭 소리를 질렀다.

"의인은 뭣 하느냐? 빨리 화살 뽑을 준비를 해야지."

호소가와의 명을 듣고 달려온 의인들이 치료를 위해 옆으로 다가가자 요시다께가 손사래 치며 말렸다.

"장군, 화살을 빼면 소인은 바로 죽습니다. 이 화살로 인해 소인이 죽게 되지만 지금은 이 화살 덕으로 간신히 목숨을 부지하고 있습니다."

"그게 무슨 소리냐?"

"소인의 뜻대로 해 주십시오. 전황이 수술할 만큼 한가롭지 않습니다. 그러니 소인의 등에 화살이 꽂힌 채로 성 아래로 데려다 주십시오."

"그 몸으로 성 밑에 어찌 간다는 게냐?"

"진주성 목사를 제 손으로 죽일 것입니다."

호소가와는 그의 각오가 대견스럽기는 했으나 어이없는 표정을 지었다. 내리 며칠을 공격해도 지칠 줄 모르는 진주목사를 부상까지 당한 요시다께가 어떻게 하겠다는 말인가? 그런데도 언뜻 묘한 예감이 뇌리를 스쳐 지나갔다.

"이런 몸으로 그 자를 어떻게 하겠다는 게냐?"

"우리 군이 계획대로 철수하고 나면 진주목사가 전황을 파악하기 위해 반드시 성밖으로 나올 것입니다."

"……."

호소가와는 그의 말에 가능성이 있다는 것을 느끼자 온몸에 전율이 왔다.

"장군께서는 소인이 내로라하는 저격수임을 알고 계시지요?"

"알다마다."

"소인이 등에 화살을 맞았으니 이대로 엎드려 있으면 시체라고 그냥 지나칠 것입니다. 그때까지 제가 살아만 있다면……."

"네 생각이 정 그렇다면 뜻대로 하라. 대신 너의 가족은 내 집에 두고 평생 돌보아 주겠다. 안심하라."

"고맙습니다. 진주목사를 만날 때까지 제가 꼭 살아있도록 빌어 주십시오."

호소가와는 요시다께를 격려해 놓고는 불리한 전투 중인데도 그를 동문 밖까지 부축해 내보냈다. 그런 다음 파괴된 산대 속에 그를 엎드려 놓았다. 시체나 다름없는 그의 등에서 화살만이 유난히 돋보였다.

왜군이 완전히 퇴각했다는 보고가 들어오자 성안의 병사와 백성들의 만세를 부르는 소리가 가을 하늘을 진동했다. 아군보다 여섯 배에 가까운 병력과 화력 등 결코 이길 수 없는 전투에서 쾌승을 거둔 것이다. 마치 승전을 기다리고 있었던 것처럼 풍물패들도 쏟아져 나왔다.

그러나 뒤이어 시민의 부상당한 소식이 전해지자 성안이 갑자기 울음바다가 되었다. 머리에 조총을 맞고 벌써 죽었다는 소문에 통곡하는 소리가 시민의 귀에까지 들렸다.

진주성으로부터 승첩을 거두었다는 보고를 듣고 바로 진주성으로 달려 온 김성일은 성의 주변에 산더미처럼 쌓인 왜군의 시체를 보고 입을 다물지 못했다. 임진란 이후 많은 전투에 임했으나 이처럼 철저한 방어전을 한 번도 본 적이 없었다.

김성일은 진주성에 도착하여 비로소 시민의 부상 소식을 듣게 되자 병상에 누워 있는 시민을 찾아와 눈물을 흘렸다.

"목사, 적들은 물러갔는데 이렇게 누워 있으면 어떻게 할 것인가? 이마에 박힌 총알을 쑥 뽑아내고 일어나라. 목사가 이렇게 누워 있으니 내가 할 일이 아무것도 없구나."

"예, 허허……, 부상당한 왜놈 중에 저격수가 있었던 모양입니다. 그 놈은 등에 화살을 맞고도 용케 살아 있다가 이 이마에 처란을 명중시키지 않았겠습니까?"

시민은 자신의 왼쪽 관자놀이를 가리키며 힘들게 헛웃음을 웃었다. 그런 모습을 보고 있던 김성일은 어쨌든 시민을 살려내기 위해 말했다.

"처란만 제거하면 생명에는 지장이 없을 거야? 얼른 어서 의인을 불러야지."

"처란을 빼면 바로……, 이런 지경으로 소임을 다할 수 없으니 조속히 후임자를 선정해 주십시오."

"우리 진주성을 혼신으로 지켰는데 어찌 그럴 수가 있겠나? 안 된다."

김성일이 안타까워서 시민의 손을 붙잡고 눈물을 흘렸다. 그러나 시민은 목사로서의 업무가 걱정이 되어 결단을 내려야 했다.

"마음은 훤한데 아무것도 할 수 없소이다. 어서 후임자를 선임하……."

시민은 혼절했다. 이마에 박힌 처란이 순간순간 정신을 혼미하게 했다. 일이 이렇게 되니까 김성일은 급한 나머지 김해부사 서예원을 진주목사 대리로 임명시켰다. 시민이 순절할 때까지 목사직은 그대로 시민이 갖게 했다. 그의 충절을 살려 놓고 싶었던 김성일의 깊은 배려였다.

민병들과 무기를 정리하는 등 하루 종일 외성에 나가 있던 시약이 가쁜 숨을 몰아쉬며 뛰어들었다.

"어디서 승전했다는 소문이라도 들었느냐?"

시민이 가까스로 물었다.

"승전보다도 더 큰 일입니다. 우리 성을 공격한 왜장 중에 하시바라는 자가 있었답니다. 그 하시바가 거창으로 철군한 후 울분을 참지 못해 피를 토하고 죽었다 합니다."

"하시바가 죽어?"

시민의 뇌리에 불길한 예감이 스쳐갔다.

하시바는 도요토미가 수족처럼 여기는 그의 종질이었다. 그래서 그에게 진주성을 함락시키는 전공을 세워주기 위해 2만여 명의 병력을 주어 투입시켰다. 그가 패전의 수모를 견디지 못해 울화병으로 죽었다면 도요토미의 마음에 엄청난 상처를 안겨준 셈이었다.

'도요토미가 하시바의 죽음에 대한 보복으로도 진주성을 다시 침공해 오겠구나, 그것도 빠른 시일에……, 아! 진주성을 어찌할꼬?'

시민의 두 눈에서 눈물이 주르르 흘렀다.

시민의 걱정이 그러한데도 시약은 하시바의 죽음을 듣고 들떠 있었다. 성 중의 장병이나 성민들도 역시 그의 죽음을 전해 듣고는 기뻐하기는 마찬가지였다.

시민은 간신히 서예원을 불렀다.

"목사, 지금 성안의 군이나 민이 승리감에 휩싸여 있다는데 미구에 닥칠 보복전을 염두에 두어야 할 것이오. 내가 쓴 수성법이 앞으로도 쓰일지 모르나 어쨌든 항상 준비된 상태에서 적을 맞아야 할 것이오."

"당연하외다. 오늘 아침부터 염려하신 그대로 돌과 마름쇠를 죄다 수거하라고 명을 내렸소이다. 또한 왜병들의 무기도 가능한 한 모두 수거해 우리가 사용할 수 있는 것은 정비하라고 지시했소이다."

"아, 정말 잘 했소. 특히 우리 총통과 왜의 조총도 비교해 보아야 할 것이오. 왜군의 조총은 포도아(葡萄牙)라는 나라에서 수입한 이후 성능이 더 우수해졌다는데 우리도 연구하여 새 무기를 생산해야 할 것이오."

"예, 명심하겠소이다."

서예원이 나가자 다시 시약을 불렀다. 시약은 한 보름 동안 전투와 병구완을 하느라 얼굴이 말이 아니었다.

"너의 형수는 어디 갔느냐?"

"형님 수술할 의인을 찾아 병동에 가신다 했습니다."

"괜한 일을……, 내가 어서 오라 한다고 전하게. 꼭 이를 말이 있으니."

시약이 나가고 얼마 후 서씨 부인이 달려오느라 상기된 얼굴을 하고 들어왔다.

　"며칠을 이러고 계실 게 아니라 마침 명의도 와 계시니 수술을
받아 봅시다."

　부인은 붕대 위에 배어나온 붉은 피를 안쓰럽게 바라보며 재촉
했다. 그러나 시민은 평소부터 지니고 온 생각을 유언처럼 말했다.

　"수술을 해도 별 수 없다오, 부인. 그러니 조카를 양자로 받아들
입시다. 내가 가택연금을 당하고 뒤이어 전장에 나오는 바람에 우
리는 후사를 두지 못했소. 그 점이 부인에게 무척 미안하구려."

　"지금 와서 그런 말씀을……, 큰댁에서 조카를 양자로 보낸다고
했으나 지금도 그때 생각과 같을지 알 수가 없군요."

　조카 김 치(金緻)는 16세로 큰형 김시회의 넷째 아들이었다. 시민
이 진주판관으로 부임되기 얼마 전부터 그를 양자로 삼으라고 가문
으로부터 권유를 받았다. 그때는 자식 하나쯤은 언제든지 얻을 수
있다고 여겨 겸사해 오다가 오늘을 맞은 것이었다. 그러나 이제 와
서 더 미룰 수 없는 입장이 되자 다시 한번 간곡히 청했다.

　"그건 염려할 일이 아니오. 큰집 형수께서 쾌히 승낙했고 조카도
벌써부터 마음의 준비를 하고 있을 것이오. 그러니 꼭 받아들이도
록 하오."

　"좋습니다, 치를 아들로 맞아들이겠습니다. 그러면 얼마나 다행
한 일입니까?"

　"고맙소."

　"그럼, 치를 만나러 고향으로 가게 어서 일어나셔야지요."

　시민이 이마에 총알을 맞고도 지금까지 버티고 있는 것은 젊음
과 강인한 체력 때문이었다. 하지만 시민의 목숨이 그리 오래 가지
않을 것이라고 부인은 느끼고 있었다.

　서씨 부인의 이런 마음을 시민도 알고 있었다. 다만 자신이 죽는

모습을 아내에게 보이고 싶지 않았다. 그래서 애써 편안한 표정을 지으며 다시 말했지만 시민의 눈시울이 어느덧 붉어 있었다.

"고향이오? 고향까지 같이 가 주겠소?"

서씨 부인도 눈물이 쏟아지려는 것을 애써 참았다. 남편의 목소리가 아득한 명부에서 들려오는 듯 무겁게 들렸다. 고향으로 같이 가 주겠으니 안심하라는 듯 부인은 남편의 손을 잡자 차가움이 가슴까지 서늘하게 느껴졌다.

"고향에 빨리 가고 싶어요?"

"그러니 어서 아우나 불러 주시오. 내 긴히 할 말이 있다오."

서씨 부인은 바깥으로 나왔다. 그 당당함, 그 의연함, 그 완강함을 다 내려놓은 초라한 남편의 모습에 부인은 기둥을 기대고 한참 동안 흐느꼈다.

얼마 후 서씨 부인의 전갈을 받고 시약이 달려왔다. 전투가 끝나고 여드레 되는 날이었다.

"형님, 부르셨습니까?"

"그래, 형이 누워 있으니 아우가 고생이 많구나."

"저는 괜찮습니다만 형수님 말씀대로 수술하도록 승낙하시지요."

"내 목숨을 내가 아네. 처란이 일주일이나 이마에 박혀 있어 이제는 피를 썩게 하고 있구나."

"그럼, 어떻게 해야 합니까?"

시약은 처음부터 수술을 거절한 시민을 보며 자신이 어떠한 역할도 할 수 없는 점이 안타까웠다. 그런데 시민이 서안을 가리키며 말했다.

"아우, 저 상자 뚜껑을 열어보라. 하얀 명주 보자기에 싼 물건이 있을 것이다."

시약은 시키는 대로 뚜껑을 열었다. 그 속에는 정성스레 싸 놓은 보자기가 있었고 그것을 푸니 아주 예리한 나무못 하나가 나왔다. 칼을 버리듯 예리하게 깎은 뽕나무 나무못은 전장에 나가는 장수들에게 요긴한 물건이었다. 비상시에 곪은 상처를 이것으로 터뜨리면 뒤탈 없이 아물게 해주었다. 시약은 그것을 조심스럽게 집으며 물었다.

"형님, 이걸 어떻게 하시렵니까? 설마……."

"그것으로 이 처란을 뽑아라, 어서 뽑아!"

시민은 불편한 몸을 가까스로 일으키며 이마에서 붕대를 풀기 시작했다. 이를 보고 놀란 시약이 만류하며 외쳤다.

"형님, 이러시면 안 됩니다. 의인에게 제대로 시술을 받으셔야 합니다."

"어찌 적탄을 몸에 지니고 죽을 수 있나? 내 머리가 참을 수 없이 아프구나. 그러니 당장 내 머리에서 적탄을 뽑아다오. 그것만이 형을 위하는 길이다."

시민은 절규하듯 외쳤다.

"그래도 어떻게 이 아우가……."

시약의 눈에서 눈물이 뚝뚝 떨어졌다.

"아무에게도 죽는 모습을 보이고 싶지 않구나. 그게 내 소원이다. 그리고 나를 선영에 묻어 달라. 큰 공은 세우지 못했지만 조상 곁으로 돌아가서 쉬고 싶구나."

시민은 희미해져 가는 의식을 붙들고 간신히 말했다.

임진년 시월 열여드렛 날, 서른아홉 살의 김시민은 눈을 감았다. 아우 시약이 처란을 빼내는 순간 썩은 피가 멈추지 않고 쏟아졌으며 이내 숨을 거두었다. 그리고 명료해진 머리를 두 손으로 감싼 채

멀고도 먼 고향 길을 향해 떠나고 있었다.
　조정으로부터 종2품 경상우도 병마절도사의 교지가 한창 진주를 향해 내려오고 있는 중이었다.

진주성 전투, 그 이후

김시민 사후, 진주성에는 창의사 김천일과 경상우병사 최경회, 충청병사 황진 외에 여러 의병장과 진주목사 서예원이 주둔하고 있었다. 이때 진주목사보다 상관이 많아 지휘체계가 대단히 혼란스러웠다.

"임진년에는 비록 병졸이 적었으나 상하가 서로 사랑하여서 호령이 여일하기 때문에 승리하였지만, 지금은 군졸이 장수를 알지 못하고 장수는 군졸을 모르고 있으니 걱정이 태산이구나."

노기(老妓)가 홀로 걱정하는 소리를 들은 김천일(金千鎰)이 그녀를 불렀다. 그는 나라에 큰 난리가 났을 때 의병을 일으킨 사람에게 임시로 시키던 창의사(倡義使)로 있던 중이었다.

"일개 늙은 기생이 감히 요망한 말을 지껄이는데 살고 싶어서 한 말이냐? 죽고 싶어서 한 말이냐?"

"소첩이 입은 비뚤어져도 말은 바로 합니다. 지금 우리 성안에는 관직이 높은 분이 많아 장졸들이 누구의 말을 들어야 할지 모르고 있는 형편입니다. 이러니 어떻게 부하를 거느리고 전투에 임할 수 있단 말입니까?"

그 말 한마디로 노기의 목은 날아가 버렸다.

1593년 계사년에 일어난 재침 전투에서는 시민이 그토록 애썼던 군관민의 일치는 찾아볼 수 없었던 것이다.

히데요시는 종질 하시바 도고로가 진주성 전투에서 패배한 이후 충격을 받고 울화병으로 죽었다는 보고를 받고 치를 떨었다. 그래서 고니시를 통해 두 왕자 임해군과 순화군을 조선국에 송환하고 진주성 공격령을 침공군 총지휘자 우키다에게 전하게 했다.

이때 명나라 심유경이 이를 듣고 두 왕자의 송환과 같이 진주성 공격을 중지해 달라고 요청했으나 고니시는 거절하였다.

한성에 주재하고 있는 군사를 모두 철수시켜서라도 진주성을 공격하여 진주목사의 수급(首級)을 보내라고 한 도요토미의 명령을 지키기 위해서였다.

1593년 6월 21일, 1차 진주성 전투에서 패배한 것에 대한 철저한 보복은 이렇게 시작되었다.

제2차 진주성 전투에서 왜군의 병력은 9만 3천 9백 7십 2명의 대군이었다. 임진년에 조선을 침략했던 십팔만여 병력의 절반이 넘는 대병력이었다. 그런데도 본주군 2천 8백 명과 의병 등 6천 명이 넘는 조선군이 6월 21일부터 29일까지 9일간의 전투에서 전멸을 당하고 성민 6만여 명이 상상을 초월하는 도륙을 당했다.

그리고 도요토미의 명에 의해 진주성은 성벽이 헐리고 참호와 해자가 모두 메워져 흔적도 없이 사라져 버렸다.

진주목사 서예원은 성이 위태로워지자 제일 먼저 도망을 쳐서 풀숲에 숨어 있다가, 목사를 찾으려고 혈안이 되어 있는 왜군들의 칼에 목이 잘리었다.

진주목사의 목을 갖다 바치라는 도요토미의 명에 의해 서예원의 목은 소금에 절여져서 왜로 건너가 교토(京都)에 효수되어 구경거리가 되었다. 그런데 그때까지도 김시민이 사망했다는 사실을 왜국에서는 모르고 있었기에 효수된 그 목을 김시민의 것으로 알고 만족하고 있었다. 1695년 서애 유성룡이 쓴 징비록이 교토에서 중간되었을 때에야 그것이 김시민이 아니라 서예원임을 알게 되었다.

임진왜란이 끝나자 일본에서 처음으로 모쿠소(牧曾)라는 신조어가 등장했다. 모쿠소 판관은 조선에서 가장 충성스럽고 용맹스러운 장군을 일컫는 말로 진주목사 김시민을 지칭하는 고유명사였다. 이로써 1차진주성전투에서 패배한 일본의 충격이 얼마나 컸는지를 말해주고 있다.

일본의 전통 연극 가부키(歌舞伎)에 악의 세력으로 등장하는 이 모쿠소 판관은 '나는 원래 조선국 신하 모쿠소관(牧曾官)이라 불리던 자, 나라의 원한을 갚기 위해 일본에 건너왔다' 며 모반극의 주인공이 되기까지 했다. 임진왜란 400년 훨씬 지난 오늘, 역사 속에서 몇 줄 글로만 남아 있는 진주목사 김시민, 그러나 일본의 전통예술 속에서 모쿠소관은 이렇게 살아 전해지고 있다.

김시민이 순절하고 나라에서 내린 첫 포상은 선조 37년(1604), 왜적을 물리친 공으로 선무공신(宣武功臣) 2등과 상락군(上洛君)으로 책봉되었다.

숙종 35년(1709)에 다시 영의정 추증에 상락부원군(上洛府院君)으로 추봉되었다. 이때 이순신은 좌의정으로 추증되었다.

김시민은 순절 후 120년만인 숙종 37년(1711)에 충무(忠武)라는 시호와 시장이 하사되었다. 위태로운 몸을 나라를 위해 바쳤으니 충(忠)이고, 공격해온 적을 물리쳐 치욕을 막았으니 무(武)라는 뜻이다. 이 시호는 이순신과 같은 임진왜란을 통해서다.

임란 15년이 지난 광해 11년(1619)에 진주목사로 부임한 남이흥(南以興)이 김시민의 충절을 기려 김시민장군전공비를 세웠고, 94년이 지난 숙종(1686) 12년에 경상관찰사 서문중(徐文重)이 정충단비(旌忠壇碑)를 세웠다.

진주성을 찾는 수많은 사람들은 오늘도 그 앞에서 잠시 발걸음을 멈추고 419년 전 불타는 충의와 눈물겨운 저항에 숙연해진다.

임진왜란 삼대첩의 하나인 진주대첩, 육전에서는 첫 승리요 2만여 왜군을 3800명의 군사로 막아낸 위대한 전투였다.

그러나 이순신의 한산대첩, 권 율의 행주대첩은 그 충절과 호국정신을 기려 후손들의 가슴속에 뿌리내린 지 이미 오래되었지만, 이 진주대첩은 419년이 지나도록 역사책 몇 줄 속에나 남아 있었다.

'잊혀진 역사 속의 인물을 재조명하기' 시작한 지 10여년, 필자는 그 세 번째 인물로 김시민을 택했다.

의(義)로써 줄기 삼고, 충(忠)으로 뿌리를 삼아 살았던 그의 행적을 밝혀내는 것이 이 땅에 기대고 사는 보답이라 여겼다.

서른아홉, 그 푸른 생을 이 땅에 바친 진주목사 김시민. 일천한 재주로 그 행적을 다 밝혀내지 못함이 필자로서 송구스러울 따름이다. 다만 누군가가 더 충실한 내용으로 진주성과 김시민을 기린다면 필자는 마땅히 행복한 독자가 될 것이다.

진주목사 김시민과 교감을 가직 위해 수없이 찾아왔던 진주성. 419년 전, 그 날의 함성과 분노가 쌓여 있는 역사의 이랑을 밟으며 오랜만에 늦가을 진주성의 정취에 젖어본다.

『진주목사 김시민』이 나오기까지 갖은 열성을 다해주신 도서출판 계간문예 관계자 여러분께 감사를 드린다.

2011년 11월 진주성에서 정문상

정문상 역사소설

진주목사 김시민

초판인쇄　2010년 11월 5일
초판발행　2011년 11월 8일

지 은 이　정 문 상
발 행 인　서 정 환
편 집 인　백 시 종
주　　간　채 문 수
편 집 장　김 정 례
편집차장　박 명 숙
편　　집　권 은 경 · 김 미 립
펴 낸 곳　도서출판 계간문예

출판등록　2005년 3월 9일 제300-2005-34호
주　　소　서울 종로구 익선동 30-6
　　　　　운현신화타워 207호
E-mail　qmyes@naver.com
전　　화　02) 3675-5633

값 · 12,000원

ISBN 978-89-6554-031-1 (03810)